A MIL POR HORA
Confissões de Speed Queen

Stewart O'Nan

A MIL POR HORA
confissões de Speed Queen

Tradução de
SYLVIO GONÇALVES

EDITORA RECORD
RIO DE JANEIRO • SÃO PAULO
2006

CIP-Brasil. Catalogação-na-fonte
Sindicato Nacional dos Editores de Livros, RJ.

O66m
O'Nan, Stewart, 1961-
    A mil por hora: confições de Speed Queen / Stewart O'Nan; tradução de Sylvio Gonçalves. – Rio de Janeiro: Record, 2006.

    Tradução de: The Speed Queen
    ISBN 85-01-06836-5

    1. Prisioneiros do corredor da morte – Ficção. 2. Ficção americana. I. Gonçalves, Sylvio. II. Título.

05-3471
CDD – 813
CDU – 821.111(73)-3

Título original inglês
THE SPEED QUEEN

Copyright © by Grove Press

Todos os direitos reservados. Proibida a reprodução, no todo ou em parte, através de quaisquer meios.

Direitos exclusivos de publicação em língua portuguesa somente para o Brasil adquiridos pela
DISTRIBUIDORA RECORD DE SERVIÇOS DE IMPRENSA S.A.
Rua Argentina 171 – Rio de Janeiro, RJ – 20921-380 – Tel.: 2585-2000
que se reserva a propriedade literária desta tradução

Impresso no Brasil

ISBN 85-01-06836-5

PEDIDOS PELO REEMBOLSO POSTAL
Caixa Postal 23.052
Rio de Janeiro, RJ – 20922-970

EDITORA AFILIADA

PARA JOEY RAMONE

Creio que você chamará isto de confissão, quando ouvir.

RAYMOND CHANDLER/JAMES M. CAIN
PACTO DE SANGUE

Dirigi a noite inteira,
minha mão está molhada no volante.

GOLDEN EARRING
"RADAR LOVE"

LADO A

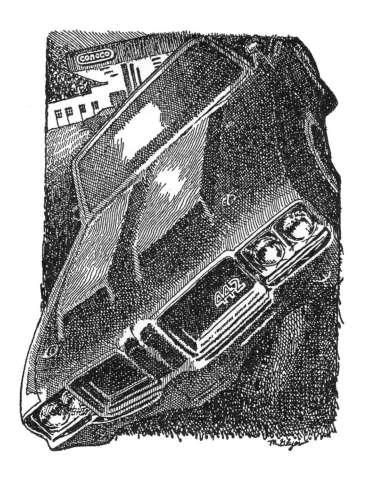

TESTANDO, 1, 2, 3

Espero que você não se importe, mas escrevi esta primeira parte antes. Vou ler agora e acabar logo com isso. O Sr. Jefferies me ajudou com o texto. Espero que esteja bom. Então me deixa ler.

Em primeiro lugar, quero dizer que tentarei me lembrar de tudo da melhor forma possível, embora já saiba que nem sempre vou conseguir. Você quer saber o que aconteceu oito anos atrás, quando eu ainda não havia encontrado Deus. Naquela época eu era uma pessoa diferente, uma pessoa que mesmo agora não entendo direito. Isto não é desculpa para nada, e as drogas também não. Assumo total responsabilidade pelas coisas que realmente fiz: nem mais, nem menos. Continuo afirmando que sou inocente e que considero minha sentença injusta. Também acho que é importante que o público saiba que me oponho moralmente a qualquer tipo de pena capital, não apenas à minha.

Ficou bacana? Se não quiser, não precisa usar. O Sr. Jefferies disse que a gente devia botar isso logo na primeira página. Ele acha que talvez você queira usar pra dar mais autenticidade... tipo, baseado numa história real. Como não entendo nada de como se escreve um livro, deixo tudo por sua conta. Mas o Sr. Jefferies disse que eu devia fazer isso pra gente não ter nenhum problema judicial.

É um romance, né? Então os leitores devem pensar que tudo foi inventado. Devia ter um aviso no começo, como aqueles letreiros que aparecem nos créditos finais dos filmes

— "qualquer semelhança com pessoas vivas ou mortas" — embora todo mundo saiba que não é verdade. As pessoas devem te perguntar se o Jack de *O iluminado* foi baseado em você mesmo. Aposto que você diz que não, ou talvez que ele seja apenas uma pequena parte de você. Este livro vai ser mais como uma mistura de *Eclipse total* com *À espera de um milagre*. Ainda assim... Contanto que você diga que é ficção e inclua esse aviso vai ficar na boa, não vai precisar responder a esse tipo de pergunta. Mas o Sr. Jefferies falou que esse negócio de escrever histórias baseadas na vida real é complicado, e então eu disse, claro, vamos botar o aviso no livro.

Você deve ter lido o livro da Natalie. Vou logo dizendo que muito pouco do que está ali é verdade, e nenhum dos fatos principais. Eu entendo por que ela disse aquelas coisas, mas é tudo mentira. Esse foi um dos motivos que me fez querer que você escrevesse a minha história. Depois que as pessoas lerem o seu livro, ninguém vai acreditar no dela.

Valeu pela grana. Vai tudo pro Gainey, quando ele tiver idade suficiente. Minha mãe não vai ver nem um centavo. O Sr. Jefferies disse que cuidaria disso.

Gosto do Sr. Jefferies. Foi a única pessoa que ficou do meu lado nesta confusão toda. Sei que se sente culpado por termos perdido. Sei que acha que a culpa foi *dele*, mas não é verdade. Nós fizemos a coisa certa, alegando inocência. Eu não *sou* culpada. Ele não fazia idéia de que o juiz ia ser tão duro. Você devia ter visto a cara dele quando a gente perdeu. Apesar da derrota ele me deu um abraço, mas pude ver que estava se culpando. E como se pode convencer alguém do contrário?

Minha mãe diz que poderia ter pagado por alguém melhor. Claro que falar isso agora é muito fácil. Ela é sempre generosa quando é tarde demais.

Essa parte de ser contra a pena de morte foi idéia do Sr. Jefferies. Ele é contra. Pessoalmente, sou a favor... o que é engraçado, porque antes de vir pra cá eu não era. Aqui você conhece gente que não tem mais jeito. É como diz o Salmo: *Protege os justos e deixa a vingança aos perversos.* E há muita perversidade no mundo, muita gente má, tanto homens quanto mulheres. Mas o Sr. Jefferies deu tanto duro por mim que achei que devia isso a ele. Mas por mim, tanto faz dizer que sou contra ou a favor.

Em todo caso, acho importante dizer tudo isto antes de começar. O Sr. Jefferies disse que vai ouvir as fitas antes de enviar pra você, no caso de eu ter dito alguma coisa ilegal. Ele vai fazer uma cópia pra você e uma pro Gayner ouvir quando tiver 18 anos, e vai guardar a original nos seus arquivos.

Legalmente, nem o Sr. Lonergan nem ninguém da equipe deve ouvir as fitas. Não tenho nada contra o Sr. Lonergan, ele sempre foi justo com os meus privilégios, mas isto é particular. Sei que em termos legais elas são suas, mas apreciaria que não as mostrasse para ninguém. Pode usá-las no seu livro porque ele é de ficção, mas para mais nada. Sei que é estranho pedir isso, afinal, se as coisas continuarem do jeito que estão, você não vai poder me responder. Mas ficaria muito grata se escrevesse para o Sr. Jefferies dizendo que concorda.

Acho que é só. Fiz como pediu, não li as perguntas antes. São muitas. Vou tentar responder tudo da melhor forma possível antes da meia-noite. Como só Janille está aqui comigo, não tenho qualquer motivo pra não ser honesta. Nem sempre vou dizer o que você quer ouvir, mas vou ser sempre sincera. Pode inventar a história que quiser. Quero apenas que você conheça antes a história verdadeira.

1

Por que os matei?
Não matei. Isso nem é pergunta.
Você poderia começar mostrando a minha mãe ou o meu pai, ou como eu era quando menininha. Me mostre andando de velocípede atrás do galinheiro, de maria-chiquinha e aparelho nos dentes, alguma coisa engraçadinha desse tipo. E então você poderia dizer, ela era uma menina normal, e vejam só o que aconteceu. E então você entenderia. Olhando para trás, para tudo o que aconteceu, você poderia dizer, vejam só, podia acontecer com qualquer um.
Estou feliz por ser você. Nem acreditei quando o Sr. Jefferies disse que você tinha comprado os direitos. Eu já estava no corredor quando recebi a notícia. Darcy, minha vizinha, disse:
— Não!
— Sim — respondi. — É verdade.
— Não — ela insistiu.
Eu só fiz que sim com a cabeça.
— E quanto ao Lamont? — ela perguntou.
E eu disse que você provavelmente teria de conversar com os pais dele.
Sinto muito por eles não terem te dado permissão. O Lamont ia gostar de aparecer no seu livro. Ele adorava os seus livros. É uma pena que você tenha de mudar os nossos nomes. O que é uma bobagem, porque todo mundo vai saber que é a gente.
Por que os matei?
Não os matei. Eu estava lá, mas não matei ninguém.

Mas sei exatamente o que aconteceu. Na verdade, é bem chato. É bem normal. Acho que as pessoas nem vão se interessar muito. Mas se alguém é capaz de contar essa história de forma interessante, esse alguém é você. Você também vai torná-la engraçada, o que acho certo. Às vezes era bem engraçado. Mesmo agora ainda tem um pouco de graça.

Li todos os seus livros. Tá, sei que falando assim pareço a Annie Wilkes de *Louca obsessão*, mas é verdade. Gostei de *Louca obsessão*. James Caan estava ótimo no filme. Numa noite dessas passou *Amigos até o fim* na televisão. Janille virou o aparelho para que eu pudesse assistir.

Janille é gente boa... não é, Janille?

Janille e eu concordamos em quase tudo, menos sobre Oprah. Janille odiou quando Oprah perdeu todo aquele peso. Ela acha que Oprah estava bem antes da dieta; eu acho que ela está é com inveja. Eu vejo Oprah como alguém que tentou mudar a si mesma e conseguiu, e respeito isso numa pessoa. Eu e Janille discutimos sobre isso o tempo todo. Nós duas bem que podíamos perder uns quilinhos. É aquele lixo que a gente pega nas *vending machines*. Quando estamos na fossa, fazemos uma pausa — é assim que Janille chama — e comemos salgadinhos Funyuns com refrigerante ou dividimos um chocolate Payday. Isso costuma ser durante *All My Kids* ou *One Life to Live*. Definitivamente, antes do programa da Oprah.

Aqui dentro dependo muito da TV. Da TV e da Bíblia. Esta noite, me disseram que posso assistir o quanto quiser. Posso pedir qualquer coisa pra comer. Posso fazer quase tudo que me der na telha. Disseram que posso tomar um sedativo mais ou menos quatro horas antes. A última garota que executaram aqui tomou. Aquela famosa, Connie Não-sei-o-quê, a que retalhava caminhoneiros. Quando a meia-noite chegou, ela estava um trapo, chorando como um bebê e tropeçando nas próprias pernas. Tiveram de carregá-la para dentro.

Janille não sabe disto, mas Darcy me deu, sem que ninguém percebesse, três cruzes brancas antes que me mandassem pra cá. Tenho guardado elas para esta noite. Mas que se dane, preciso contar a minha história. Vou voltar às cruzes brancas logo depois do jantar. Aviso você quando elas baterem. Se bem que você deve notar.

Esse foi o apelido que os jornais me deram: *Speed Queen*. Sempre me movi um pouco mais rápido que o resto do mundo. Acho que é por isso que estou aqui. Nem sempre paro para pensar, só quero ir em frente. Lamont costumava dizer que eu tinha sido feita para o *speed*. Ele estava certo. O mundo sempre me pareceu um pouco devagar. Acho que é alguma coisa química. Isso acontecia com tudo que eu fazia. Quando usava o *speed*, eu não precisava comer, dormir, nem nada, apenas entrar naquele Roadrunner e ir em frente. Mas agora eu tenho algumas coisas que me acalmam. Meu relacionamento com Jesus, óbvio. Gainey. Saber que me resta pouco tempo. Acho que sempre soube que ia dar de cara com algum tipo de parede. Como naquele filme *Corrida contra o destino*. O cara sozinho lá no deserto pisando fundo naquele Challenger grande e velho enquanto escuta Cleavon Little no rádio. No fim ele colide com a lâmina de um buldôzer. O carro é rasgado e explode, e todos aqueles pedacinhos de metal caem em câmera lenta que nem neve. Era esse tipo de vida que eu queria naquela época. E acho que consegui, hein?

Já estive aqui duas vezes antes. A Casa da Morte. Na verdade, é até agradável. Os colchões são novos e as paredes não vazam como as antigas. Elas têm dois tons, cinza-claro e cinza-escuro, com a linha divisória bem na altura do pescoço. Banheiro de aço, espelho de aço. A única coisa ruim é que não tem janelas. Isso deixa Janille doida.

Na última vez cheguei aqui no começo da manhã, e, na vez anterior, perto da hora do jantar. Como o meu jantar já estava pronto, eles me deixaram comer: churrasco do Leo's, com costelas crocantes, se desprendendo do osso. Você pode dizer o que quiser sobre Oklahoma, mas o churrasco daqui é incrível. Além disso, a gasolina é barata.

Aqui eles aplicam a injeção letal. Estou um pouco desapontada. No Novo México eles usavam a cadeira, mas também mudaram. O Sr. Jefferies mexeu os pauzinhos para que viéssemos para cá. Ele achou que a imprensa ia matar a gente no Novo México.

Matar a gente... isto é uma piada.

Lembra do Frangolino? *Isto é uma piada, filho.* Nunca achei que ele fosse engraçado até a manhã em que eu e Lamont estávamos cansados de tanto trepar e ele ligou a televisão no canal de desenhos. Lamont tinha um cheiro maravilhoso na cama, isso é uma coisa que sempre vai me fazer lembrar dele. Ele sempre me satisfez nesse sentido. Ele me beijava direto no coração.

Lamont me ensinou muitas coisas. Algumas delas foram boas. Não vou fingir que não.

Eu preferia a cadeira. A cadeira me faz pensar no paraíso. Ela parece um trono.

A mesa para a injeção parece um daqueles biscoitos em forma de bonequinho. Tem dez correias.

A MIL POR HORA 17

Não são as agulhas que me preocupam. As minhas veias são melhores do que eram na época da escola. São grossas como minhocas. Todo mundo diz que vai ser como dormir. Não vai ser assim. Eu não sei como vai ser. Ontem à noite imaginei que seria como esvaziar o radiador e colocar anticongelante novo lá dentro. Dizem que a garota que matou os caminhoneiros arrebentou duas das correias... E eram correias novas! Mas parece uma palavra boa pra maioria das pessoas, dormir.

Irmã Perpétua avisou que eu teria de passar por quatro estágios. Ela os anotou pra mim: negação, raiva, mágoa, aceitação. Ela tinha razão, de certo modo. Desde que estou aqui passei por tudo isso. O problema é que um estágio não acaba e então o outro começa. Eles se misturam. Todos acontecem ao mesmo tempo.

Por que os matei é uma pergunta que eu esperaria ouvir da Barbara Walters ou de alguma outra pessoa que me entrevistasse. Não vai começar por aí, vai? Deveria começar pelo começo — não quando eu era criança, mas talvez quando me juntei com Lamont. Porque já estávamos juntos há mais ou menos um ano quando Natalie apareceu. Bons tempos. Nós dois trabalhávamos e Lamont comprou aquele Hemi Roadrunner. A gente pegava cedo a estrada e parava atrás do primeiro Whataburger, só pra ficarmos abraçadinhos no banco traseiro, ouvindo Ramones no último volume, tomando batida de cereja em copos tamanho família. Poderia começar por aí e mostrar o quanto estávamos apaixonados e como tudo deu errado depois. É o que eu faria.

2

Lamont foi o primeiro a usar a arma porque precisou. Era um velho Colt que ele trocou com um traficante de uma cidade do Meio-Oeste pelo tanque de gasolina remendado de um Torino 1970. O Colt tinha um pente de oito balas e o tipo de trava de segurança atrás da coronha que você precisa apertar com a carne do polegar. Tinha um coice tão forte que na primeira vez que atirei o cão da arma deu um talho na minha testa.

Mas você pode descobrir tudo isso nos registros da polícia. Você está apenas me testando, como as perguntas que eles fazem no começo de um teste com o detector de mentiras. Já fiz alguns desses testes e posso te garantir: nem todos funcionam.

Acho que o que vou fazer é responder às perguntas na ordem e depois, talvez, quando tiver acabado, colocar todas na ordem que eu acho que deveriam estar. Porque agora estão de trás para a frente. O importante não é se eu os matei ou como fiz isso. O importante é tudo. Na verdade, a minha vida inteira. E foi por isso que você pagou, não foi?

Ele usou a arma primeiro e depois Natalie usou a faca. Não vejo qual é a diferença. De qualquer modo, eu não usei nenhuma das duas.

E é uma pergunta idiota. Como *eu* poderia usar a faca primeiro? Havia cinco deles e eu era uma só, e naquela época eu era magrinha.

Não que tenha sido em legítima defesa. O Sr. Jefferies disse que seria assassinato mesmo se eu não tivesse feito. A questão era, foi assassinato em segundo ou em primeiro grau, e quantos de cada? E isso sem contar aquele casal, os Close.

Mas vamos falar disso depois. Antes eu acho que você quer me ouvir sobre como foi crescer no campo. Os jornais nunca mencionam que eu sou do interior, e acho que isso é interessante.

Lá em casa éramos minha mãe, meu pai e eu, e Jody-Jo, o nosso cachorro. Ele era um *basset hound* todo caramelo, menos na barriga, que era branca. Era velho, tinha sarna e peidava muito. Não gostava de brincar com ninguém. Só ficava deitado debaixo do balanço, e quando a gente queria sentar ali, ele se levantava e latia antes de sair. Suas patas traseiras se moviam meio de lado. Jody-Jo já era o cachorro da minha mãe quando ela era solteira, e meu pai se recusava a limpar o cocô dele. Minha mãe sempre mantinha uma pá e um saco de lixo encostados na parede da garagem.

A casa. Você já viu *Bonnie e Clyde, uma rajada de balas*? Era igualzinha. A casa mais próxima ficava a um quilômetro dali, seguindo a estrada para qualquer um dos lados. Era bem na Rota 66, a antiga. Eu ficava o dia inteiro sentada no balanço, vendo os carros passarem. Meu pai me ensinou os nomes de todos os modelos... Chieftain e Starfire, Rocket 88. A cidade mais próxima era Depew. Nos fundos tínhamos um velho galinheiro e, mais atrás, um laguinho que o lodo deixava vermelho. A casa era amarela e tinha dois andares, e não lembro de nenhuma mobília além de um piano que vivia quebrado. Você apertava uma tecla e nada acontecia.

O vento era a grande atração do lugar. Ele realmente varria a planície. Não sei se você já esteve por estas bandas, mas não esqueça de botar isso no livro. Diga que ventava todos os dias. Você podia dizer que está ventando esta noite, e que os cartazes e as xícaras de café dos manifestantes lá fora estão sendo soprados para longe. Ou pode dizer que estou ouvindo o vento assobiar em torno da Casa da Morte como um fantasma. Alguma coisa assim, você sabe como fazer, só não deixe de colocar.

Lá em casa a grande preocupação eram os tornados. Principalmente em abril e maio. Se você visse um tornado, devia ligar para a polícia em Depew, abrir as janelas só um tiquinho e descer pro porão. A gente deixava um colchão velho lá embaixo, e quando o rádio dava o aviso, minha mãe descia comigo e com Jody-Jo e ficávamos sentadas comendo biscoitos Ritz com pasta de amendoim até que o rádio dissesse que estava tudo bem. Depew tinha uma sirene; num dia calmo a gente podia ouvi-la ao longe. Mas eu nunca vi um tornado. Tudo que lembro é que de vez em quando o vento arrancava um dos lençóis de mamãe do varal e o jogava no lago. Então ela ia pescar o lençol, xingando muito.

Não tinha sobrado nenhuma galinha no galinheiro, apenas poeira de penas, que me fazia espirrar, e um cheiro parecido com amônia. Atrás da casa havia um morrinho, que eu costumava descer no meu velocípede. Pedalava o mais rápido que podia e então, quando os pedais estavam rodando rápido demais para mim, eu tirava os pés e deixava os pedais girando loucamente. Eu vivia caindo. Quando entrava em casa, minha mãe batia no meu vestido para tirar a sujeira. Era como uma espécie de surra.

— Onde esteve? — ela dizia. — Já não falei um milhão de vezes pra você não fazer isso? O que há de errado com você?

Meu velocípede tinha fitas de plástico que saíam dos braços do guidão. Eu segurava nelas como se fossem rédeas. Guiar assim era mais difícil, mas também era mais divertido.

Quando eu tinha quatro anos, quebrei o pulso. Estava descendo o morro e a roda da frente prendeu numa vala. A roda virou, fui jogada sobre o guidão e o velocípede caiu em cima de mim. Achei que estava bem, afinal eu vivia caindo. Fiquei em pé e tentei levantar o velocípede, mas a minha mão se recusou a me obedecer. Entrei em casa e contei pra minha mãe.

— O que foi que eu lhe disse? — ela ralhou. — Eu falei, mas você não me escuta, não é? Vê o que acontece quando você não me escuta?

E eu *não* escutava mesmo. Engessaram meu pulso de modo a deixar os dedos pra fora, e quando cheguei em casa fui direto pro velocípede. Alguns dias depois sofri exatamente o mesmo acidente. Só que desta vez o gesso bateu no lado da minha cabeça e eu perdi completamente os sentidos. Acordei um pouco depois e entrei em casa. Não contei a ninguém, mas quando me deitei pra dormir fiquei ouvindo uma espécie de rádio na minha cabeça, muito baixo para que eu conseguisse entender o que estavam dizendo.

Sei o que você está pensando, mas não é verdade. No dia seguinte eu já estava melhor. Nunca mais ouvi vozes. Se quiser fazer alguma coisa com isso, tudo bem, mas essa não é a minha história, é a sua.

Se usar essa história, pode dizer que a voz que ouvi era do espírito de uma índia pawnee. Alguns anos atrás umas pessoas da universidade desencavaram uma sepultura cheia de ossos perto de Depew. Eles acham que foi um massacre encoberto. Você poderia dizer que era o fantasma da única sobrevivente do massacre voltando pra encontrar o marido e os filhos. (Você podia colocar as falas dela entre parênteses ou em *itálico* para o leitor saber que é uma voz na minha cabeça, como em *Cemitério maldito*.)

Moramos na Rota 66 até eu fazer cinco anos, quando meu pai arrumou um trabalho em Remington Park e nos mudamos pra Oklahoma City. Fiquei animada com a mudança, mas triste também, porque estava deixando o lago, o galinheiro e o morrinho.

Acho que devia aproveitar esta oportunidade pra pedir desculpas à família Close. Lamont e eu estamos francamente arrependidos por termos causado tanta dor a todos eles. Eu gostaria de poder desfazer o que está feito, mas não posso. Espero que minha morte dê algum conforto aos parentes deles. Também quero que saibam que não tínhamos nada contra Marla e Terry Close, e que eles não estavam envolvidos com o negócio das drogas ou com qualquer coisa ilegal, como saiu nos jornais. Apenas calhou de eles estarem morando naquela casa naquela época. Como cristã, rezo para que eles encontrem sua recompensa, assim como espero encontrar a minha esta noite.

Isso foi uma coisa que notei quando estivemos lá naquela última vez: o piano não estava mais lá. Não sei por quê, eu pensava que uma coisa tão pesada jamais poderia ser movida. Foi um choque. Lembro de ter dito alguma coisa a Lamont enquanto estávamos amarrando os dois.

— Que é? — ele perguntou, porque o querosene estava derramando.

— O piano — disse eu. — Sumiu.

E ele parou o que estava fazendo e me perguntou onde costumava ficar.

— Aqui — respondi, desenhando com as mãos a forma do piano.

Lamont colocou um braço em volta do meu ombro e nós ficamos ali, olhando pro lugar onde o piano deveria estar. No lugar havia uma estante com porta-retratos dos Close. Estavam numa praia em algum lugar, um pôr-do-sol iluminando o céu, os dois bebendo aqueles drinquezinhos com guarda-sóis. Atrás de nós, a Sra. Close choramingava no saco de lixo. A mão do Sr. Close ainda se debatia, como um peixe.

— Que se dane — eu disse. — Aquele troço nunca funcionou mesmo.

E voltamos ao trabalho.

Sentamos no sofá e ficamos ali durante algum tempo, assistindo. Então caímos na estrada. Quando passamos por Depew, a sirene estava apitando loucamente.

3

Não vou dizer nada sobre o número de vezes. Você pode saber disso pelos jornais. Agora estou arrependida, mas depois da quinta ou sexta vez eles provavelmente não sentiram nada. Em todo caso, não é por essas coisas que vou ser perdoada ou não. Isso é com Natalie.

Entendo que você precisa de todos esses detalhes pra contar a história direito. Entendo que as pessoas estão interessadas nesse tipo de coisa. Eu não sei por que fizemos. Todo mundo me pergunta isso. Tudo que posso dizer a você é que às vezes você começa e não sabe quando parar. Depois você volta a si, mas às vezes simplesmente sai para esse outro lugar.

Não estou explicando direito.

Eu me lembro de fazer. Não é como se eu não estivesse lá ou não fosse eu fazendo. Era como se nada mais existisse, além de mim. Isso faz sentido? Eu era a única que contava. Eles estavam lá apenas para me agradar, para eu ser mais importante. Quanto mais eu fazia, maior eu ficava. É como se fosse uma droga, o tamanho a que você chega.

Vou tentar responder isso melhor mais adiante. É uma pergunta difícil.

A gente se mudou dos arredores de Depew para Kickingbird Circle, em Edmond. Na época era uma comunidade recente. As casas eram novinhas em folha, apenas com terra nos quintais e estacas com cordas entre elas. A prefeitura ainda estava instalando a iluminação de rua; os esgotos estavam cheios de parafusos e porcas. Parecia uma peça que tinha começado enquanto ainda se montava o cenário.

Meu pai era assistente de treinador em Remington Park, e minha mãe trabalhava na agência dos correios local. Isso mesmo, aquela onde um sujeito bloqueou as portas e atirou em todo mundo. Achei que você ia gostar disso. Talvez pudesse fazer dela a única sobrevivente que tem uns pesadelos terríveis e me conta como se escondeu num carrinho de lona. Mas, nessa época, ela já tinha saído dos correios, já recebia sua pensão e passava o dia inteiro em casa, lendo romances de mistério e ouvindo rádio.

Mamãe não lê os seus livros. Ela gosta daqueles em que tem sempre a mesma detetive, só que trabalhando num caso diferente. Como nas séries de TV, em que os mesmos personagens aparecem sempre. Como em *Cheers*: você conhece todo mundo. Ela lê dois ou três por semana. Ela pega os livros na biblioteca.

Quando soube que você ia escrever o livro, ela disse:
— Qualquer um, menos ele.
— Mamãe, o que você quer? — disse a ela. — Ele é o maior escritor da América!
— Ele vai mudar você — ela disse. — Vai fazer você parecer malvada.

Então, aqui entre nós, me faz parecer boazinha, certo? Em todo caso, a gente morava em Kickingbird Circle e eu estudava no colégio Northerh Hills. Minha mãe me deu uma chave para eu entrar em casa quando voltava da escola, e sempre me deixava biscoitos ou uvas, ou um bilhete dizendo que tinha picolés no congelador e que eu podia chupar um, do lado de fora da casa. Eu assistia a *Speed Racer* e talvez *A Ilha dos Birutas*, ou ia à casa de Clara Davies brincar com ela de Barbie ou qualquer outra coisa. Então, por volta das 17h30, minha mãe entrava em casa no seu Toronado e dez minutos depois meu pai chegava no seu Continental, e eu ia ajudar a fazer o jantar.

Era tudo bem normal. Tinha amigos. Gostava da escola, especialmente de geografia. Fazia parte de um coral. Na aula de educação física, era a melhor em arremesso de bola. Você pode verificar tudo isso. Todo mundo vai dizer que é verdade. Eu não tinha nada a ver com *Carrie, a estranha*. Meus sapatos eram novos; ninguém ria das minhas roupas.

A única coisa estranha da minha infância é que não íamos à igreja. Nunca. Não sei o motivo. Talvez porque o domingo fosse um dia importante no hipódromo. Meu pai se levantava como se fosse um dia de trabalho como outro qualquer, tirava o Continental da garagem e saía enquanto o resto de Kickingbird Circle ainda dormia. Mais tarde minha mãe fazia panquecas e nós líamos o jornal juntas à mesa da cozinha. Líamos tudo, até as charges idiotas da revista *Parade*. Nossos dedos acabavam sujos de tinta.

Posso ouvir você pensando que tudo isso era muito normal, estranhamente normal. Não é verdade. Ninguém disse que era perfeito. Nós, as crianças, queríamos acreditar naquilo, mas sabíamos que não era verdade. A Sra. Richardson teve um derrame e eles se mudaram. Darryl Marshall atropelou Tallulah, o gato siamês dos Underwoods. Teve um clima misterioso, acho. A gente se juntou em torno do gato, mas não fui eu quem o cutucou com o pau, e naquela noite eu não pensei no assunto. Antes de ir pra cama olhei pela janela para as luzes distantes da cidade, levantei os olhos para as estrelas e fiz o pedido que sempre fazia: que minha vida fosse sempre daquele jeito.

4

Isto é melhor.
 Encontrei Lamont Standiford pela primeira vez em 26 de outubro de 1984, uma sexta-feira. Eu estava trabalhando no turno da noite no posto de gasolina Conoco da Broadway Extension. Nessa época eu andava bebendo. Toda noite tomava um quinto de uma garrafa de vodca. Mas como fumava, eles não sentiam meu bafo. Aquele era um bom trabalho para uma alcoólatra. Tudo que tinha de fazer era apertar botões e aceitar dinheiro. Estava trabalhando ali havia um mês e já tinha recebido um dólar de aumento.
 Lamont estava dirigindo um conversível 442 vermelho com capota preta. Já tinha visto aquele carro cruzando a Broadway; não tinha muito a fazer além de olhar pela janela. Parou diante da bomba *sete* e a luz no meu painel acendeu. Ele acenou para que eu ligasse a bomba. Apertei o botão. É como ser um rato de laboratório; a luz acende, você aperta o botão. Às vezes os clientes ficam zangados quando você demora. Lamont, não. Ele acenou para dizer obrigado, e eu sorri para ele. Ele estava fumando bem ao lado do cartaz de

"Proibido Fumar". Era magro, usava jeans preto e tinha os cabelos desgrenhados, como se tivesse dirigido com a capota abaixada. Ele se curvou para inserir o bico da mangueira no tanque. Eu estava bêbada e tinha acabado de romper com Rico, e pensei que seria legal ter alguém de novo. Como eu tinha um cliente para atender, apaguei meu cigarro e dei o troco a ele, e depois a mais alguém. Quando acabei, sentei novamente na minha banqueta e dei uma tragada. Não o estava vendo. Pensei que talvez tivesse virado a placa para baixo para abastecer, mas não o estava vendo. Eu me levantei para olhar melhor e vi que o carro não tinha placa. Nesse momento ele arrancou, entrou no tráfego e eu o perdi de vista em meio ao fluxo de lanternas traseiras.

Sempre que arrancavam sem pagar, você tinha de preencher um formulário. Quanto mais fazia isso, mais o gerente pegava no seu pé. Cada vez que esse tipo de coisa acontecia, você lembrava que porcaria de emprego era aquele. Apertei o botão para desligar a bomba *sete* e comecei a preencher o formulário. Odiava ver a minha letra toda tremida. Nessa época eu estava de saco cheio de ser uma bêbada, mas não podia fazer nada. Cheguei ao campo Descrição do Veículo, pensei como seria fácil achar um carro como aquele, e comecei a descrever o carro errado. Só tinha visto ele por um minuto mas comecei a descrever um Buick Skylark.

E no exato instante em que estava terminando a descrição, o 442 parou de novo. Tinha listras de *rally* no capô, pneus-balão brancos e outros adornos, mas sem muito exagero... coisa de bom gosto. Estacionou bem em frente à minha janela e ele saltou. Jogou os cabelos para trás, descobrindo os olhos, e se curvou na direção do buraco no vidro. Tinha pupilas imensas e dentes que quase pareciam presas. Gostei das sobrancelhas, da forma como se curvavam para baixo nas pontas.

— Esqueci em que número estava — disse ele, e deslizou uma nota de vinte dólares pela brecha.

— Na sete, o número da sorte.

— Isso mesmo — ele disse, surpreso por eu lembrar, e olhou para mim.

Ainda consigo me lembrar daquele olhar... seus olhos como um eclipse, a forma como o vento soprava os cabelos em torno do rosto, o jeito como catou uma migalha dos dentes com o dedinho.

— Belo carro — eu disse, e acho que nós dois já sabíamos. Às vezes o amor é fácil. Você só tem de estar lá quando ele chega.

Meu pai queria ser jóquei, mas era alto demais. Tinha apenas um pouco mais de um metro e cinquenta, e desde que eu o conhecia ele já era gordo. Todo dia usava um casaco de uma cor diferente para trabalhar, sempre com seu nome sobre o coração: Phil. Eu só o chamava de "papai", mas os meus amigos sempre perguntavam, "Como anda o velho Phil"? ou "Quando o Phil vai chegar em casa?".

Ele costumava me levantar e me balançar pelos tornozelos.

— Me balança! — eu pedia. — Me balança!

Ele ficava em pé no meio da sala, girando para conseguir continuar a me segurar. Teve uma vez que acho que ele ficou tonto, porque minha cabeça foi direto na lateral da televisão. Eu desmaiei, e quando voltei a mim estava no sofá com uma toalha debaixo da cabeça. Meu pai estava segurando um pano com gelo. Não parecia preocupado. Provavelmente fazia muito esse tipo de coisa no trabalho.

A MIL POR HORA

Ele estava dizendo meu nome mas eu mal conseguia ouvir. Havia alguma coisa zumbindo. O gelo desceu como se fosse pousar no meu olho.

— Margie — disse ele. — Margie.

Cada vez que ele falava meu nome eu conseguia ouvir um pouco melhor, como se o zumbido estivesse se dissolvendo.

Minha mãe chegou do quintal; usava luvas sujas.

— O que aconteceu? — perguntou.

Papai disse. Mostrou a ela o pano com gelo.

Mamãe se debruçou sobre mim. Tentei sorrir.

— Ela vai ficar bem — disse.

No jantar, adormeci na cadeira. Meu pai disse que eu simplesmente caí. No hospital, o doutor disse que eu tinha uma fratura no crânio.

No caminho para casa vim sentada entre eles no banco da frente. Papai estava abalado demais para dirigir, e minha mãe de vez em quando estendia o braço para acariciar sua nuca.

— Foi um machucadinho de nada — disse. — Phil, ela vai ficar bem.

5

Minha mãe não tinha opinião sobre Lamont. A gente se conheceu na época em que eu morava com duas amigas num bangalô atrás da biblioteca de Edmond. Os nomes delas eram Garlyn e Joy. Isto foi depois que eu e Rico terminamos. Minha mãe não estava falando comigo por muitas razões, mas depois eu conto.

Garlyn e Joy eram agora a minha família. Nós todas bebíamos e sempre estávamos mudando de emprego. Mas nossa casa era limpa, isso era algo com que nos preocupávamos. Havia plantas para tudo que era lado, porque Joy tinha talento para plantas. Nós três acordávamos por volta do meio-dia e começávamos a limpar a casa em câmera lenta. Garlyn tinha um caixote cheio de velhos discos de *blues*. A gente ficava chapada e comia cereais no sofá enquanto ouvia Lightnin' Hopkins e Sonny e Brownie.

É engraçado, metade das músicas que a gente ouvia era sobre caras presos por assassinato. Eles ficavam cantando coisas como *Eu matei minha mulher / você sabe que ela me traiu*. Eles não estavam realmente arrependidos, mas pareciam ter aprendido com a experiência, como se não fossem cometer o mesmo erro novamente. Eu e as garotas inventávamos nossos próprios versos. *Paguei a conta da luz / você sabe que paguei ontem*. Joy pegava uma garrafa de cerveja, fazia de conta que era um microfone e imitava Janis Joplin. Ou então botava óculos escuros e fazia sua interpretação de John Belushi. Ela sabia imitar toda essa gente morta. A gente respeitava pessoas assim, que se matavam enquanto se divertiam. Éramos igualzinhas, só que ainda não éramos famosas, ou mortas.

Essa era a melhor parte do dia, antes de nos aprontarmos para o trabalho. A gente ficava sentada lá, bebendo e cantando até alguém dizer "ei, tá na hora". Esse pode ser um momento de descontração no livro, quando a gente saía de casa vestindo uniformes. Todas usávamos uniformes. Joy trabalhava no *drive-in* da Taco Mayo; Garlyn tinha acabado de conseguir um emprego na Tabacaria Crockett. Eu estava na Conoco há pouco mais de um mês, e sabia que não ia durar porque eu já estava roubando.

Roubava pacotes de Marlboro e caixas de cerveja. No começo era principalmente para mim mesma. Depois, quando decidi que ia pedir as contas, passei a encher sacos de lixo e a jogá-los na caçamba para Lamont recolher. Outra coisa que eu pegava era chiclete. Nós adorávamos mascar chiclete: Bubble Yum, Bubblicious, Wrigley's, Care Free. Levava para casa na bolsa. Era bom porque me dava a sensação de estar fazendo minha parte pela casa. Nós três precisávamos de chiclete, principalmente no trabalho.

Foi assim que Lamont começou a me conhecer: me levando para casa depois do trabalho. Na primeira vez que veio me oferecer carona eu logo soube, porque ele teve de atravessar o estacionamento duas vezes. Chegou por volta das 23h e parou ao lado da bomba de calibragem. A essa altura eu tinha terminado minha garrafa e estava me sentindo bem. Em casa havia outra garrafa no congelador, escondida numa caixa de ervilhas congeladas. Era um bom momento da noite.

Ele esperou até que o Sr. Fred Fred, o cara do turno da madrugada, aparecesse. Você adoraria o Sr. Fred Fred, ele sozinho já dava um livro. Ele foi contratado como parte de um programa de empregos para pacientes de ambulatório que o Estado estava implementando. Era basicamente um maluco. Tinha um caderninho que estava enchendo com fórmulas científicas para provar alguma coisa sobre os planetas. Certa vez me mostrou os diagramas. Todos os planetas estavam alinhados com a cidade de Oklahoma — mais precisamente com o Sr. Fred Fred. Num círculo num canto havia uma diagrama menor mostrando um raio passando direto pela cabeça dele. Estava tentando provar que os planetas estavam fazendo alguma coisa com ele, que de alguma forma estavam contra ele. Não sei o que o Sr. Fred Fred achava que seria possível fazer se conseguisse provar isso.

Fui eu quem deu ao Sr. Fred Fred esse nome. Na verdade, foi ele quem se deu o nome, eu apenas estava lá quando ele fez isso. Um supervisor o trouxe do asilo Nancy Daniels. Tudo que tinha a fazer para conseguir o trabalho era preencher a ficha de inscrição. Stan, o gerente, o levou até o fundo da cabine para fazer isso. O cabelo dele estava despenteado, como se ele tivesse acabado de acordar. O supervisor dizia a todos que Fred estava preparado para este grande passo e que aceitá-lo tinha sido um grande gesto humanitário da nossa parte e coisa e tal. Enquanto isso, Fred estava preenchendo a ficha sozinho. Fui lá atrás pegar uma caixa de Milky Ways, e enquanto voltava olhei por sobre o ombro dele, e a única coisa que ele tinha preenchido era seu nome. Ele circulou *Sr.* Nome: *Fred*; sobrenome: *Fred*. O resto estava vazio.

Na primeira noite em que Lamont me levou para casa, o Sr. Fred Fred chegou com seu caderninho. Ele sempre dizia apenas olá, e depois disso era como se você não estivesse ali. Eu sempre dizia alguma coisa extra, pensando que poderia acionar algo. Não esqueça do Sr. Fred Fred, porque ele vai aparecer mais tarde.

Então eu fecho a caixa registradora, assino a fita e a enfio no cofre. O Sr. Fred Fred já está atendendo clientes. "Boa noite", eu digo em voz bem alta e saio para esperar que Garlyn venha me pegar.

Mas na verdade não estou esperando por ela, estou esperando que Lamont chegue e me ofereça uma carona. Gosto que ele não chegue logo. Os vidros do 442 são tingidos de púrpura; sob a luz dos postes, o púrpura fica preto e não se consegue ver nada.

Então Lamont liga o carro. É como um animal, faz o meu coração pular. Os faróis brilham direto sobre mim. Eu me sinto boba por já querê-lo, mas isso é adorável. Lamont pisa na embreagem e então arranca, fazendo o 442 deixar um rastro no chão. O carro pára bem na minha frente, o exaustor fumegando. Ainda não consigo ver através das janelas.
A porta do passageiro se abre, deixando escapar uma música antiga do MC5. É como estar de volta aos tempos de escola, eu penso, mas e daí?
Olho em volta uma última vez à procura de Garlyn, e então entro.
Seus olhos estão como na outra noite, simplesmente me sugando. Ele sorri e me mostra aquelas suas presas.
— E então? — diz. — Para onde você quer ir?

Esqueci de te contar sobre Jody-Jo. Ele não veio para Edmond com a gente. Um belo dia deitou debaixo do balanço e morreu. Ninguém notou até depois do jantar. Ele costumava se limpar debaixo da mesa enquanto jantávamos, lambendo o tapete. Era nojento. Minha mãe chamou, mas ele não veio. Ela o viu debaixo do balanço e achou que estava dormindo. Enfiou o pé debaixo do balanço e empurrou seu ombro. Fez isso de novo e então se ajoelhou.
— Vá chamar seu pai — disse.
Meu pai saiu e colocou a mão no pescoço de Jody-Jo, como se tentasse sentir as suas pulsações.
— Não parece bom — disse ele.
Minha mãe estava abraçando a si mesma, segurando os cotovelos como se sentisse frio. Lembro disso porque fez a mesma coisa no meu julgamento.
Papai a abraçou.

— Ele teve uma vida longa — disse, como se isso fosse um elogio para um cachorro.

Então a abraçou e a conduziu de volta até a porta, um braço em volta do ombro dela, e percebi que ele queria que todos entrássemos.

Mamãe foi acabar de lavar os pratos enquanto eu assistia à TV. Isso foi antes da TV a cabo, e lá nos arredores de Depew não havia uma grande variedade de canais. Lá fora, o balanço rangia, embalado pelo vento. Havia também alguns sons naturais — animais comendo uns aos outros. Finalmente eu me levantei e caminhei até a janela para ver se podia ver meu pai.

Estava com as luvas de jardinagem da mamãe. Segurava um pedaço de barbante entre os dentes enquanto tentava enfiar Jody-Jo num enorme saco de lixo. As patas traseiras insistiam em escorregar. Papai levantou o saco de lixo do chão e conseguiu envolver o cachorro inteiro. Então fechou o saco e o amarrou com o barbante. O saco ficou cheio de ar, como um balão. Quando papai colocou-o no chão, ele virou. Ele jogou as luvas sobre o balanço e acendeu um cigarro. Então, depois de algumas tragadas, jogou-o no jardim. Segurou a base do saco e o arrastou sobre as tábuas do assoalho. Antes que alcançasse a escada, o saco rasgou, e uma das pernas de Jody-Jo escapuliu. Papai viu isso, mas não parou. Puxou o saco escada abaixo e o arrastou pelo jardim até a estrada, onde o deixou junto de outros sacos. Então voltou, ajeitou o balanço para a posição que considerava correta e trouxe as luvas da mamãe para dentro.

Na manhã seguinte acordei com o barulho do caminhão de lixo. Fui até a janela e vi suas luzes piscando. Os dois caras na traseira do caminhão tinham as cabeças cobertas pelos capuzes dos suéteres. Jogaram os sacos de lixo na carroceria, subiram na boléia e o caminhão foi embora.

Durante o café da manhã, mamãe disse que Jody-Jo tinha sido sepultado atrás do galinheiro. Mais tarde fomos levar algumas flores para ele. Minha mãe enfiou-as na terra revolvida, como se as estivesse plantando ali.

— Papai jogou ele no lixo — eu disse. — Os lixeiros levaram ele.

— Quantas vezes preciso repetir? — minha mãe disse.
— Se continuar inventando histórias, ninguém vai acreditar em nada que você disser.

Sei que não é realmente interessante, mas um ano antes disso, meu pai atropelou Jody-Jo com o carro da minha mãe. Foi um acidente. Quando minha mãe chegava em casa, Jody-Jo gostava de correr até o carro e ficar girando em torno dele, como se estivesse dizendo oi. Neste dia específico, o velho Polara de papai estava na oficina. Assim, ele estava dirigindo o Toronado, e Jody-Jo achou que era mamãe. O que costumava acontecer era que Jody-Jo corria direto até o carro de mamãe, e ela parava. Então Jody-Jo ia até a janela dela e lhe dava um beijo. Assim, quando o Toronado chegou, ele correu na direção dele. Papai deve ter achado que Jody-Jo desviaria no último segundo, porque passou correndo por cima dele. Papai disse que ouviu um baque e parou. Mas Jody-Jo ficou bem, apenas ganhou um galo enorme na cabeça.

Talvez você possa juntar as duas coisas. Foram acidentes, mas meu pai realmente não gostava dele. Eu não sei, é apenas uma sugestão. Você sabe o que está fazendo. Eu não.

6

Não. Eu não usava muitas drogas antes de conhecer Lamont. Era bem conservadora. Fumei maconha durante todo o ensino médio, mas quem não faz isso? Bebia cerveja e um pouco de vodca nos fins de semana. Tudo muito careta. Tomava calmantes quando caíam na minha mão: Percodan, Percocet, Quaaludes ilegais. Meu coquetel favorito era gim com Percocet. Podia assistir à TV durante horas tomando isso. Nos sábados a gente ia para a casa de Mary Alice Tompkins ver os Sooners massacrarem alguém. Lá pela metade do jogo a gente não tava mais nem aí. Mas isso era apenas curtição, coisa da juventude.

Experimentei um pouco de ácido, cinco ou dez viagens ao todo. Principalmente pra dar energia, acho. Suava a baldes e meus dedos ficavam frios. Tomava antes da aula, ficava ligada o resto do dia e quando chegava em casa precisava me forçar a comer alguma coisa. Lembro de espalhar a comida pelo prato pra mamãe achar que eu tinha comido. Tenho certeza de que ela pensava que eu era anoréxica. Acordar no dia seguinte era sempre difícil.

Não, não. Era uma garota bem certinha.

Mas bebia muito. Ninguém nunca fala disso. É a mania de me chamarem de *Speed Queen*. Começou quando eu morava sozinha. Estava fazendo faculdade durante o dia e trabalhando no Mister Swiss à noite.

O Mister Swiss era um velho Tastee-Freez reformado para parecer um chalé. Você era obrigado a usar uma roupa que parecia de ordenhadora. Todos os hambúrgueres eram batizados em homenagem aos Alpes. O duplo se chamava Matterhorn. Nossa especialidade eram os *sundaes*, que eram chamados Avalanches. O gerente me obrigava a dizer essas coisas. Eu não podia dizer "cheeseburguer duplo", tinha de dizer "Matterhorn". E num alto-falante, para todo mundo me ouvir. Lá no Mister Swiss tudo era frito: hambúrguer, frango, camarão. De vez em quando era preciso escorrer a panela de fritura e levar o balde de gordura até uma lixeira especial lá nos fundos. Havia uma mancha enorme de gordura no estacionamento, e quando chovia você não ousaria pisar nela. Quando meu turno acabava, eu tinha a sensação de ter nadado em óleo.

Chegava em casa por volta da meia-noite e levava uma cerveja gelada pro chuveiro. Era a minha recompensa por ter sobrevivido ao dia. Tomava outra enquanto secava o cabelo, e mais outra enquanto assistia ao David Letterman. Não demorou muito para eu começar a matar aulas, ou a dormir durante elas.

Levei pau em várias matérias. Mamãe disse que não me ajudaria a pagar a faculdade se não melhorasse, mas no semestre seguinte fui ainda pior. Eu me matriculei em alguns cursos de verão e consegui me recuperar, mas no outono fiquei doente e simplesmente parei de ir às aulas. Como esqueci de trancar as matérias, tirei F em tudo. Minha mãe disse que aquilo tinha sido a gota d'água e que meu pai não teria aprovado que ela jogasse mais dinheiro fora. Não me importei muito com isso. Estava fazendo faculdade apenas porque era um desejo dele. Não estudar era mais fácil. Agora tudo que eu tinha de fazer era trabalhar.

Você pode dizer que eu estava estudando para ser artista, escritora ou algo assim. Isso pode ser interessante. Como nunca me formei, tecnicamente não seria uma inverdade. Tudo que fiz foram alguns cursos de administração: estatística e economia, coisas chatas. Você poderia fazer de mim uma pintora. Eu pintaria retratos estranhos, deformados, de meu pai ou da casa nos arredores de Depew. Ou de Jody-Jo e do meu velocípede atrás do galinheiro. Eu poderia entrar nas minhas pinturas, como em *Rose Madder*. Conheceria um outro pintor de Nova York ou de Paris, e descobriríamos uma afinidade inabalável. A nossa vida ia ser apenas beber vinho e fazer amor à luz de velas. Então alguém mataria ele, ou ele morreria de uma doença rara, e eu começaria a beber mais vinho e a pintar retratos dele compulsivamente, até não agüentar mais. Eu poderia quebrar um espelho com uma garrafa e ficar parecendo exatamente como um dos meus quadros, toda estranha e deformada. Então queimaria todos os meus quadros, pediria demissão do Mister Swiss, e iria trabalhar no *drive-thru* da Schlotzky's e conhecer Rico.

Outra coisa sobre Jody-Jo é que ele tinha uma casinha. Ficava debaixo da única árvore do quintal da frente e tinha telhas de verdade no teto. Depois que ele morreu, passei a sentar dentro da casinha para espionar os carros que passavam. Meu pai me ensinou todos os nomes: Javelin, Montego, Wildcat. Ainda dava pra sentir o cheiro de Jody-Jo ali dentro; havia uma bola de pêlo escura num canto. Às vezes eu fechava os olhos e fingia que era ele. Minha mãe disse que Jody-Jo tinha ido para o céu, e eu também queria ir para lá. Eu não conseguia imaginar como era o céu. Só conseguia ver Jody-Jo caminhando por uma trilha branca, cercado de nuvens de algodão. Então eu via o saco de lixo e suas pernas escapulindo, e abria os olhos.

    Minha mãe queria outro cachorro mas meu pai dizia que não. Devia ser um tipo de brincadeira entre eles, como quando ela via um filhote na TV, mas ambos falavam sério. Quando meu pai morreu, mamãe foi até o abrigo de animais e pegou o Stormy. É engraçado, mas ela nunca disse que meu pai foi pro céu.

Para onde eu vou? Sei que você vai me perguntar isso depois. Mas caso eu não tenha todo esse tempo, me permita dizer agora que vou para o céu. Sou uma guerreira de orações, e tive de lutar contra meu próprio coração maligno para chegar neste ponto. Se Jody-Jo e papai estiverem lá, eu vou dar um grande abraço nos dois. Mas não quero viver com eles de novo. Gostaria de ter um lugar com Lamont se isso for possível, e se por algum motivo não for, então eu gostaria de um lugar só meu.

Espera um pouco, Janille quer alguma coisa.

Sim?

O dobro de carne, o dobro de feijão. E muito molho. O picante.

Nada de torrada Texas, ou então você pode ficar com ela.

A comum. Acho que já é tarde demais pra começar uma dieta.

Desculpa. Ligaram do Leo's para conferir meu pedido. Da última vez esqueceram da costelinha, e Janille deu uma tremenda bronca neles. Você gosta de churrasco? Devia vir aqui. Eu podia te levar nuns lugares bacanas.

A Última Ceia, certo? Tenho certeza de que você pode fazer alguma coisa com isso. Vou precisar desligar o gravador na hora de comer. Quando a gente come um bom churrasco, precisa se concentrar nele.

Acho que vi um "Quinta Dimensão" no qual um sujeito condenado à cadeira elétrica pede uma última refeição impossível. Ele não pára de pedir novos pratos e os cozinheiros ficam levando comida pra ele. O cara vai comendo e comendo, e engordando e engordando, até ficar grande demais para a cela. Então as barras entortam, o concreto racha e ele sai. O sujeito está grande como o Godzilla, e os guardas nas torres da penitenciária atiram nele, mas ele arrebenta os muros e sai. No fim era tudo um sonho, e o cara acorda na cadeira elétrica. A gente o vê se contorcendo. Então Rod Serling, ou sei lá quem, fala sobre como um homem finalmente se torna livre, e a câmera dá um *zoom* nas correias sendo desafiveladas pelos guardas. Quando fizerem isso comigo, vou ter molho apimentado nas unhas.

7

O que você quer dizer com ser avaliada? Fui testada no Novo México quando me pegaram, mas não me tacharam de louca. O Sr. Jefferies disse que todo mundo faz esses testes. Ele disse que não poderíamos usá-lo como defesa por causa do juiz.

Tem gente aqui que acha que sou maluca e tem gente que pensa que eu fiz tudo aquilo. Muitas dessas pessoas são as mesmas. Pelo modo como foram retalhados, posso entender por que pensam isso. Ouvi dizer que o Mach 6 tirou todos os seus comerciais do ar depois do episódio.

Não estou dizendo que não fui eu, apenas que não fui a única. Não fui eu quem começou e não fui eu quem planejou. Apenas estava lá. Quando você está lá e a coisa está acontecendo, você não diz: "Esperem, isto é loucura". É diferente de apenas estar sentado em algum lugar pensando no assunto. Você está lá e você faz, e loucura não tem nada a ver com isso.

Aqueles testes são como detectores de mentiras. Você simplesmente não pode confiar neles. Eles são fáceis de enganar; tudo que você precisa fazer é fingir que é outra pessoa.

Quando eu era menina, achava que era maluca. Pensava que era a única que podia falar dentro da minha cabeça. Ficava sentada dentro da casinha de Jody-Jo e conversava comigo mesma.

— Papai o botou num saco de lixo — minha voz interior disse.

— Mamãe disse que papai o enterrou — disse eu.

Era como duas pessoas conversando.

— Desenterra ele e veja.

— Com o quê? — perguntei.

Às vezes a minha voz interior me surpreendia e falava coisas que eu não sabia — como acontece com o personagem de *Terras devastadas*. Ela dizia coisas que eu sei que *eu* não pensava.

— Com o forcado — a voz disse. — Com as tesouras de jardinagem da mamãe.

— Foi apenas uma história — eu disse.

— Com as suas mãos.

— Papai não faria isso.

— Você está com medo de descobrir.

Mas todo mundo faz isso. Isso não é ouvir vozes. É apenas uma forma de pensar. Eu achava que pensava dessa maneira porque era maluca. Ninguém me disse que não, e eu não ia perguntar.

Na oitava série eles me passaram um teste para ver no que eu era melhor, um daqueles nos quais você deve descrever a si mesma. Você dizia o que faria se isto ou aquilo lhe acontecesse, como: *Você descobre que sua amiga Mary tem*

contado mentiras a seu respeito. O que você faz? (A) Enfrenta-a (B) Não diz nada, e outras coisas do tipo. Queriam ver se você seria uma boa garçonete ou algo assim. Como eu estava chapada, marquei todas as alternativas "A".
  Na semana seguinte fui chamada pra falar com a Srta. Drake, a conselheira da escola. As paredes da sala dela eram cheias de quadros de gaivotas com poesias, a mesa coberta por vasos de heras. Ela tirou os óculos para conversar comigo.
  — Marjorie, eu estava olhando os testes e o seu chamou a minha atenção — disse.
  — Só marquei "A" em tudo.
  — Mas por que fez isso?
  — Não sei — respondi.
  — Já teve algum problema com raiva ou agressão?
  — Não — disse, torcendo para que ela não soubesse sobre a briga que tive no ônibus com Shona Potts.
  Na semana anterior eu tinha zombado dos óculos novos de Shona. Quando saltou em seu ponto, Shona apontou para mim e disse: "Te vejo amanhã, *margidiota*", e todo mundo riu. Na manhã seguinte, quando ela subiu no ônibus, eu me esgueirei agachada pelo corredor e me sentei bem atrás dela. Todo mundo sabia o que eu ia fazer. O cabelo de Shona era amarrado em tranças por cordinhas vermelhas de elástico. Enrolei minha manga para cima e cerrei o punho como meu pai tinha me ensinado, não esquecendo de deixar o dedão do lado de fora. Estiquei o cotovelo para trás até onde o assento do ônibus permitia e meti um soco no lado da cabeça dela. Os óculos novos de Shona voaram por cima dos assentos. Depois disseram que ela ia ficar com visão dupla por causa disso, mas na hora achei que a tinha nocauteado muito fácil. Não bati tão forte; a minha mão nem doeu.

A MIL POR HORA 43

Fui suspensa mas não contei à minha mãe. Pegava o ônibus e depois ficava vagabundeando pelo auditório. Durante algum tempo ninguém conversava comigo. No almoço, as pessoas jogavam seus saquinhos de sal em mim, e uma vez uma caixinha vazia de leite achocolatado, que manchou minha blusa. Eu voltava para casa, ia para o meu quarto e sentava na minha cama com o sol se pondo. Minha mãe não entendia o que estava acontecendo. Que tipo de escola eu freqüentava?

A Sra. Drake me mandou refazer o teste e ainda passou mais alguns. Eu obedeci. E me saí bem em todos eles. Eram fáceis. O principal disse que eu gostaria muito de uma carreira na qual pudesse ajudar outras pessoas.

8

Não tenho a menor idéia de qual é o meu QI. No ensino fundamental eu só tirava B e C, e depois C e D no ensino médio. Não gostava do ensino médio. Os professores faziam eu me sentir estúpida. Eu não entendia o sentido de estar ali. Eu aprendia mais assistindo TV e lendo livros. Meu pai realmente queria que eu fizesse faculdade, e só por causa disso eu fiz. Lamont costumava me chamar de sua universitária. No começo eu gostava disso.

Fiquei mais esperta desde que vim para cá. Uma coisa boa da prisão é que aqui você tem tempo para pensar. De manhã uma das prisioneiras de confiança passa empurrando um carrinho cheio de livros, e você pode pegar um. Aqui tem todos os seus, mas eles estão sempre emprestados. O último que eu li era um bem antigo: *Cão raivoso*. Acho que gostei da história, como a raiva transforma um cão normal num monstro. No começo eu achei que seria idiota... quero dizer, quem tem realmente medo de um cachorro? Mas foi bom. Quase dava para acreditar que uma coisa como aquela poderia acontecer.

O carrinho tem de tudo: Danielle Steel, Mary Higgins Clark... todos os bons. Às vezes os livros estão sem as partes boas, como quando você recorta cupons do jornal. Mas gosto de preencher os buracos com minha própria imaginação.

Eles permitem que você tenha dois livros próprios aqui, e um tem de ser religioso. Além da Bíblia, eu tenho meu guia rodoviário. *Descubra a América!*, diz a capa. Deito no meu beliche e viajo pelo país todo. Só escolho uma estrada e vou embora.

Leio a Bíblia todos os dias. Não muito, apenas uma ou duas páginas. Quando Irmã Perpétua vem me visitar, nós conversamos sobre a Bíblia. Ela é uma boa professora porque sabe o que é estar perdida. É órfã. Darcy disse que a família dela estava no Novo México quando eles sofreram um acidente, e apenas Irmã Perpétua sobreviveu. Às vezes imagino o acidente na Rota 14, a Trilha Turquesa. Talvez estejam dirigindo uma van, e o pai tente ultrapassar por uma subida cega um caminhão de cascalho. Quando ela penteia o cabelo para trás, sua única orelha parece cera derretida. Às vezes pergunto a ela coisas sobre as quais ela nunca pensou. Ela balança a cabeça como se estivesse meditando e diz que falaremos sobre isso na próxima vez.

Irmã Perpétua me trata bem, ela e o Sr. Jefferies. Durante esses anos todos, eles não me abandonaram, como os outros. Na verdade, só a minha mãe. Gainey ainda está comigo.

Então somos três. Se não fosse por eles, acho que eu não estaria bem agora.

Portanto, não. Eu não sei qual é o meu QI. Cento e qualquer coisa, acho. Não sou uma retardada, se é isso que você quer saber. Eu sei o que está acontecendo comigo.

Quando vão te eletrocutar, colocam um capacete de couro na sua cabeça. No topo do capacete há uma protuberância de bronze. Ela está ligada ao interior do capacete, onde há uma tela de cobre com uma esponja. Esse é o eletrodo superior. Eles raspam a sua cabeça para o eletrodo ficar em contato direto com a sua pele. O outro eletrodo faz parte da cadeira. Na maioria dos estados, ele é anexado à perna esquerda, às vezes à sua espinha. Também é de bronze. Eles cortam a parte de trás da perna da sua calça para que ele fique colado na sua panturrilha. As correias no encosto e nos braços da cadeira, que aparecem tanto na TV, não fazem nada. Elas só seguram você.

É simples. A eletricidade precisa ir do eletrodo no capacete para o eletrodo no tornozelo. Você é como o pedaço de arame numa lâmpada.

A dose comum é de 2.000 volts. Ela é aplicada duas vezes; em alguns estados, quatro. O que costuma acontecer é que a corrente passa através de você e pára o seu coração. O corpo fica endurecido. Todos os músculos enrijecem ao mesmo tempo. Nem sempre funciona como deveria. Por volta da virada do século, um sujeito ficou tão enrijecido que quebrou as pernas da cadeira e os guardas tiveram de prender seus pés no chão com blocos de concreto. A segunda corrente fez o sujeito chutar os blocos para longe. Iam tentar uma terceira vez, mas o infeliz já tinha morrido de queimaduras de terceiro grau.

Sete anos atrás, na Flórida, executaram um sujeito chamado Jesse Tafero. Quando ligaram a chave, chamas de trinta centímetros de altura saíram de sua cabeça. Fagulhas voaram para tudo que era lado. O lugar inteiro ficou cheio de fumaça. Quando os guardas desafivelaram o sujeito, a pele caiu dos ossos como galinha frita. Ainda tem o caso de um cara da Virginia. Aplicaram a voltagem errada nele, e o interior da sua cabeça fumegou até os olhos pularem para fora e rolarem pelo rosto. O livro que li tinha todas essas histórias de terror. Se preferir me mostrar na cadeira elétrica, pode usar essas histórias.

9

Eu me considero sã. O estado de Oklahoma também. Essa é a única coisa com que concordamos.

Tem uma piada aqui dentro. É assim: "Sou tão sã quanto a minha vizinha." Essa seria a Darcy. Está aqui por ter atropelado a enteada. Ela não atropelou a garota apenas uma vez. Darcy prendeu a garota entre o pára-lamas do carro e a porta da garagem, e continuou acelerando até a porta quebrar. A enteada viveu uma semana. Darcy me contou a história inteira. O namorado dela estava dormindo com as duas e decidiu ficar com a mais nova. Você pode usar isso para Natalie e eu. Eu não sei.

Quando vim para cá, eu devia parecer maluca. Lamont morto, Natalie ainda no hospital, e eu finalmente caindo em depressão depois de um mês em estado de choque. Não conseguia pensar em nada. Ficava olhando o parafuso que prendia o beliche na parede e o achava fascinante, embora não tivesse qualquer significado para mim. Nada tinha significado para mim. Tudo era feito de papelão. Na primeira vez que o Sr. Jefferies veio me ver, eu podia enxergar os arames em sua cabeça, as engrenagens que faziam sua boca se mexer. Ele queria roubar meus números secretos, e então tapei os olhos. Prendi a respiração para não ouvir o que ele dizia. O Sr. Jefferies falava como uma gravação ao telefone; nenhuma de suas palavras se conectavam às outras.

— Bem, isso é tudo que tenho a dizer — o Sr. Jefferies falou, e se levantou para ir embora.

O guarda começou a me levar, mas ele ainda estava olhando para mim.

— Eu sei o que você é — eu disse. — Vi você no filme dos anjos. Meu pai está nos assistindo na TV. Ele vai pegar você.

Alguns anos atrás o Sr. Jefferies tocou a gravação dessa conversa para mim. Reconheci a minha voz, mas não era eu. Não que isso seja uma desculpa.

As pessoas dizem que a culpa foi de Lamont, que ele era o maluco e que nós fizemos o que ele mandou. Não acho que seja verdade. É fácil pensar assim agora. Como eu disse, é diferente quando você está lá.

Quando os detetives limparam o nosso apartamento, pedi que me mandassem qualquer foto de Lamont que encontrassem. Havia alguns envelopes da Motophoto. Eu me sentei no beliche para olhar as fotos, e ali estávamos nós sentados na varanda da Casa Mia, beijando Gainey em cada bochecha. Nós éramos tão novos! Lá estava eu de biquíni, sentada no capô do Roadrunner, posando como uma garota da página central da *Playboy*. Havia até algumas fotos tiradas num churrasco no quintal, com a Sra. Wertz e todos os nossos vizinhos. Todo mundo parecia estar se divertindo. Embora eu soubesse que Natalie tinha batido algumas daquelas fotos, Lamont parecia feliz comigo. Ele tinha o braço em volta do meu ombro, boné virado para trás. Havia uma mesa cheia de frango e salada de repolho, e todos seguravam uma lata de cerveja, mas eu não conseguia me lembrar de quando as fotos foram tiradas, que dia, como estava o tempo. A garota nas fotos era magra, de cabelos longos, e sorria o tempo todo. Era como olhar para uma boa amiga, alguém que um dia já foi muito importante para você, mas que você não via há muito tempo.

Como posso saber se sou louca? Ainda falo comigo mesma. Lembro de coisas que nunca aconteceram e esqueço de coisas que aconteceram. Tem dias em que finjo que estou viajando de carro com Lamont e Gainey em sua cadeirinha. Isso é antes de Natalie, antes de qualquer outra daquelas coisas. Entramos em Coney Island, estacionamos debaixo do toldo e damos batatas fritas na boquinha do Gainey. Nós dois pedimos sanduíche de pimenta e queijo com porção dupla de cebolas, e Lamont precisa terminar o meu. Depois seguimos até o Lago Arcádia para ver o sol se pôr na água, e então vamos para casa, e quando estou quase dormindo, quando estou deitada em minha cela com a Janille ali, lendo o jornal, sinto Lamont estendendo o braço até mim. Isto é loucura?

10

Sonho todas as noites. Sonhos normais, acho. Não tenho mais pesadelos do que qualquer outra pessoa. Não vejo os Close ou Victor Nunez ou qualquer outra pessoa do Mach 6 vindo me pegar, se é o que você quer saber. Não vejo Lamont, as facas ou o fogo. Não sinto medo de dormir.

    Sonho que estou dirigindo pelo deserto com um refrigerante de uva bem gelado. Sonho que estou dormindo ao lado de Gainey sobre as cobertas. Sonho que estou fora daqui.

    É engraçado como às vezes os seus sonhos não mudam mesmo quando a sua vida muda. Ainda sonho que o Conoco vai explodir. Estou trabalhando no posto, esperando que o Sr. Fred Fred venha me render, e então um carro aparece na minha frente. Está enlameado como se tivesse acabado de emergir do fundo de um lago, e suas rodas estão caindo. É igualzinho ao começo de *A dança da morte*... tenho certeza de que foi de lá que tirei essa imagem. O homem atrás do volante está bêbado, caindo de sono, ou qualquer coisa assim, e o carro colide com as bombas. Uma das mangueiras se solta e derrama gasolina no teto do carro. É um Malibu azul; vejo porque a gasolina lava um pouco da lama. Da minha cabine posso ver o cano de descarga tossindo fumaça, e a gasolina escorrendo por debaixo do pára-lama em direção a ele. Não tenho como sair de trás do balcão. O vendedor de horóscopos está no meu caminho, assim como a máquina de Slush Puppy, a de bebidas light, a de batons para lábios rachados e a de barras de carne seca. É como se eu estivesse enterrada. Olho para o monitor e o Malibu está em chamas. A testa do motorista está no volante; a buzina toca sem parar. Há um adesivo nos controles das bombas de gasolina que diz *Em Caso de Emergência, Siga o Plano de Contingência*, mas não consigo lembrar que plano é esse.

    Nunca chego ao final do sonho, às explosões que sei que virão. Comecei a ter esse sonho na semana em que comecei a trabalhar no posto. Desde então ele não parou. Realmente havia um adesivo que dizia isso. Era uma piada; o gerente nunca nos disse qual era o plano. Não que isso importe. Naquela época eu estava sempre tão bêbada que não seria de muita ajuda. Teria ficado parada dentro da cabine e queimado até a morte.

Sonhei com meu pai durante muito tempo depois que ele morreu. Todo sábado de manhã ele me levava ao hipódromo e me deixava ver os cavalariços fazerem seu trabalho. Quase não havia mais ninguém lá; você podia sentar em qualquer lugar que quisesse. No meu sonho, ele estava sentado lá em cima na tribuna principal e eu subindo a escada. Os degraus tinham números gravados, mas não estavam em ordem. Eu continuava subindo e subindo, e o sol batia forte na tribuna, me cegando de vez em quando. Ele ainda estava sentado lá, usando seu chapéu. E então o alto-falante emitia... não uma voz, mas um zumbido... e eu sabia que ia cair contra o concreto e que sentiria minha pele machucada para todo o sempre.

Ainda sonho com isso de vez em quando, mas logo depois que ele morreu eu tinha esse sonho toda noite. E outros também. Havia um em que ele dirigia seu Continental ao redor do quarteirão infinitamente, e outro em que chegava em casa do trabalho e me dava todos os trocados que tinha em seus bolsos. Ele costumava fazer isso na vida real, mas no sonho todo o dinheiro era de outro país; as moedas eram quadradas, tinham buracos e desenhos de pássaros. Certa vez eu e ele estávamos conversando e minha mãe me acordou. Fiquei zangada com ela o dia inteiro.

Naquela época não eram apenas sonhos. Às vezes eu o via caminhando pela rua. Achava que era ele por causa do cabelo, ou do chapéu. Qualquer homem baixo e gordo que passasse. Isso acontecia com tanta freqüência que passei a evitar ir ao shopping. A mulher que ajudou Natalie a escrever seu livro fez uma tempestade num copo d'água com isso, acho que para provar que eu era maluca. Irmã Perpétua disse que esse tipo de coisa é absolutamente normal. Bem, o que você quiser fazer com isso estará bem para mim. Eu amava meu pai e ainda sinto saudade dele. Ele era um homem comum e não teve nada a ver com o que aconteceu.

11

Não tenho mais muitos medos por mim. Meu maior medo é que Gainey não venha a saber quem foram seus pais. Esse é um dos motivos pelos quais estou gravando esta fita. Não quero que ele leia o livro de Natalie e pense que o que está ali é verdade.

Querido, eu amo você e zelarei sempre por você, e o seu papai também. Sei que isto não vai responder tudo. Nós éramos jovens e complicados. Não seja assim. Veja só no que dá.

E meus temores são apenas esses. Depois de algum tempo você entende que é uma perda de tempo. Não há muita coisa na vida que você possa controlar.

Eu costumava sentir medo do mau tempo. Lá em Depew você sentia ele se aproximando a quilômetros de distância. O normal era chover granizo antes de um tornado. Ficava escuro e então a gente sentia as pedrinhas batendo no teto do carro. Minha mãe adorava.

— Olha só — ela dizia quando o granizo começava a salpicar na grama. — De que tamanho você acha que esses são?

Ela vestia uma capa de chuva, cobria a cabeça com uma panela e saía correndo para colocar o carro na garagem. No caminho de volta ela enchia seu avental, guardando os pedaços maiores no congelador. Jody-Jo permanecia debaixo da mesa de jantar, descansando a cabeça no tapete. Eu ligava a TV para ver que municípios iam ser atingidos. Os meteorologistas estavam em todos os canais. Do tamanho de ervilhas, eles diziam. Do tamanho de bolas de gude. Bolas de golfe, bolas de beisebol. Lá fora parecia noite. Minha mãe saiu para a varanda.

— Vem ver os relâmpagos!

Eu ia apenas até a porta. Folhas roçavam meus tornozelos. O balanço se mexia sozinho. O quintal parecia coberto por bolinhas de naftalina. Eu sabia que, lá no seu trabalho, papai teria de acalmar os cavalos. Tinha medo de que um o chutasse na cabeça, como faziam nos filmes. Tinha medo de que ele estivesse tentando chegar em casa, dirigindo com seus limpadores de pára-brisa na potência máxima. Ele teria de se esconder numa trincheira quando o tornado chegasse. O carro poderia rolar sobre ele. Ou o vento poderia carregá-lo. Além disso ainda havia os fios elétricos, soltando fagulhas, e os postes caindo como árvores.

A oeste, relâmpagos branqueavam o céu.

— Marjorie, veja só! — minha mãe gritou. — Não é lindo?

De todas as formas que usam para matar pessoas, a única da qual tenho medo é o pelotão de fuzilamento. Vou dizer por quê. Eles são compostos de cinco pessoas, geralmente guardas. Ficam atrás de uma tela com uma pequena abertura e você se senta numa cadeira com um alvo de pano sobre o coração. Se gostam de você, não vão querer ser o seu assassino. Assim, o Estado coloca um cartucho de festim numa das armas. Todo mundo que já disparou um rifle sabe que um disparo com festim não provoca o mesmo recuo que um tiro de verdade. Não é como a cadeira elétrica, onde há duas chaves de força e uma é falsa. O mesmo vale para a injeção letal; há dois botões que pressionam os êmbolos. Com o pelotão de fuzilamento, você sabe quem está fazendo.

O que acontece de vez em quando é que todo mundo no pelotão de fuzilamento gosta da pessoa, e todos atiram longe do coração. Isso já aconteceu algumas vezes neste país, e ainda com mais freqüência durante a guerra. Todo mundo te acerta no lado direito do peito e você sangra até a morte enquanto eles ainda estão recarregando. Logo, é melhor que eles não gostem de você. Quando fuzilaram Gary Gilmore, os quatro tiros se encontraram no coração do alvo... como um trevo de quatro folhas, segundo o livro que eu li. Eu não gostaria que Janille tivesse de tomar essa decisão.

Você me perguntou sobre sonhos. Há um episódio maravilhoso do Monty Python no qual um sujeito está para ser fuzilado. O pelotão carrega, prepara, aponta as armas, e de repente ele acorda numa espreguiçadeira no quintal dos fundos de casa. A mãe dele está ali, e ele diz:

— Puxa, mamãe, graças a Deus foi só um sonho.

E a mãe responde:

— Não, querido, isto é o sonho.

E ele acorda novamente na frente do pelotão de fuzilamento. Isso acontece comigo às vezes. Tem acontecido

muito nesta última semana. Você espera que Darcy esteja ali, mas ali só tem Janille.
O pelotão de fuzilamento não é mais muito popular. Apenas Utah e Idaho usam esse método. É pior nos países estrangeiros e durante guerras. Eles fuzilam você em toda parte.

Mas e quanto a você, do que tem medo? De que ninguém leia seus livros depois que você morrer, aposto. Ei, não esquenta com isso. Eles ainda vão assistir aos seus filmes, e é isso que conta.

12

Eu não me chamo de renascida e não freqüento nenhuma igreja em particular. Sou cristã porque acredito em Jesus Cristo. É isso e isso é tudo. Não acredito em resolver todos os problemas do mundo. Não acho que vou salvar alguém, nem mesmo eu própria. Não existe garantia de nada.

Quando me tornei cristã é uma pergunta mais difícil. Comecei a ler a Bíblia no meu segundo ano aqui. Mesmo antes do meu julgamento recebia cartas de pessoas que não me conheciam, me dizendo que Deus tinha me poupado para isto. Algumas delas achavam que eu era inocente e algumas diziam que isso não importava. Era um tipo de provação, elas diziam. Eu seria uma testemunha. Não acreditei neles no começo porque, honestamente, alguns deles pareciam malucos. Muitos falavam sobre o Juízo Final e a Ressurreição, coisas que apenas malucos diriam. Eu não escrevi de volta para nenhum deles, e depois que perdemos, eles pararam de escrever, com exceção de alguns.

Um dia, alguns meses depois, Janille chegou com um pacote para mim. Tinha sido aberto e fechado novamente como se eles achassem que pudesse ser uma bomba. Era do reverendo Lynn Walker, de Duncan. Ele tinha mandado cartas antes, dizendo que eu precisava lembrar das provações de Jó. Agora ele tinha me mandado uma nova Bíblia, ainda embrulhada em plástico. Também mandou junto uma caneta marcadora amarela. O bilhete dizia que eu devia marcar as palavras que me tocassem o coração, e que devia começar pelos Salmos. O reverendo Walker disse que eu não tinha sido esquecida. Todos os domingos, a congregação da Casa de Oração de Duncan se lembrava de mim.

— Quer isto para alguma coisa? — perguntei a Janille, e estendi o livro através das barras.

— Já tenho uma — ela respondeu, folheando as páginas finas. Janille correu o polegar pelas bordas douradas e pela capa de couro cru, como uma vendedora faria, e devolveu o livro para mim. — Mas é bem bonita.

— Será que a biblioteca quer?

— Acho que eles já têm muitas.

— O que devo fazer com isto? — perguntei.

E lembro de Janille se afastando das barras como se isso não fosse problema seu.

Lembra disso, Janille... do dia em que a minha Bíblia chegou?

Janille tem sido uma amiga para mim. Ela trocou de turno para poder estar aqui esta noite. A gente leu um pouco mais cedo o Apocalipse, a respeito dos sete anjos. Ainda não disse a ela, mas eu quero que ela fique com a minha Bíblia. Irmã Perpétua disse que isso era muito gentil da minha parte, mas não é. Janille sabia do que eu precisava naquela época. De certo modo, ela me salvou.

Não comecei a ler imediatamente. Guardei a Bíblia num lugar onde não ficaria à vista. Levei um ano até desencavá-la de novo.

Era junho porque só passavam reprises na TV e o assoalho tinha começado a suar. O cimento estava escorregadio e você tinha de tomar cuidado se era do tipo que gostava de ficar andando dentro da cela. Darcy, a minha vizinha, estava ouvindo seu mini-system. Eu estava com o meu guia rodoviário aberto, e viajava através de Oak Creek Canyon pela Alternate 89, acompanhando as curvas do rio e cercada em ambos os lados por rochas vermelhas. Darcy desligou seu mini-system, depois ligou de novo, e então desligou. Rolei para fora do meu beliche e caminhei até o canto onde as barras se encontravam com a parede.

— Qual é o problema? — perguntei.
— A sua amiga Natalie está saindo.
— O quê? — eu disse, só que não disse "O quê?". Naquela época eu usava uma linguagem chula. — Como?
— Ela cumpriu dois anos dos seis.

Os números faziam sentido, mas era impossível, como uma conta que você tivesse esquecido e não pudesse pagar.

— Quando? — perguntei.
— Primeiro de agosto.

Eu agradeci a ela e voltei para o beliche. Fiquei ali pensando se poderia processar Natalie. Não podia. Não tinha dinheiro, e todo mundo pensava que eu era maluca. Ela ficaria livre, e eu presa aqui pelo resto da vida.

Um pouco depois da meia-noite, abri a Bíblia do reverendo Lynn Walker nos Salmos e li:

Feliz é o homem
Que não escuta o conselho dos iníquos
E não se detém no caminho dos pecadores
Nem ocupa um lugar entre os desdenhosos;
Mas que tem seu deleite na lei do Senhor,
E que medita sobre sua lei dia e noite.

Destampei a caneta marcadora e colori o trecho inteiro.

Nos seus livros, às vezes você ridiculariza as pessoas religiosas. Você as mostra como malucas ou malvadas, como em "As crianças do milharal" ou em *Trocas macabras*. Apreciaria muito se não fizesse isso desta vez. Apenas me mostre do jeito que eu sou.

13

Estava me perguntando se você faria um 13. É como aquela crença de que carros amarelos, como o nosso Roadrunner, trazem má sorte. Lamont dizia que você mesmo faz a sua sorte. Talvez ele estivesse certo.

A pior coisa sobre ser executada é a espera, sabendo que vai acontecer. Cinco anos atrás, quando marcaram a execução daquela tal de Connie, o Sr. Jefferies disse que era uma questão de tempo para mim.

 A última mulher que executaram foi nos anos trinta. Ela dirigia uma estância de turismo com seu marido lá para o oeste da Rota 66. Isso foi nos tempos das grandes pradarias áridas, quando famílias botavam tudo que tinham na carroceria de suas caminhonetes Model A e se mudavam para a Califórnia. O que esta mulher e o marido faziam era deixar as pessoas estacionarem num bosque de nogueiras atrás das cabanas. No meio da noite, o homem e a mulher cortavam as gargantas das famílias, roubavam o dinheiro e vendiam as caminhonetes para um revendedor em Wichita. Eles foram capturados quando o revendedor parou de comprar as caminhonetes. A polícia descobriu um depósito repleto de pertences roubados em sua propriedade. Na casa encontraram cinqüenta alianças de casamento num chaveiro. As autoridades enforcaram a mulher primeiro. Suas últimas palavras não puderam ser repetidas.

Depois, durante sessenta anos, nada. Foi como se as regras tivessem mudado com Connie não-sei-de-quê. O Sr. Jefferies disse que eu era a seguinte na lista. Havia outras esperando há mais tempo, mas o Sr. Jefferies disse que eles iriam me preferir por causa da publicidade. O caso Marjorie Standiford, como era chamado, como se tudo tivesse sido minha culpa, ou os Assassinos do Mach 6, que é o título do livro de Natalie. Não que ela tenha inventado esse nome; ele já estava nos jornais antes mesmo de sermos capturados. Natalie nem escreveu o livro, foi aquela mulher da editoria de esportes do *Oklahoman*.

Mas o Sr. Jefferies foi franco comigo. Ele disse que teríamos algo entre dois e quatro anos. E que deveríamos torcer para o governador perder a eleição.

— Ele tem chances de perder? — perguntei, porque realmente não sabia. Eu nem sabia ao certo quem era o governador.

— Não podemos nos preocupar com isso — o Sr.

Jefferies disse. — Neste momento precisamos pensar juntos em como vamos apelar.

Isso foi há cinco anos, de modo que estou lhe devendo uma.

Obrigada, Sr. Jefferies. Você não perdeu. Devia ter contado a você sobre mim e Natalie.

Essa é a pior coisa, a espera, sabendo que você não pode adiar para sempre. Como disse, já estive aqui duas vezes, o que não é muito mas é alguma coisa. O Sr. Jefferies está em seu escritório neste momento, passando faxes para a Décima Corte em Denver, então quem sabe?

A execução em si me assusta apenas um pouco. Li cada livro na biblioteca sobre o assunto. Eles fazem você deitar na mesa e a amarram. Então os técnicos enfiam um tubo na sua veia e injetam uma solução salina. Fazem isso durante 45 minutos apenas para garantir que nada saia errado. Como muita gente que eles executam são usuários de drogas pesadas, encontrar uma boa veia é um problema. Eles amarram você e te deixam deitada lá como se estivesse para entrar em cirurgia, só que você não está esperando por um médico.

São três substâncias químicas. O pentotal sódico é a única que conheço. Cada uma delas está numa seringa ligada ao tubo intravenoso. Duas pessoas apertam botões em duas salas diferentes, e a máquina pressiona os êmbolos em ordem. Um vai para você, o outro escorre para um balde para que ninguém se sinta mal. Primeiro, o pentotal faz você desmaiar, e então a máquina aguarda um minuto antes da próxima substância, que paralisa o seu coração e os seus pulmões. A terceira apenas para garantir. Dizem que você sufoca, mas que na maioria dos casos é bem rápido. Não é como dormir, mas também não é a câmara de gás. Oklahoma foi o primeiro estado a mudar para a injeção letal. Antes eles enforcavam os condenados. Você pode dizer alguma coisa sobre isso.

14

Acho que ser mulher é uma faca de dois gumes. O Sr. Jefferies conversou comigo sobre isso. Um homem na minha posição provavelmente já estaria morto, mas não receberia tanta publicidade ruim. As pessoas esperam que os assassinos sejam homens. Uma mulher não deve matar, e uma mãe definitivamente não. O Sr. Jefferies disse que era melhor quando éramos os Assassinos do Mach 6, porque as pessoas tendiam a pôr toda a culpa em Lamont, que era o homem. Isso é uma estupidez, mas é como as pessoas pensam. Como Lamont morreu e nós éramos casados, a culpa passou para mim. Mesmo se não tivesse mentido, Natalie não teria pegado uma pena tão pesada porque parecia que ela estava com a gente apenas de carona.

No começo eu recebia muitas cartas de associações femininas, mas todas elas queriam que eu dissesse que Lamont me batia, que esse foi o motivo para eu ter continuado com ele e não ter visto que ele era maluco, o que não é verdade. Elas apenas queriam que outra pessoa dissesse o que elas diziam, para que todos achassem que era verdade.

Essa é uma pergunta difícil. Darcy poderia respondê-la melhor que eu. Ela leu muitas coisas a respeito de como é terrível ser mulher. Não dou muita atenção a isso. Qual é a minha outra escolha, ser um homem? Gosto dos homens, mas não trocaria de lugar com eles nem em um milhão de anos. Há um motivo para que eles morram primeiro.

15

A imprensa não precisa me satisfazer. Ela nem precisa dizer a verdade. Tudo que quero dela é que me dê tempo equivalente.

Quando Natalie ia aparecer na "Oprah", perguntei ao Sr. Jefferies se eu podia aparecer numa transmissão a distância ou pelo menos dizer alguma coisa por telefone, mas o Sr. Lonergan disse que não. Eu não pude assistir. Darcy disse que eles exibiram as mesmas coisas de sempre: os dedos, o policial no deserto, Shiprock. Eles pegam as partes estranhas e fazem delas as coisas mais importantes, como os brinquedos de Natalie.

E eles nem mesmo falam as coisas direito. Disseram que o nosso Roadrunner era um Dodge e que eu era uma criminosa condenada. No *Oklahoman* apareceu um mapa de nossa rota para oeste que nos mostrou dirigindo através de Amarillo ao invés de em torno. Sei que em comparação com as coisas importantes, isso é até frescura da minha parte, mas por que dizer alguma coisa se vai dizer errado?

E estou cansada daquela foto minha comendo o hambúrguer com cebolas segurando a arma com a outra mão. Juro que é a única foto que eles usam. Alguém deve achar engraçado.

Tudo isso estaria bem se eles não enfiassem Gainey na história. Eles sempre têm de dizer que ele estava no carro. Por menor que seja o artigo, isso sempre é citado.

A idéia é me fazer parecer estranha para que as pessoas possam fingir que são normais. Não é apenas comigo, eles fazem isso com todo mundo. É o trabalho deles. Ninguém está interessado em saber como as pessoas realmente são.

Quero dizer, não é interessante que eu tenha levado Gainey com a gente porque não tinha ninguém para cuidar dele e não queria que ele ficasse em casa sozinho. Não é interessante que eu passasse o tempo todo olhando pela janela para ter certeza de que ele estava bem. Eles nunca mencionam isso, dizem apenas que ele estava no carro, como se eu tivesse esquecido que ele estava lá, como a mulher que saiu dirigindo com o bebê no teto do carro. Nunca planejei sair do Roadrunner. Não era para eu tê-lo desligado. Devia ter ficado esperando no estacionamento até Lamont me chamar pelo interfone. Então eu dirigiria até o *drive-thru* e pegaria o dinheiro. Da forma como foi planejado, eu teria estado com Gainey o tempo todo. A gente até tinha parado na Dairy Kurl, um pouco adiante na mesma rua, e comprado para Gainey um *sundae* pequeno com calda quente. Eu estava virada para trás, dando de comer a ele, quando escutei os disparos. Quando voltamos para o carro, o rosto dele estava todo sujo, e eu dei uma toalha úmida para Natalie. A coisa toda levou dez minutos, e descontando talvez uns dois minutos no frigorífico, eu pude vê-lo o tempo todo. Mas os jornais dão a entender que eu simplesmente deixei ele lá. Eu não me importo com o que eles dizem: uma mãe sempre se preocupa.

Quando era criança, apareci na TV uma vez. Minha turma inteira apareceu. Isso foi na época em que o *Skylab* estava para cair. A Sra. Milliken, nossa professora de arte, tinha mandado a gente fazer umas peças espaciais falsas em papel machê e espalhá-las por um terreno queimado atrás da escola. Ela chamou os canais de TV e eles vieram e fingiram que o satélite tinha realmente caído ali. Minha peça era para ser o rádio, e os jornalistas me perguntaram se podiam tirar minha foto com ela.

A câmera tinha um *flash* na parte de cima, e a luz forte me cegou.

— Você recebeu alguma última mensagem do *Skylab* antes que ele atingisse o solo? — perguntou o homem segurando o microfone.

— Só uma — eu disse, e gritei o mais alto que podia.

16

Estar no Corredor da Morte é como morar numa cidade pequena. É maçante e todo mundo sabe da vida de todo mundo. A população é estável, não é como aí fora onde toda hora tem gente chegando e saindo. Aqui nós somos quatro: eu e Darcy num lado, Etta Mae Gaskins e Lucinda Williams no outro.

Etta Mae é a próxima na fila depois de mim. Ela espancou até a morte um velho do prédio dela para ficar com seu cheque da aposentadoria. Etta diz que só estava tentando obrigá-lo a assinar, mas as coisas saíram do controle. Bateu nele com a barra de um suporte de toalha, um daqueles transparentes. É uma assobiadora. Seja dia ou noite, a qualquer hora ela pode começar a assobiar uma música. Você demora algum tempo até perceber e de repente está assobiando também. Darcy aumenta o som do mini-system para não escutar, mas eu não me importo. Ela conhece muitas canções antigas e meio esquecidas, como "The Sunny Side of the Street". Às vezes, quando estou com o meu guia rodoviário aberto, finjo que Etta Mae está cantando no rádio, com uma *big band* e um microfone antiquado. Etta Mae é mais velha do que o resto de nós. Como tem pressão alta, faz refeições especiais. Certa vez, na hora do almoço, a prisioneira de confiança que passa com o carrinho me deu a bandeja errada, e eu vi o que dão a Etta. Era tudo cozido, sem gelatina nem refrigerante. Sei que é difícil para ela, porque vive falando sobre a galinha frita, o molho e os biscoitos da sua tia Velma.

Lucinda é nova e ainda não se acalmou. No mês passado arranhou a córnea de Janille e foi trancada na solitária. Ela atirou na mulher do seu namorado quando estava grávida de oito meses, então esperou até o namorado chegar em casa e deu um tiro nele, você-sabe-onde. Lucinda diz que não foi ela. Isso é uma piada aqui dentro, mas você não pode rir dessas coisas.

— Como se você fosse inocente, Srta. Corta-as-cabeças-deles-fora-e-enfia-num-saco-plástico. E você, que atropelou aquela mocinha. Vocês duas vão pro inferno, suas feiosas estúpidas. Isso mesmo! E você, Etta Mae, vai segurar a porta pra elas!

É engraçado porque todas éramos assim no começo. Ela ainda acorda gritando no meio da noite. Ela fuma rápido demais. Ela vai aprender. Etta Mae vai cuidar dela.

Na população geral há muita violência, muita gente indo de um lado para outro. De vez em quando alguém derrete a ponta de uma escova de dentes e gruda nela uma lâmina de barbear. Não é para matar. Elas só querem marcar a outra garota. Não há respeito, nenhuma compreensão de estarem nisto juntas. Lá fora há muita negação: garotas dizendo que foi o último acordo, o último truque, o último emprego, que vão parar logo depois disto, como se tivesse sido azar terem sido capturadas. Um monte de "podias" e "talvezes".

Não tem esse tipo de coisa aqui dentro. É só a quantidade de tempo que te põe para baixo, que te faz aceitar coisas sobre si mesma. Isso te ensina coisas que você não aprendeu lá fora, como paciência, humildade e gratidão. Vendo dessa forma, parece um pouco com religião.

    Ficamos trancadas 23 horas por dia. A outra hora eles nos deixam sair para usar o pátio de exercícios, uma de cada vez. Tomamos banho de chuveiro uma vez a cada dois dias. Fazemos três refeições. Se você acha que ficamos esperando ansiosas por essas coisas, está enganado. Elas simplesmente acontecem. Sempre fico surpresa em saber que é hora do almoço.

    Fazemos coisas. Darcy escreve poemas. Etta Mae pinta e faz *origami*. Lucinda vai precisar pensar em alguma coisa, senão vai acabar pirando.

    Eu dirijo. Abro o guia rodoviário, piso fundo no acelerador do Roadrunner e toco para o Grand Canyon, o deserto vazio correndo em ambos os lados, neve nas valas. Atravesso Albuquerque, os letreiros em néon dos motéis refletindo no capô. É como se não tivessem me capturado. Ninguém sabe onde estou. Entro numa loja de bebidas e pego um pacote de seis latas de cerveja Tecate, paro numa lanchonete Golden Fried e peço o burrito de carne de 99 *cents*. Depois de dirigir a noite inteira, estou a quinhentos quilômetros de Needles e o rádio começa a sintonizar o México. Dali a seis horas estarei no píer de Santa Mônica, a água correndo sob meus pés. No fim, sigo novamente para oeste e me perco no borrão de lojas de conveniência, barraquinhas, lanchonetes de beira de estrada e postos de troca construídos em adobe. As famílias de vítimas de acidentes plantam cruzes brancas no acostamento, com nomes quase pequenos demais para ler: Maria Felicidad Baca, Jesus Luis Velez. A noite cai e o Monument Valley se levanta como num filme de caubói, como a continuação de *Thelma e Louise*. Os Modern Lovers tocam na vitrola em ritmo marcado.

> *Roadrunner, Roadrunner*
> *Correndo rápido a quilômetros por hora*
> *Passando pela Stop & Shop*
> *Com o rádio ligado*

Nesses oito anos, estive em toda parte.

17

Do que sinto mais saudades no mundo lá fora?
   De tudo.
   Do meu filho. Sinto saudade de me divertir com ele.
   Batatas fritas. A primeira sorvida numa batida de cereja que congela o cérebro e te deixa com uma tremenda dor de cabeça. As feiras estaduais, os carnavais e os parques de diversão. O Bicho-da-Seda, o Mexicano, o Bate-Bate. A forma como o seu estômago pula quando você chega ao topo da roda-gigante. Maçã do amor e espiga de milho cozida. Churro, galinha frita, sorvete de máquina. Sinto saudade de dirigir. Sinto saudade de botar a mão para fora da janela e sentir o ar batendo com força.
   Sinto saudade de muita coisa. Da barriga de Lamont e de como ele costumava deixar um pouquinho de creme de barbear atrás de cada orelha. Sinto saudade da nossa casa, da nossa cama. E do nosso Roadrunner, óbvio.

Chuva. Cinema.

Sei lá, sinto saudade de tudo. Essa é uma pergunta muito ruim de se fazer agora. Digamos que eu sinto saudade de viver.

18

Sinto remorso por meus crimes, aqueles que cometi. E sinto remorso pela vida que levava naquela época. Se pudesse mudar uma única coisa, seria a bebida. Ela me botou no caminho de vários outros problemas.

É fácil culpar outras pessoas ou circunstâncias, mas não faço isso. Gostava de beber e ponto final. Gostava de sentar num reservado do Conoco e tomar uma dose de vodca sempre que me dava na telha. A bebida desce queimando pela garganta e de repente tudo fica bem. Você olha para a rua e as luzes estão faiscantes por causa da chuva. Aqui dentro, os maços de cigarros, as caixas de chiclete e os preservativos giram em expositores, e o aquecedor bate gostoso nas suas canelas. Lá fora, você observa o tráfego sob a luz, todo mundo está apressado para chegar em algum lugar, a chuva cai, os pára-brisas funcionam sem parar. Isso faz você rir e tomar mais uma dose. Faz você querer que a sua vida simplesmente continue assim.

Esse era o problema: você sempre estava tentando voltar para lá, para aquele mesmo lugar. E está sempre pronto para tentar. Garlyn, Joy e eu, para uma de nós sempre havia alguma coisa acontecendo. Nós tivemos bons momentos, nós três, mas olho para trás e me pergunto se eles valeram a pena. A última vez que vi Garlyn ela estava morando no porão da casa da mãe e trabalhando no Pancho's Mexican Buffet. A gente sempre ia jantar lá; Gainey ficava jogando sua colher para tudo que era canto e derramando seu copo de água. Ela estava com três pontos no lábio por ter caído da escada do porão. Perguntei se ela ainda estava saindo com Danny, porque ele costumava bater nela. Estava. Ela disse que Joy tinha acabado de ser demitida da County Line por derramar um prato de salsichas quentes numa cliente. A gente riu porque isso era a cara de Joy. Isso foi há dez anos. Não sei o que aconteceu com nenhuma das duas depois disso.

19

Gostaria de pedir minhas desculpas sinceras a todos os parentes dos Close, e de Victor Nunez, Kim Zwillich, Reggie Tyler, Donald...

Anderson... Donald Anderson. Ele era o gerente.

Sinto muito, eu me lembro deles, só não consigo me lembrar de todos os oito ao mesmo tempo. Cinco homens e três mulheres, eu sei disso. Estou esquecendo um de cada.

O que eu gostaria de dizer para as suas famílias é que rezo por cada um deles todos os dias. O Sr. Jefferies disse que a Sra. Nunez queria estar aqui esta noite. Gostaria de convidá-la, mas o Estado não deixaria. Gostaria que ela pudesse vir. Gostaria que todos eles pudessem. Tenho certeza de que estão lá fora agora. Se isso os ajuda a aceitar melhor a perda dos seus entes queridos, então tudo bem. Outro dia a Sra. Nunez disse no jornal que esperava que minha execução fosse dolorosa, e que eu deveria ser morta do mesmo jeito que o filho dela. Eu não matei Victor Nunez. Além disso, o que a

Natalie fez com Kim Zwillich foi bem pior, mas não vi os pais dela se queixando no jornal.

Margo Styles. Essa era a mulher na janela do *drive-thru*. Então só falta um.

O que você diria a alguém nesta situação? "Sinto muito" não é bom o bastante. O fato de que eu vou morrer não é bom o bastante. Alguns anos atrás, eu quis fazer um pedido público de desculpas, mas o Sr. Jefferies disse que não seria uma boa idéia. Esqueça, ele disse, você não vai conseguir nada com isso. Tudo que vai conseguir é aumentar a dor deles.

O policial. Sargento Lloyd Red Deer. Foi por causa dele que o Sr. Jefferies mudou o julgamento para Oklahoma. O pessoal do Novo México ainda está com raiva por causa disso. O Sr. Jefferies disse que se Lloyd não fosse um policial, talvez eu não tivesse sido condenada à morte. Eu diria para a família de Lloyd e para os seus colegas da polícia que sentia muito, mas não acho certo que a vida dele conte mais do que a de Margo Styles. Quando você se torna policial, compreende que o trabalho envolve certos riscos e decide aceitar esses riscos... como o xerife de *Desespero*. Margo Styles não fez esse tipo de escolha.

Eu diria que sinto muito, mas que bem isso poderia fazer a alguém?

20

Para Lamont, eu gostaria de dizer que te amava naquela época e que ainda te amo. Não sei por que você fez o que fez, mas te perdôo. Jesus te perdoa. Você sempre vai ser o homem que eu amo.

Tenho mais a dizer mas é particular. Direi quando me encontrar com ele.
Vou perguntar a Lamont por quê. Isto seria o livro *dele*.

21

Como você sabe exatamente quando se apaixona?
A gente não chegou a namorar de verdade. Estávamos velhos demais para isso. Não precisávamos de joguinhos. No começo a gente passava a maior parte do tempo dirigindo por aí. Íamos até o A&W, o Del Rancho, o Lot-A-Burger. Comprávamos batida de cereja e rodávamos pelo vale de Kickapoo até ficarmos com fome. Ouvindo música.
O painel do carro de Lamont era todo original. Até a cartucheira de oito faixas era de fábrica. Íamos ao Exército da Salvação ou ao mercado de pulgas em Sky-Vue e comprávamos música a preço de banana, tudo clássico: Iggy and the Stooges, Blue Cheer, Black Sabbath. Quando o tempo estava bom, Lamont levantava a capota e aumentava a música até a gente sentir o chão tremendo com os graves. Ele gostava de tocar Cream e Jimi Hendrix quando fazíamos amor. A nossa música era "Little Wing", na versão de Derek and the Dominos. Às vezes Lamont cantava junto com a música, como se ela fosse sobre nós dois. Outro dia vi na MTV uma regravação que o Sting fez para essa música; achei a versão dele muito chocha.
A gente fazia coisas bobas como jogar boliche ou brincar na gangorra do Krispy King. Uma vez a gente foi até pescar. Mas na maioria das vezes a gente passeava de carro.

O 442 era um belo carro. Lamont o comprou por mil dólares no leilão de automotivos que fica ao sul da cidade. Ele restaurou o carro de cabo a rabo. Adorava falar sobre o que tinha feito. Substituiu o 400 por um 455 perfurado e trocou a transmissão original de fábrica por um Muncie "esmaga-pedra" com câmbio Hurst. Escreveu para a Oldsmobile para perguntar qual era o esquema de cores original, cavou um monte de ferros-velhos até encontrar assentos em bom estado e passou cromo novo nos pára-lamas. Quando via outro carro de coleção, me perguntava de que ano era, o que não estava correto nele. Ele gostava de ver que eu entendia do assunto. Nisso era bem parecido com o meu pai.

Na primeira vez que Lamont me deixou dirigir eu ganhei uma multa. Aposto que você já tem uma cópia dela. Se não tem, pode procurar; foi no sábado antes do Dia de Ação de Graças de 1984. Era tarde. A gente estava voltando de Amarillo pela Interestadual 40. Tínhamos ido até o West Texas Rod and Classic Roundup procurar por um cano de descarga múltiplo, e Lamont estava com os olhos cansados. Nós dois tínhamos tomado alguns *black beauties*, mas ele estava começando a ver coisas — rastros de luz flutuando como néon sobre a estrada. Disse para ele parar no próximo acostamento. Com toda certeza ele não queria isso, porque sabia que íamos acabar brigando.

Lamont ainda não tinha me deixado dirigir. O carro era a sua menina-dos-olhos. Todos os domingos ele o lavava a mão, molhando uma esponja, e depois o encerava até conseguir enxergar seu sorriso no reflexo. Qualquer um acabaria enjoando disso depois de um tempo, mas ele não. Parecia um menininho com seu brinquedo; era a única coisa que possuía que o deixava feliz. Assim, eu estava disposta a dizer a ele que não tinha problema nenhum, a gente podia estacionar longe da estrada e tentar fechar os olhos um pouquinho. Ele parou no acostamento mas não desligou o motor do carro.

— Por que você não pega a partir daqui? — perguntou.

Lamont não me disse para não fazer nada, apenas saiu do carro. Saltei também. A gente se cruzou diante do capô, se beijou, e então trocou de lugar.

Eu estava acostumada a dirigir o Tercel de Garlyn, mas não queria fazer feio. Lamont colocou seus óculos espelhados e recostou no assento. Desliguei o som para ouvir melhor, pisei fundo na embreagem e engatei a marcha a ré. Pensei que o carro ia morrer, e então pisei no acelerador e a gente pulou pra trás.

— Relaxa — Lamont disse, como Dennis Weaver em *McCloud*. Era uma das manias dele.

Saí do acostamento para a estrada. O carro quase nem precisava ficar em primeira marcha, apenas alguns segundos. Alcançamos 72 quilômetros num segundo e passamos voando pela placa de limite de velocidade. A terceira marcha me achatou no assento. Eu ri e engatei a quarta. No espelho, o tráfego ficava para trás. Eu estava curvada sobre o volante, dentes cerrados devido à velocidade.

— Como se sente? — Lamont perguntou.

— Veloz.

— Continua, pisa fundo.

Olhei o velocímetro e pisei no acelerador. Foi a minha primeira vez acima de 160 quilômetros. Era como um *video game*; você precisava se desviar dos outros carros para não bater neles. O volante tremia nas minhas mãos; uma gota de suor escorreu pelas minhas costas. Se um pneu estourasse, a gente ia voar sobre a mureta e bater nos carros vindo em sentido contrário como se eles fossem pinos de boliche. Comecei a rir.

— Isso — Lamont disse. — É assim que se sente.

Ele estendeu o braço e sentiu minha temperatura, e eu achei que ia enlouquecer.

— Está com frio? — perguntou.

— Apenas feliz.

Foi aí que passamos pelo policial rodoviário.

Teve um sábado em que papai nos levou pela Rota 66 até Depew. Ele vestiu paletó e gravata, e minha mãe o gozou por isso. Ele precisava sentar em cima de uma almofada para poder ver por cima do volante. Durante o percurso, nos mostrou coisas como se não pudéssemos ver com nossos próprios olhos. Na verdade não havia nada para ver, apenas casas velhas e algumas churrascarias no meio do caminho: Bob's, Pioneer, Rock Cafe. Entre elas havia quilômetros de arame farpado, algumas cabeças de gado, rios secos e terra vermelha. Nas cercas havia pneus pendurados com dizeres como PROIBIDO CAÇAR ou WILLIAMS PARA SENADOR pintados em branco. Em algumas propriedades, poços de petróleo cambaleavam como se estivessem cansados. Era um lugar estúpido, mas o meu pai tinha crescido ali. A gente parava para comer um sanduíche de carne uma vez a cada hora. Meu pai estava adorando. Usava óculos de sol e mantinha um cotovelo na janela, dedo tamborilando no volante.

Agora vocês estão atravessando Saint Looey,
Joplin, Missouri,
A cidade de Oklahoma é tão bonita.

Você vai ver Amarillo,
Gallup, Novo México,
Flagstaff, Arizona, e também Winona,
Kingman, Barstow, San Bernardino.

— Não é divertido? — meu pai perguntou.

Mamãe levantou os olhos do seu livro como se ele tivesse dito alguma coisa. Ela tinha crescido ali também mas não parecia se importar.

Eu estava no banco de trás, esperando pela próxima parada. Em cada lugar novo eu tomava uma Cherry Coke, e quando alcançamos Depew meus dentes estavam cheios de açúcar e eu quis saltar do carro. Meu pai parecia estar dirigindo devagar de propósito. Eu estava irrequieta.

— Pare de chutar o meu banco! — mamãe gritou. E pare de pular!

— Ela só está se divertindo — meu pai disse, e começou a pular em sua almofada.

Minha mãe invocou o nome do Senhor:

— Me ajude — disse ela. — Estou cercada por lunáticos.

Papai reduziu a velocidade e parou diante da nossa casa antiga. Havia um carro parado ali, um velho Nomad com placa do Texas. A nossa velha fornalha estava ao lado do galinheiro. Papai parou e todos saltamos. Tenho certeza de que ventava um pouco. Naquela época meus cabelos eram compridos, e sempre se enfiavam na minha boca quando o vento estava forte. A casinha de Jody-Jo ainda estava lá, e sua corrente estava amarrada em torno da árvore, mas o balanço tinha sumido. Havia duas bicicletas na varanda com bancos alongados e adornos nos guidões.

Papai subiu os degraus da varanda antes da gente e tocou a campainha. Um minuto depois uma mulher apareceu na porta. Era mais velha e mais baixa que a minha mãe. Em uma das mãos ela segurava um pincel úmido. Ela olhou para nós como se estivéssemos perdidos.

— Olá — meu pai disse.

Enquanto ele explicava tudo, um homem num suéter da Ordem de Santa Úrsula apareceu atrás dela. Ele abriu a porta de tela para apertar a mão do meu pai.

— Terry Close — o homem disse, e nós respondemos com um olá.

— E esta é a nossa Marjorie — meu pai falou.

Quando a Sra. Close apertou minha mão, a tinta deixou uma mancha branca na minha palma.

Os Close tinham duas filhas mais ou menos da minha idade, esqueci os nomes delas. Elas disseram oi, subiram a escada e não voltaram mais.

Sabe o que você podia fazer? Alguma coisa como em *Zona morta* ou *A escolha dos três*. Quando tocasse a mão da Sra. Close, eu podia vê-la no saco de lixo. Não ia ser bacana? Ou Natalie na sala de estar, ou o incêndio.

Mas tudo que vi foi a mobília deles coberta com lençóis e as lâmpadas descobertas dos abajures. A tinta fresca me fez espirrar.

O Sr. Close sentia muito por termos vindo de tão longe, mas eles precisavam terminar de arrumar a sala. Bem que ele gostaria que não estivessem tão ocupados. Foi gentileza da nossa parte aparecer. Quem sabe a gente podia se reunir algum dia?

— Pode apostar nisso — disse meu pai.

— Fantástico — o Sr. Close respondeu. — Espero ver vocês de novo muito em breve.

22

Na primeira vez que fiz sexo, eu vomitei.
 Foi no *drive-in* Sky-Vue, na caçamba da Ford Ranger de Monty Hunt. A gente estava assistindo a *Halloween, A noite do terror* e bebendo *keep-cooler* de morango. Estávamos juntos desde o começo do verão, eu estava iniciando o segundo grau, e achei que já era hora. Antes disso a gente já tinha chegado bem perto. Mas eu o fiz implorar.
 Como tinham me dito que doía, eu estava duas garrafas na frente de Monty. Ele tinha estacionado a caminhonete nos fundos, ao lado de um alto-falante. Como fazia calor e o lugar estava infestado de mosquitos, estávamos debaixo de um lençol. A gente estava se beijando, começando a suar o rosto. Eu usava meias com pequenos pompons atrás, e só. Tinha começado a noite de bermuda e top, mas eles já tinham sumido. Na minha bolsa eu tinha outro par de roupas íntimas.
 Abri as pernas e deixei que Monty botasse a mão lá. Acho que o surpreendi. Monty ficou remexendo um pouco, e depois se deitou em cima de mim; o filme apareceu projetado em seu rosto. A música estava subindo para sublinhar um assassinato. A dois alto-falantes dali estava uma família sentada em cadeiras de praia, comendo pipocas de um enorme saco amarelo.
 No começo Monty não conseguiu encontrar o caminho, e precisou da minha ajuda. É engraçado como eles querem tanto isso e depois não sabem o que fazer. Mal podia senti-lo em mim. Ele tinha a boca aberta e eu podia ver seu nariz por baixo. Eu me senti incomodada, quase como se estivesse começando a ter cólicas. De repente alguma coisa cedeu,

como quando você percebe que o seu nariz está sangrando. Apontei o queixo para cima, para que ele não pudesse ver que tinha me machucado. A bebida não estava funcionando. Ele estava fazendo força contra a minha barriga; eu me sentia como se precisasse ir ao banheiro. Em cima de mim, de cabeça para baixo, Jamie Lee Curtis fumava maconha com uma amiga no cemitério. Monty parou de repente, soltou uma lufada de ar quente na minha cara e caiu em cima de mim como se tivesse sido esfaqueado. Estava com as costas suadas, e eu pude sentir ele gotejando dentro de mim. A gente não tinha usado nenhum tipo de proteção, e eu soube que ia engravidar.

— Eu te amo — Monty disse, ainda arfando.

Ele nem mencionou meu nome.

E o que eu devia dizer? Que me sentia enjoada, que gostaria de não ter deixado ele fazer aquilo comigo?

Disse a ele a mesma coisa.

— Está se sentindo bem?

Eu sabia que haveria sangue, mas não tanto. Enxuguei as coxas com o lençol e o dobrei.

— Estou bem — disse. — Só preciso me limpar.

— Eu tenho lenços de papel — respondeu.

Ele esticou o braço, pegou uma caixinha e me deu. Ajoelhou-se para me olhar lá embaixo.

— Assiste ao filme, Monty — mandei.

Botei um pouco de papel lá, mas ainda me sentia enjoada. Assim, vesti o top, a calcinha velha e a bermuda e encontrei meus sapatos. Monty não queria me deixar em paz.

— Estou bem — repeti. — Só preciso ir ao banheiro.

Monty quis ir comigo, mas eu finalmente dei um berro e ele me deixou ir.

Quase caí ao descer da caminhonete. Minhas pernas estavam bambas e o meu estômago revirava como se estivesse dentro de uma máquina de lavar. Tudo lá embaixo pinicava. Cambaleei na direção das luzes fluorescentes que delineavam a lanchonete. Era circular, em forma de chapéu de bruxa, com o projetor no topo. Dava para ver o filme cruzando o ar. A gente tinha estacionado bem no fundo, mais ou menos a um quilômetro e meio de distância. Os últimos trezentos metros estavam desertos. Uma luz verde brilhava em cada alto-falante desativado como se fosse um olho. No meio do caminho tive certeza de que não conseguiria chegar. Parei e me apoiei no suporte de um alto-falante. Então vomitei tudo que tinha ingerido: a bebida, as batatas fritas com mostarda, os nachos e os docinhos de chocolate. Tudo se esparramou sobre os meus sapatos Dr. Scholl's. Cuspi para limpar a boca, chutei terra sobre aquela nojeira toda e segui em frente.

Minhas coxas estavam pegajosas, e ficar enjoada tinha me feito chorar, então meu rosto estava horrível. Como os banheiros ficavam lá na frente, caminhei pelo lado de fora, torcendo para que ninguém me visse.

Lá dentro havia uma fila — sete ou oito garotas fumando, mãos nos quadris. Fiquei em pé do lado de fora, o filme imenso às minhas costas. A música estava subindo novamente. Um gordo carregando um menininho de pijamas nos ombros vinha em minha direção. Fingi que estava procurando por alguma coisa que tinha deixado cair, e então quando o gordo chegou ao meu lado, me levantei e o usei como cobertura para entrar no banheiro. As garotas lá dentro nem me viram. Passei direto por elas e entrei no banheiro dos homens.

Havia um homem no mictório, mas ele não se virou para mim. Molhei um punhado de toalhas de papel, levei-as até a cabine do fundo e fechei a porta. A privada estava tão suja que não tive coragem de me sentar. Joguei o lenço de papel na privada e a água ficou vermelha.

Enquanto enxugava as pernas, ouvi o homem pegando algumas toalhas de papel e depois a porta se fechando.

No espelho eu parecia a mesma, talvez um pouco trêmula, um pouco cansada, mas a mesma garota de antes. Não achava que tinha aprendido coisa alguma.

Monty estava me esperando na caminhonete, e fez as mesmas perguntas.

— Estou bem — respondi, e deixei que ele me abraçasse.

Agora eu vejo que Monty estava sendo tão carinhoso quanto era capaz, mas naquele momento eu o odiava com todas as minhas forças.

— Marjorie — ele disse, realmente sério, como se fosse acrescentar algo grandiloqüente como "eu te amo" ou "eu quero casar com você".

Antes que ele tivesse a chance, perguntei:

— Ei, você tem mais daquela bebida?

Aquela foi uma época estranha para mim, entre meus 15 e 16 anos. Acho que é assim com a maioria das garotas. O mundo pode ser perfeito, mas de repente fica uma merda. Eu não tinha necessidade de dizer esse palavrão, mas já disse. Só não me faça dizer isso no livro, tá? Você descobre que as pessoas são maldosas ou desonestas sem motivo algum. Isso te deixa zangada, e zangada consigo mesma por ser assim de vez em quando.

Eu era estranha, sei disso agora. Acho que mamãe culpa o meu pai por ter morrido bem na minha frente, mas acho que não foi por causa disso. O livro de Natalie tenta provar que sim. Talvez seja parte do motivo, mas não completamente. Não faça muito estardalhaço com isso.

Li em algum lugar que o seu pai morreu cedo. Então você sabe como é comum as pessoas atribuírem a culpa de tudo a isso. Você não vai cair nessa armadilha.

A coisa mais importante que me aconteceu quando eu tinha 15 anos foi ter arrumado um emprego e começado a beber muita Pepsi diet. Eu era fritadeira no Long John Silver's. Sim, era assim que me chamavam: fritadeira. Operava a máquina de fritar batatas. Lá a gente chamava as batatas fritas apenas de "fritas". Também fritava *nuggets* de frango e bolinhos de milho. Tínhamos de usar um uniforme azul pavoroso com uma gravata ridícula apertando a garganta. A roupa era de poliéster e grudava com o suor. Era chato porque o lugar ficava vazio quase o tempo todo, e na hora do jantar enchia de repente. Um cliente fazia seu pedido, a garota do balcão dizia o nome da comida num microfone, eu jogava um bolinho de peixe na panela, e tinha de recuar depressa senão a gordura pegava a minha mão. Eu enchia a cesta de metal com batatas congeladas e a mergulhava na gordura. Tudo lá era congelado. A gente costumava brincar de hóquei usando vassouras como tacos e filés congelados como discos. Doía muito quando o filé acertava a gente nas canelas.

Nessa época eu não estava realmente bebendo, não todo dia. Eu chegava da escola e a primeira coisa que fazia era me servir de um copo tamanho família de Coca-Cola diet. Naquela época o maior copo era o de 500 mililitros, agora é o de 700. Bastava beber dois desses antes do movimento da hora do jantar e eu ficava em ponto de bala.

Sob certos aspectos não era um trabalho ruim, comparado com alguns dos que eu tive. A gente não precisava fazer muita coisa. O nome da gerente era Cissy, e quando não havia nada para fazer, ela nos mandava varrer o chão. A gente sentava para ler uma revista ou alguma outra coisa. Talvez estivesse lendo *A dança da morte*, a versão original, porque foi bem nessa época. Se Cissy te visse sentada, dizia no microfone:

— Pega uma vassoura!

A gente ia tanto ao banheiro para ler, que ela estabeleceu um limite de tempo que você podia ficar lá. E ela batia na porta da cabine para te chamar.

Gostei da versão mais longa de *A dança da morte*. Gostei também da original. Até a minissérie foi boa, com o cara sem pernas de *Forrest Gump*. Eu achei o cachorro dele sensacional. É uma tremenda história. Você acha que algum dia vai lançar uma edição ainda mais longa? Você podia aumentar a história de vez em quando. Eu leria.

Você podia fazer a mesma coisa com todos os seus livros, aqueles que as pessoas gostam. Não *A coisa*, *Os olhos do dragão* ou *Os estranhos*, mas os bons. Eu leria muito mais de *A hora do vampiro*.

Em todo caso, não era um emprego ruim. Eu podia me demitir quando quisesse porque ainda morava com a minha mãe. Não precisava realmente de dinheiro para nada. Monty sempre pagava tudo.

Certa noite Monty me levou até o Charcoal Oven. É aquele velho *drive-in* na Northwest Expressway que tem um letreiro enorme de néon em seis cores diferentes, formando o desenho de um cozinheiro de chapéu. Dá para ver a quilômetros de distância. A gente fez o pedido e Monty me perguntou:

— O que você quer beber?
E eu disse automaticamente:
— Coca-Cola diet grande.
— Coca-Cola diet grande — ele disse no alto-falante.
— Pode ser Pepsi diet? — a garota no alto-falante perguntou.
Monty olhou para mim como se talvez não pudesse. Ele era assim. Sempre queria que tudo estivesse direito. Acho que tinha medo de que ele não fosse.
— Tanto faz — respondi.
Assim, ele dirigiu até a janela, pagou, e nós escolhemos uma vaga e recuamos para podermos olhar o néon. Ficamos sentados ali tirando os picles dos nossos hambúrgueres e espremendo os sachês de *ketchup* em guardanapos, tentando não fazer muita sujeira. Monty sempre se preocupava com seu tapete. Ele tinha porta-copos anexados na borda da janela, e eu enfiei a Pepsi diet no meu.
O primeiro gole foi esquisito porque estava bebendo Coca diet há muito tempo. A Pepsi diet era mais doce, mais encorpada e tinha menos gás. Não gostei no começo. Devo ter feito uma careta, porque Monty disse:
— Podemos voltar e pedir outra coisa.
— Tudo bem — respondi, não porque estivesse tudo bem, mas porque eu estava cansada de ouvir ele me fazendo perguntas. Estava cansada de ouvi-lo chamando a gente de "nós". Ele não era o homem certo, e eu tinha dado minha virgindade a ele, e agora não podia consegui-la de volta. Ele era gentil, bonzinho, mas eu odiava a mim mesma e odiava-o também. Eu odiava "nós". Simplesmente, era ruim.
Assim, ficamos sentados ali comendo nossos hambúrgueres e fritas, observando o letreiro em néon construir o co-

zinheiro de chapéu um pedacinho por vez, e aos poucos senti a cafeína subindo por mim, só que não era como a Coca diet, a cafeína não subia até um determinado nível e então se espalhava. Ela simplesmente continuava subindo. Meu coração estava pulando tanto que eu tive de controlar a respiração, e um arrepio deixou meus mamilos duros. Era melhor do que qualquer coisa que Monty tinha feito comigo.

Quando terminamos, pedi a ele para voltar ao guichê e comprar uma outra.

Na manhã seguinte acordei com uma tremenda dor de cabeça, mas estava acostumada a isso. Antes da aula eu comprava uma Pepsi diet numa máquina e ficava numa boa.

Só fiquei mais duas semanas no Long John Silver's. Na hora do intervalo eu atravessava o estacionamento até o Western Sizzlin' e comprava uma Pepsi diet grande sem gelo. Duas, três vezes por noite. Isso não fazia sentido. Foi quando eu me candidatei ao Mach 6.

Todo mundo acha engraçado que eu tenha trabalhado lá. Não faça graça disso, por favor. É uma piada barata e não é justo.

O Leo's tem Pepsi. Você ficaria surpreso em saber que poucos lugares têm. No McDonald's, Burger King e Wendy's só vendem Coca. O Burger King costumava ter Pepsi, mas eles mudaram. Devem ter fechado um acordo melhor ou algo assim. No Mach 6 é interessante porque eles têm as duas opções. Qual você prefere?

Nunca tomei Jolt, mas Darcy diz que é fantástico. Eu teria pedido Jolt, se pudesse.

23

Lamont e eu fizemos amor pela primeira vez em 27 de outubro de 1984. Essa é a mesma noite em que ele me levou para casa pela primeira vez, só que um pouco mais tarde.

Não me lembro de termos conversado muito no carro, só olá, qual é o seu nome, o que você faz. Ele estava trabalhando no Wreck Room, uma oficina no Reno. Ele não me disse se tinha uma casa só dele... e poderia, sabe? Mas foi educado agindo assim. Em determinado momento ele me perguntou se eu tinha alguma coisa para beber, e a gente fez piada sobre o meu trabalho.

— Faz duas semanas que apareço lá todas as noites, sabe? — ele disse. — Achei que você iria notar. Foi por isso que vim mais cedo.

— Eu notei — respondi.

Ele estava atravessando todos os sinais fechados. Você podia sentir o 455 reverberando nos assentos. Era como pilotar uma motocicleta. Quando alcançava uns 140 quilômetros por hora, o carro parecia ficar mais leve, e levantar como se estivesse se preparando para decolar.

— É uma bela máquina — disse, na verdade com o palavreado sujo que costumava usar.

— É verdade. Mas o que eu realmente quero é um Super Bird.

— Com aquele defletor de ar horroroso? — eu disse. — Caro demais. Qual é o problema com um velho Roadrunner?

— Ou isto ou um GTX.

— E quanto a um Super Bee?

— A diferença é a mesma — ele disse.

— Você sabe que não é verdade.

Então ele disse o meu nome. Deve ter dito antes, mas essa foi a primeira vez que eu ouvi.

— Marjorie, que tipo de carro o seu pai dirigia?

— A minha *mãe* costumava dirigir um Toronado. Agora ela dirige um Riviera. Meu pai dirigia um Continental.

— Esse é um carro de bom tamanho — ele disse, como se eu tivesse passado num teste, e eu soube que o tinha conquistado. Eu podia fazer o que quisesse com ele.

Lamont ia me deixar em casa, mas como Garlyn e Joy ainda não tinham chegado, eu o convidei a entrar. Os pratos pareciam um terremoto em torno da pia. Deixei minha bolsa na mesa da cozinha. A garrafa estava na caixa de ervilhas, onde eu a havia deixado. Estiquei a mão para pegá-la e ele me abraçou por trás. O congelador deixou escapar vapor. As mãos dele subiram pela frente do meu corpo. A garrafa grudou nos meus dedos.

— A gente não precisa disso — ele falou.

— Não é pra gente — eu disse, e abri a tampa. Bebi do gargalo enquanto ele me beijava no pescoço. — Quer um pouco? — perguntei.

Quando ele não estava olhando, encostei o fundo da garrafa suavemente na têmpora dele. Lamont abriu os olhos, fez que não com a cabeça e continuou descendo.

— Mais para mim — disse, e tomei um gole doce e longo.

Lamont me pegou no colo, suas mãos na parte de trás das minhas coxas. Fechei o congelador antes que ele me carregasse para fora da cozinha.

— Para onde estamos indo?

— Que tal para cá? — disse, apontando com a cabeça para o sofá.

— Não — respondi.

Obriguei-o a continuar me carregando até ele achar o meu quarto.

Liguei o abajur menor. Estávamos quase no Halloween, e Garlyn tinha comprado doces. No chão, ao lado do meu colchão, havia um monte de embalagens vazias de chocolate e pacotes vazios de bala. O armário estava tão cheio de roupas sujas que a porta não fechava. Apaguei a luz, empurrei Lamont para a cama e tomei um gole antes de deitar ao lado dele.

A gente estava no meio do negócio quando ouvi a porta dos fundos fechar. Eu tinha esquecido que Joy e Garlyn chegariam em casa. Eu estava por cima, ainda tomando o último precioso gole. Não podia alcançar a porta para fechá-la, então disse:

— Espera um pouco — e saí de cima dele.

— Não! — ele protestou.

Quando voltei, ele estava inútil. Eu sentia frio. Dissemos algumas coisas desnecessárias.

No entanto, não saímos dali. Garlyn e Joy estavam na cozinha, tentando fazer alguma coisa para comer. Nós começamos a conversar. Não nos sentíamos constrangidos. Eu tinha um esconderijo de potes de pasta e amendoim que eu mantinha gelado na soleira da janela. Assim, ficamos deitados na cama comendo o doce de mãos dadas enquanto víamos os faróis dos carros projetados na parede. Eu tinha uma foto de meu pai no círculo dos campeões, ao lado de Unlikely Guide, o cavalo. Lamont levantou da cama e olhou para a foto. Os faróis dos carros na rua deixaram suas costas e nádegas magrelas brancas como uma estátua.

— Venha cá — eu disse.

Ele se virou para mim e apontou para a foto.
— É seu pai?
— É — respondi. — Agora vem cá.
E essa foi realmente a primeira vez. Não foi maravilhosa, foi apenas razoável, mas significou alguma coisa. Eu vi com clareza que significou alguma coisa, e naquela época isso era raro.

24

Minhas fantasias sexuais. Você quer dizer agora ou naquela época?

Agora, seria ter Lamont novamente, apenas por uma noite, para abraçá-lo com força. Essa é a pior coisa do Corredor. Você nunca toca ninguém. Na população geral há algum alívio. Isto aqui é cruel e incomum, Darcy diz.

Aposto que faríamos de todas as maneiras possíveis e nos intervalos conversaríamos. E dormiríamos. Ele era bom e quente na cama. Se eu estivesse com frio, tudo que ele tinha a fazer era deitar comigo e eu logo me aquecia. Era apenas o metabolismo dele. No meio da noite, ele precisava tirar os lençóis do lado dele. No verão, ele nem se cobria.

Quase sempre nos sentíamos felizes quando estávamos dirigindo. A gente estava voando pela interestadual e de repente ele parava o carro. Não no terreno vazio, apenas no acostamento, e a gente passava para o banco de trás. E quando a coisa começava, o carro inteiro tremia.

Mas o melhor era em velocidade. A minha pele inteira ficava arrepiada. E Lamont sabia disso. Ele escolhia o momento certo e começava a passar a mão em todo o meu cor-

po. Provavelmente seria essa a que eu escolheria. E a faria durar para sempre.
 Essas não são realmente fantasias, mas não tenho nada mais. Toda essa história de creme chantilly e couro me parece bobagem.
 Havia algumas coisas que Alison, a namorada antiga do Lamont, não fazia, e eu sim. Eu gostava de fazer essas coisas para ele. Ele sempre se sentia grato, e era sempre gentil. A gente tinha uma regra: vale tudo, contanto que ninguém saia machucado.
 Lamont gostava de *lingerie*: sutiãs de seda preta com buracos cortados e cintas-ligas. Eu ficava feliz em usar essas coisas para ele, mas isso jamais produzia qualquer efeito em mim. Depois eu cortei essas coisas todas na frente dele. Mas tenho certeza de que vamos falar disso mais tarde.
 Certa vez aluguei botas de cano alto para uma festa à fantasia. Eu ia de Vampirella, lembra dela? Lamont gostou tanto das botas que não as devolvi à loja. De vez em quando eu fazia uma surpresa para ele. Fingia que estava me levantando para ir ao banheiro e voltava com elas.
 Mas quanto a mim, acho que não ficaria mais excitada com essas coisas, não depois de Natalie. É divertido, mas não é do que você realmente precisa. Aqui dentro você pensa nessas coisas: do que você precisa e do que você não precisa para viver. Você descobre que não precisa de um monte de coisas. Fantasias podem ser uma delas.

Quando eu era garota, costumava ter fantasias sobre sexo, mas não eram exatamente fantasias, apenas palpites sobre como o sexo seria.
 Uma vez vi meu pai e minha mãe fazendo sexo. Era sábado e estava chovendo, então meu pai não precisou ir ao

hipódromo. Eu não sabia disso. Tudo que eu sabia era que queria que alguém ligasse a TV. Eu tinha meu coelhinho de pelúcia e meu travesseiro, e tudo de que precisava era dos meus desenhos animados. Assim, fui ao quarto deles pedir.

Os pulsos e tornozelos da minha mãe estavam amarrados com cintos às pilastras da cama, e sua cabeça estava coberta por uma fronha de travesseiro com buracos para seus olhos e boca. Meu pai estava em pé sobre ela em cima da cama. Ele vestia um cinto, e alguma coisa metálica no seu negócio. Ele colocava uma mão na parede para conseguir apoio, levantava um pé, enfiava o dedão na boca da mamãe.

— Diz que você gosta — ele disse, e ela experimentou. Mas apenas grunhiu.

— Me diz que você quer — ele disse, e ela grunhiu.

— Onde você quer?

Ela se contorceu e lutou contra as correias, arqueando o corpo na cama.

— Não — ele disse. — Ainda não.

Papai se ajoelhou sobre os ombros da mamãe, e eu não consegui mais ver a cabeça dela. Fui até a sala e me sentei no sofá diante da TV.

— Oi, fofinha! — meu pai disse depois, quando saiu do quarto em seu roupão. — Por que não veio ficar com a gente?

Eu costumava me perguntar se todo menino tinha uma coisa de metal no seu negócio. E também me perguntava se eu teria de usar uma fronha de travesseiro. Na banheira, eu esfregava muito bem os meus dedões. Às vezes, no meio da noite, curvava minha perna até trazer o pé até a boca, cobria os olhos com meu travesseiro e, sentindo uma culpa enorme, lambia meu dedão. Decidi que era como o gole de cerveja que meu pai me oferecia no jantar. Não havia nenhum motivo para me preocupar com isso. Agora aquilo me deixava enjoada, mas quando fosse mais velha, eu provavelmente ia gostar.

E é verdade, você sabe. Eu gostei.

25

Fui morar com Lamont em 15 de novembro de 1984. Garlyn e Joy me ajudaram com a mudança. Elas ficaram tristes em me ver indo embora, mas felizes em ter o quarto de volta. Disseram que não iam contar à minha mãe ou a Rico onde eu estava. Chorei um pouco; não sou boa em dizer adeus.

A casa de Lamont ficava num complexo em East Edwards onde havia muitos universitários: Casa Mia. Era barulhento, mas você podia conseguir qualquer coisa que quisesse a qualquer hora da noite. Lamont tinha a sua própria vaga no estacionamento. Todas as noites ele estendia uma capa sobre o 442.

Era um apartamento de um quarto com uma sala grande, uma *kitchenette*, e uma varanda com cadeiras de jardim empoeiradas. O banheiro era pequeno demais para duas pessoas, mas a gente se ajeitava. Ele tinha uma TV grande e um videocassete, e todas as noites a gente assistia a um filme e se divertia no sofá. Ele adorava *Louca escapada* e *Terra de ninguém*, e adorava Paul Newman em *500 milhas*. *Os irmãos cara-de-pau*, *Fuga alucinada*... todos os grandes filmes de carro. Ele até gravava episódios de "Rota 66". Eu conhecia todos eles, porque tinha visto quando era criança. Eram fantásticos.

Descreva. Eu não sei o que você quer. As paredes eram mais ou menos brancas, por causa do reboco. O tapete era mais ou menos branco e se estendia de parede a parede. Armários de madeira falsa na cozinha. Uma máquina de lavar pratos que nunca funcionou.

A varanda tinha vista para o estacionamento de uma velha escola primária. Estava sempre movimentado lá.

Não tínhamos muita mobília. Um sofá de veludo torcido que fazia jogo com duas cadeiras. A cama de colchão d'água e a penteadeira também combinavam, ambas em madeira escura. A cama tinha gavetas embaixo, mas elas não eram grandes o bastante para guardar nada. Na cabeceira havia um espelho de que nós dois gostávamos.

Nenhuma planta. Nada nas paredes. A ex-namorada dele, Alison, havia tirado todas aquelas coisas, e ele jamais as colocara de volta. Ainda havia pregos nas paredes. No banheiro nós tínhamos um catálogo automotivo da J.C. Whitney. *The House of Chrone*, dizia a capa, e dentro Lamont circulara tudo que queria: capas de válvulas, barras de tração, coletores de escape. A pia vazava, e a gente ouvia o pinga-pinga no meio da noite. Alguém tinha colado um rótulo de cerveja Budweiser no canto do espelho, e outra pessoa tinha tentado remover metade dele.

A campainha estava sempre quebrada e certa noite a porta da caixa de correio foi chutada para dentro. O vestíbulo era cheio de folhas e terra vermelha, e o solo do gramado estava morto. Um aviso na calçada dizia que vendia-se eficiência.

Porém, aquilo de que me lembro melhor é de nós dois jantando em casa, ou passando a manhã lendo o jornal. Apenas nós dois deitados no tapete, o lugar silencioso, apenas o ar-condicionado zumbindo. Casa Mia tinha um excelente ar-condicionado.

O silêncio durante o dia, isso era a melhor coisa. De vez em quando a gente parava de ler e olhava um para o outro. Na primeira semana nós fizemos amor em cada cômodo daquele lugar, até na *kitchenette*.

26

Não muito. A gente quase sempre comia fora, só por causa de onde a gente trabalhava, e a que horas.

Latas de Pepsi diet, para o carro, e garrafas de dois litros para casa. Laranjas por causa da vitamina C. Frios, geralmente salame duro e queijo provolone. Pão de centeio.

Tempos depois, quando Lamont passou a traficar, ele guardava tudo no congelador. Mostrei a ele como transformar um pote de sorvete num cofre. Primeiro você pega um pote cheio, deixa água quente correr em torno dele e então o sorvete sai inteiro. Em seguida você corta metade do sorvete, a metade de baixo. Pega outro potinho e esconde o bagulho dentro dele. Por fim, coloca o potinho no pote de sorvete, põe o sorvete por cima e congela de novo. Quando a gente queria esconder trinta gramas, enchia dois ou três potinhos.

Na porta tinha o de sempre, ketchup e coisas assim, molho tártaro. Um vidro grande de picles que roubei do Village Inn quando trabalhava lá. Quando estava no Catfish Cabin roubava caixas de batata frita congelada. Às vezes nós comíamos enquanto assistíamos a filmes. Num lado da caixa dizia *Batatas Fritas Grandes*.

— Estou com vontade de comer algumas Batatas Fritas Grandes — Lamont sempre dizia. — E você?
Ovos, bacon, manteiga. Leite. Suco congelado. Limonada rosa no verão.
Cerveja. Lamont adorava sua cerveja. Miller High Life. Nem Lite nem Budweiser, e nem pensar na Coors. A gente nem ia ao Mazzio's Pizza só porque eles não vendiam Miller. Toda quinta-feira comprávamos uma mala de cervejas.
Na verdade, a gente comia quase tudo das caixas e latas no armário. Atum, sopa de frango. Cereais, montes de cereais. Lamont adorava Cap'n Crunch. Mas não no sabor de frutas vermelhas.
Eu tinha de limpar a sujeira, mesmo sendo dele. Colocava uma caixa de areia Arm & Hammer na caixa do gato mais ou menos uma vez por mês. Tudo que você precisa fazer é deixar a areia lá até ela virar um tijolo.
Espero que seja o suficiente. É uma pergunta esquisita. Aliás, por que você precisa saber disso?

27

Um dia típico daquela época.
Como a gente trabalhava à noite, dormia até tarde. Acordávamos por volta das dez, tomávamos banho e nos vestíamos. Eu ia fazer o café da manhã e Lamont descia para comprar o jornal. Ele gostava de morangos picados no seu cereal. A gente ouvia rádio enquanto comia, e depois ficávamos de papo pro ar na sala, mudando de lugar no tapete de acordo com o sol. Ele gostava de ver os classificados.

Isto foi bem na época em que ele estava se preparando para vender o 442 e comprar o Roadrunner. O 442 o fazia se lembrar de Alison, de modo que começou a me fazer lembrar de Alison, e portanto tinha de ir embora. Lamont estava quase se livrando do carro, só precisava cuidar de mais alguns detalhes. Ia usar o dinheiro para comprar uns dois quilos de maconha que poderia vender em porções de duzentos gramas pela faculdade. Assim poderia reformar o Roadrunner e ainda ficar com algum dinheiro no banco.

Ele lia para mim as ofertas de carros clássicos e esportivos.

— Fairlane — dizia. — Falcon, Goat, Goat, Goat.

— Pára com isso — eu respondia. — Pula logo para a parte da Mopar.

Durante algum tempo pareceu que íamos comprar um Hemi 'Cuda, mas quando fomos testá-lo, as rodas estavam todas remendadas. Disseram que era um carro do Texas.

— Texas, talvez Maine — Lamont falou.

Voltamos aos classificados.

— Quem quer um Mustang? — ele disse. — Ou um Vette? Isso é carro pra quem não tem imaginação.

— Você quer aquele pequeno Rambler Scrambler — sugeri.

— É isso aí — ele respondeu. — AMX 1970.

A gente fazia isso até o almoço. Então preparávamos sanduíches ou íamos até o Chloe's Onion Fried, o Taco Tico ou o Smoklahoma. Mach 6 era sempre bom. Lamont sempre sabia quando eu não estava com vontade de cozinhar.

Depois do almoço a gente cuidava de todas as coisinhas que tínhamos de fazer. Íamos à lavanderia, ao supermercado, ao posto de gasolina. Você podia nos mostrar na agência dos correios, foi bem nessa época. Eu estava tentando parar de beber tanto, e Lamont queria me acompanhar por toda parte, apenas para se assegurar. Ele me levava até a Conoco e só ia embora depois que tinha certeza de que eu realmente tinha ido trabalhar. No começo não gostei disso, mas depois de algum tempo acabei achando bom.

    Eu pagava Ronny, o atendente diurno, para comprar uma garrafa para mim todos os dias. Ele deixava a garrafa dentro de uma caixa de chiclete debaixo do balcão. Lembro de um dia em que ele ficou doente e eu abri a caixa e não achei a garrafa. E então não pude fazer nada, apenas ficar sentada lá na cabine, esperando o tempo passar.

    Bebia aos poucos. Quando a garrafa secava, lá pelas sete, eu estava me sentindo muito bem. Então eu ligava para o China Express ou o Red Barn para pedir alguma coisa. Também havia um El Chico lá perto, mas eles não entregavam. Meu favorito era o Barnbuster. Depois de entornar uma garrafa, eu simplesmente adorava dizer:

    — Um Barnbuster, por favor.

    Muitas coisas são mais engraçadas ao telefone quando você está bêbada.

    Depois que comia eu ficava sóbria. Era bom ficar, porque a gente vendia muita gasolina à noite. Eu acabava com um pacote de chicletes sabor menta até o Sr. Fred Fred chegar. Disse que ele ia aparecer de novo, não disse? Na verdade este não é o lugar onde ele realmente volta, então espera mais um pouco.

    O Sr. Fred Fred não tinha carro. Ele vinha caminhando pela Broadway com seu caderno, esquisitão como o Meu Marciano Favorito. Sempre chegava cedo porque usava dois relógios, um em cada braço. Os relógios eram exatamente iguais, como se tivessem sido comprados numa promoção de "leve dois, pague um". No começo pensei que talvez um estivesse sempre cinco minutos adiantado e o outro dez, ou que eles tivessem uma hora de diferença, ou a hora do planeta do Sr. Fred Fred. Quando eu finalmente olhei para eles, vi que não estavam nem perto da hora certa. Não tinham sido acertados. Preferi não perguntar.

Ele chegava e a gente acertava o caixa. Então Lamont entrava precisamente na hora da minha saída e abria a porta do carro para mim. Eu nunca precisava esperar.

Quando Lamont me beijava, eu sabia que estava verificando o meu hálito. A gente falava sobre como tinha sido o nosso dia, sobre alguma coisa engraçada que havia acontecido. Se era verão ou se o tempo estava bom, a gente ia pra casa, tomava um banho e depois passeava de carro até a Broadway. A gente entrava no chuveiro e às vezes simplesmente esquecia de ir passear. Eu gostava das duas coisas. Era muito legal sair com Lamont. Eu sentia orgulho de ele ser meu. Gostava de saber que as pessoas olhavam pra gente.

Os amigos de Lamont se reuniam no Kettle ou um pouco mais longe, no Daylight Doughnuts. Não conhecia muitos deles. Só conhecia seus carros. Eles eram sujeitos bem certinhos, apenas aficcionados normais. O campeão dos rachas era um sujeito chamado Paul, que tinha um Charger preto modelo 1968 com um motor 440. Carro pesado, todo de aço com exceção da capota. Tinha gente que vinha da cidade só para desafiá-lo. Íamos todos até Memorial, o último quilômetro a leste, onde começa a estrada de acesso junto à rodovia Kirkpatrick. Só tinha um sujeito que chegava perto de Paul, um cara de Moore com um Buick GS 1970; ele saía na frente mas Paul o alcançava. Ele tinha um conjunto nitroso, e aos sábados ia pra estrada e voava baixo no asfalto.

Na segunda-feira usava o mesmo carro para ir ao trabalho. Era um carro veloz e dentro da lei. Acho que foi ele quem finalmente convenceu Lamont a investir no Roadrunner.

A gente corria, de vez em quando comia fritas com queijo *cottage* no Kettle, e então voltava pra casa e ficava chapado e vendo TV. E dava uns amassos. Por volta das duas a gente ia pro quarto e se preparava para dormir. Escovava os dentes, essas coisas. Lamont usava Listerine. Tinha pavor de dentista. Pro Listerine funcionar você tinha de bochechar por trinta segundos, e quando cuspia, o banheiro inteiro ficava com o cheiro do troço. Eu costumava brincar com ele sobre isso.

Eu ajustava o alarme e ia pra cama primeiro. Depois ele ficava em pé diante da cama, pelado, e assoava o nariz. Essa era a última coisa que ele fazia antes de apagar a luz. Eu levantava o lençol para ele entrar. Ele sempre estava quente, até suas mãos.

— Marjorie — ele dizia. — Marjorita.

— Que é? — eu perguntava.

— Sabe o que eu amo em você?

— Não.

— Tudo.

A gente conversava um pouco, e depois ele dormia, mas alguma coisa naquilo que ele dizia me tirava o sono. Ficava deitada ali ouvindo ele respirar, observando seu rosto mudar em seus sonhos. Tinha medo de que fosse amor. Se fosse amor, eu não saberia o que fazer. Nunca tinha acontecido comigo antes. Nunca aconteceu comigo depois.

Isso foi no começo. Tudo mudou depois que Natalie apareceu.

28

Feliz. Sim, éramos muito felizes. E sabíamos disso. Deve ter sido a melhor época da minha vida.
O quê?
Espera aí, é Janille de novo. Deve ser o jantar.
Claro, pode trazer?
Só estou brincando, conheço as regras. Você está tão ligado esta noite. Eles lembraram da costela desta vez? Nossa, eles capricharam! Certo, deixa eu comer isso.
 Desculpe, vou ter de te desligar enquanto janto, se você não se importa. Não quero emporcalhar o gravador. De qualquer modo, está quase na hora de virar a fita. A gente se fala mais tarde.

LADO B

CHECANDO, CHECANDO

Certo, voltei. Te digo uma coisa, você perdeu um churrasco daqueles. E nem precisei pagar. Foi do Leo's, o original, lá na esquina da rua 36 com a Kelley. Quando você vier fazer sua pesquisa, devia ir com o Sr. Jefferies até lá. É fantástico. O forno tem umas portas de aço imensas. Quando é aberto, a fumaça escapa para a sala e fica pairando no ar. Você tem a impressão de que o lugar está pegando fogo. O segredo deles é montes de pimenta escura e vinagre. Sei que você é do Maine, então provavelmente vai preferir o molho normal, não o apimentado. Peça uma porção de tudo, menos da salsicha assada; isso é para turistas. E não esqueça do bolo de morango com banana. A aparência não é das melhores, mas é perfeito para esfriar sua boca depois. Nem Pepsi diet é tão boa para isso.

Sabe quando você se empanturra e diz que nunca mais vai comer de novo? Desta vez foi verdade.

Desculpe, estou um pouco cansada agora. Sempre fico sonolenta quando como muito. Tomei as cruzes brancas da Darcy com minha Pepsi diet, e vou estar numa boa daqui a pouco. É melhor continuar respondendo às suas perguntas. Já passa das nove, porque a TV de Janille está ligada e já começou o horário nobre.

Sabe, eu estava pensando, mesmo sendo um romance, se você disser que foi Natalie quem fez, ela pode te processar? E quanto ao dinheiro do Gainey, será que ela pode meter a mão nele? Acho que eu devia ter perguntado tudo isso ao Sr. Jefferies antes de assinar o contrato. Mas já é tarde para isso, né?

Tudo bem, isso não muda o que vou dizer. Você pagou e vai receber a história toda, goste ou não. O que você vai fazer com ela depois é com você. Você é o grande escritor.

29

Não me lembro exatamente de quando tomei o primeiro *speed* com Lamont. A gente não começou com *speed* logo de cara. Demorou um bocado pra isso. No começo a gente só tomava pílulas.

Nos fins de semana íamos a exibições de carros fora da cidade, em Albuquerque ou Houston. A gente precisava do 442 para ganhar alguns prêmios e poder vendê-lo por mais. A gente sempre tomava umas *black beauties* para ajudar na viagem de volta. Lamont as comprava de um indiano, vizinho nosso, que trabalhava para a faculdade. Indiano, não índio. Elas eram quase cafeína pura, acho, porque no verão, quando o indiano estava fora, Lamont comprava algumas com Paul, o do Charger, e as dele eram diferentes.

A gente estava indo para Phoenix, num grupo de mais ou menos uns seis, todos em categorias diferentes. Havia um cara chamado Cream com um Mach I entubado e alguém com um Yenko Nova. Rodando sem pressa, a viagem durava umas 16 horas. Todo mundo tinha um *trailer*, menos a gente. Eles iam sair na manhã de quinta. Lamont calculou que, pisando fundo, a gente podia sair mais tarde e alcançá-los. Sairíamos depois do trabalho, por volta da meia-noite, e chegaríamos na sexta-feira, mais ou menos na hora do jantar. Dessa forma a gente ainda teria tempo de lavar o carro antes do julgamento preliminar no sábado de manhã.

Quinta-feira, antes do trabalho, Lamont botou na mala o pára-choque e o pedaço de lã que usava para lustrar o capô. Guardou também seus cremes e ceras e o espelho quadrado que usava para olhar o motor por baixo. Peguei alguns cartuchos de música e fiz alguns sanduíches que a gente sabia que não ia comer.

O trabalho durou uma eternidade. Eu praticamente tinha parado de beber a essa altura, e estava orgulhosa de ter economizado minha garrafa para segunda. Lamont chegou mais cedo. Fechei o caixa antes mesmo de ver o Sr. Fred Fred aparecer no outro lado da rua.

Eu posso fazer aquele percurso agora, quilômetro por quilômetro. 40 West. Foi o que eles construíram para substituir aquele trecho da Rota 66. É exatamente como diz a canção:

> *Você vai ver Amarillo,*
> *Gallup, Novo México,*
> *Flagstaff, Arizona, não esqueça de Winona...*

Na verdade, Winona fica antes de Flagstaff, é por isso que ele diz para não esquecer. Mas estávamos falando da 40 West. Meu pai dizia que eles tiveram de construir cinco interestaduais para substituir a Rota 66, e nenhuma delas nem de perto era tão divertida.

Eu não sei. O Cadillac Ranch é uma coisa de louco, e fica na 40, logo depois de Amarillo, no meio de um campo, uma fileira de Cadillacs aflorando do chão que nem o Stonehenge. A gente passou por lá na ida por volta das quatro da manhã e não vimos nada, mas paramos lá na volta para dar uma olhada. Estávamos felizes porque tínhamos vencido em nossa categoria e Lamont estava com o cheque na carteira e o bolso de trás abotoado. Nós estávamos doidões, e o sol doía em nossos olhos. Era começo de manhã, não havia ninguém por perto e ventava muito pouco. O campo estava cheio de alfafa e bosta seca de vaca. Era cortado por uma trilha. Ao longe dava para ver uma torre de água prateada que parecia um foguete. Os Cadillacs estavam meio enterrados e pintados com tinta *spray* vermelha. Caminhamos ao redor deles, nos sentindo estúpidos por termos passado tanto tempo no carro. Todos os Cadillacs estavam pichados, e havia garrafas de cerveja quebradas espalhadas na areia.

— Eles estão em ordem — disse Lamont, e apontou para as traseiras. — Há um para cada tipo de traseira.

Lamont disse o nome e o ano de cada um deles e me contou suas histórias. Biarritz, Coupe de Ville, Fleetwood, Calais.

— Eles parecem bombas que ainda não detonaram — eu disse. — Parecem túmulos. Veja só como as lanternas têm água acumulada. E eles não têm assentos... será que foram roubados?

A gente estava falando pelos cotovelos desde que as drogas tinham batido, mas eu tinha a impressão de que havia mais a dizer. As palavras corriam na minha cabeça como carros numa rodovia. Quando eu parava de falar meus pensamentos disparavam e eu não conseguia acompanhá-los. Ficamos parados ali, de mãos dadas, olhando para aquilo como se fosse um monumento aos mortos ou algo assim.

— Ei — disse Lamont, como se fosse falar alguma coisa importante. — Este *speed* é bom ou o quê?

— Nem me fala — eu disse. — Posso dirigir agora?

— Sem multas — ele me alertou.
— Ei, nós estamos ricos — eu disse.
De volta à rodovia, Lamont abriu uma Pepsi diet para mim e a enfiou no porta-copos. Ela não tinha gosto de nada. Lamont deslizou uma das mãos por uma das pernas da minha bermuda. Era difícil me concentrar nele e manter os olhos na estrada. Eu ficava aumentando a velocidade e então tinha de tirar o pé do acelerador. Finalmente a gente parou o carro. O ar-condicionado estava ligado no máximo, e o nosso ápice fez o carro estremecer.

— A gente devia fazer isso todo dia — eu disse.

Depois nós paramos num Speed-A-Way e Lamont comprou um exemplar do *Old Car Trader* daquele mês. Ele foi direto para a seção de Chrysler-Plymouth-Dodge e começou a me mostrar fotos de Roadrunners. Riscou alguns dos que tinham sido completamente restaurados.

— A gente não tem esse dinheiro todo — eu disse, como se ele não soubesse.

— Olha só este aqui — ele apontou. — Modelo 1969, todos os documentos em ordem, quatro marchas, amarelo-limão. Cento e trinta e cinco quilômetros por hora, boas condições, sem ferrugem, um sacrifício de sete mil e quinhentas pratas.

— Onde ele está? — perguntei.

Ele procurou a área numa tabela.

— Wichita.

— Que horas são? — perguntei.

— Nove e trinta e cinco.

— Quanto você tem com você?

— Estou com o talão de cheques — Lamont disse.

E foi assim que compramos o Carro da Morte dos Assassinos do Mach 6.

Existe uma exposição de carros lá em Tucumcari. Eu vi uma foto num livro sobre atrações turísticas de beira de estrada. Eles têm um dos Rolls-Royces do Liberace e o Monkeemóvel original. Eles tem até um *Christine*. E no meio deles está o nosso Roadrunner, com uma bandeja do Mach 6 na janela e um hambúrguer e batatas fritas de plástico. Você pode até comprar um cartão-postal dele. Parece bem conservado, e acho que Lamont ia gostar disso, de saber que alguém está cuidando do seu bebê. Às vezes, quando estou dirigindo, estaciono do lado de fora e espero até alguém me reconhecer. Então eu saio de lá aos gritos.

Não falei nada sobre os pais do Lamont porque eles não eram realmente parte da nossa vida. Os Gant foram os quintos pais adotivos de Lamont, e ele só ficou com eles durante alguns meses, até que se tornou maior de idade e arrumou um lugar para morar sozinho. Nada contra eles, eles só não eram muito presentes. Depois que Gainey nasceu, a gente foi visitá-los num domingo. Eles viviam nos arredores de Wilshire, num bairro mais ou menos e nessa época tinham mais três outros filhos adotivos. A gente se arrumou bem para a visita. Enquanto estávamos lá tudo correu tranqüilamente, mas quando voltamos para casa Lamont ficou calado. Botei Gainey para dormir e quando voltei para a sala Lamont estava no sofá, ainda vestido com suas boas roupas, mas com o nó da gravata desfeito.

— Eles estão ocupados — eu disse.
— Eu sei — ele respondeu. — Eles são gente boa.
— Quer uma cerveja? — perguntei, e ele disse, "Claro", mas como se isso não fosse ajudar.

Foi a última vez que a gente viu os Gant. Eles não foram ao meu julgamento.

A mãe verdadeira de Lamont o trocou por um carro quando ele era bebê, ou pelo menos essa era a história. O pai dele não era o marido dela. O carro quebrou, a mãe foi pedi-lo de volta e acabou brigando com a outra mulher. Elas foram presas e a justiça tomou Lamont. Os jornais fizeram uma festa com isso na época.

Essa é praticamente a única história que Lamont conta. Ele diz que era um Mercury Monterey 1951, e é por causa disso que ele nunca comprou um Mercury, mesmo adorando os velhos Cyclones. Ele nunca falava das outras três famílias, ou de como ganhou a cicatriz no pescoço.

Estou contando isto porque acho que você não devia culpar apenas as drogas, como em *Reefer Madness*. Não estou dizendo também que você deveria culpar o fato de Lamont ter sido adotado, só acho que o leitor deveria saber disso. Ele se orgulhava muito de ser pai de Gainey; ele não fazia pouco caso disso.

30

Crank, metanfetamina, *Crystal*. Branco. Lamont costumava dizer, "se não for branco, não é pra tanto". Esse era o bagulho bom. Já ouvi falar de garotos que fazem *crank* na banheira com ácido muriático e inaladores Vick. Claro que é uma porcaria, a pior coisa que se poderia fazer.

As pílulas que a gente tomava eram benzedrinas ou *black beauties, christmas trees, purple hearts*. Mas elas eram praticamente só cafeína. Deixavam a sua boca com tanta saliva que você tinha vontade de cuspir o tempo inteiro.

A gente chamava o bagulho apenas de *crank*, ou *speed*, ou drogas. Não é muito chamativo, lamento. Talvez você possa inventar um nome melhor.

Faça o que fizer, por favor, não nos chame de *crackheads*. Isso é revoltante.

31

É como achar que você pode tudo. E você lembra dessa sensação depois, e por mais que esteja na pior, você quer tomar de novo. É psicológico nesse sentido.

Nunca aprendi a me picar sozinha. Lamont cuidava disso pra mim. No começo a gente só tomava nos fins de semana. Sábado, depois do almoço, ele perguntava:

— Para onde você quer ir?

— Para qualquer lugar.

E ele dizia:

— E quer chegar lá em quanto tempo?

É como sexo, seu corpo antecipa. Lamont juntava as coisas para cozinhar o bagulho. Bastava ele acender o isqueiro e eu ficava molhada. Sentava na ponta da nossa cama, observando a colher ficando preta e as bolhas estourando. Era como se ele fizesse devagar de propósito pra me excitar. Ele enchia a seringa e eu podia sentir meu sangue se movendo, tentando ficar em posição.

Eu nem queria ver. Deitava o meu braço na mesa e olhava para o papel de parede, a costura onde o padrão quase

combinava. Ele dava um tapinha na parte interna do meu cotovelo e encontrava uma veia.
— Você está bem? — ele perguntava.
Fazia parte do ritual. A última chance de desistir.
— Manda ver — eu dizia.
E então ele enfiava a agulha.
Você quer que eu descreva a primeira sensação. Parece uma enchente. É como ficar em pé na frente de um trem descendo uma montanha a toda velocidade. É como se você tivesse ficado doente por muito, muito tempo, e de repente se sentisse melhor. Você fica feliz. Quase se sente ridícula de tão feliz. Você tem vontade de rir.
A sua pele fica toda formigada, como se estivesse levemente queimada de sol. A gente passava a primeira hora na cama, Lamont me acariciando bem devagar. Eu simplesmente ficava deitada com os olhos fechados, contando a ele o que ele estava fazendo comigo. Ele gostava quando eu falava. Queria saber como estava se saindo. Era gostoso. Até no sábado, a Casa Mia ficava deserta no meio da tarde. Só teve uma vez que os vizinhos reclamaram, e foi porque eu estava batendo a parte de trás da cabeça na parede. Lamont também gostava de falar. Ele era bastante vulgar, o que eu considerava sensual naquela época. Natalie era a mesma coisa.
A gente tomava banho juntos, se vestia e saía para passear e cuidar da vida, lavar o carro, talvez comprar alguns cigarros na volta. Você fuma dois ou três maços sem nem se dar conta, acende um e encontra outro novinho queimando no cinzeiro. Nada tem nenhum efeito sobre você. É como se você fosse o super-homem. Bebe seis latas de cerveja e só fica alegre. Comida? Você nem pensa nisso.
Você pode se concentrar, mas apenas em pequenas coi-

sas, e apenas durante algum tempo. Quando estava doidona, eu costumava escrever as coisas que pretendia fazer. Porque você se sente cheia de energia. O problema é que você fica distraída. Você está lavando pratos e então percebe que tirou todos os temperos do armário da cozinha e está botando em ordem. Você começa a limpar o armário e acaba com três lanternas desmontadas na mesa da cozinha.

Cinco ou seis horas depois você quer dormir, mas não consegue. É como em *Insônia*. A sua boca tem um gosto de cinzeiro, você não come desde o café da manhã e sabe que o efeito vai se prolongar ainda por umas duas horas.

É uma coisa que te exige muito fisicamente, e é por isso que não pode ser feita com regularidade. Você não pode viver sob o efeito. Naquela época eu pesava a metade do que peso agora. A primeira vez que minha mãe trouxe Gainey para me ver, ela não me reconheceu. Meu rosto era puro osso. A coisa te desgasta. Você rói as unhas, trinca os dentes, arranha os braços e depois descasca as feridas. Simplesmente não é uma droga muito atrativa.

Mas naquelas primeira horas, é como se o mundo fosse seu. Você tem 15 metros de altura e seus nervos são de ouro. É como se o mundo e você estivessem no mesmo ritmo. Quando o sol esquenta o painel do carro, não há ninguém na rua e o dia está apenas começando, é como se você fosse viver para sempre.

32

Foi exatamente para isso que diz aí: obstrução da justiça. Maio foi quando eu recebi a sentença; na verdade fui presa em dezembro.

Isso foi antes do Natal. Eu tinha ido a uma festa de Natal dos funcionários do Village Inn e um sujeito chamado A.J. me deu uma carona até em casa. Ficou tarde e eu esqueci de ligar para Lamont. Quando cheguei ele não estava feliz, em parte porque eu tinha bebido.

A.J. ficou do lado de fora do carro para ter certeza de que eu entraria direitinho, e Lamont não gostou da forma como acenei para ele. Expliquei que ele era um amigo do trabalho, mas Lamont nem quis ouvir. Tudo que eu queria era cair na cama.

— Ele é apenas um bom amigo — eu disse.

— Agora ele é um *bom* amigo — ele repetiu. — Como é que eu nunca ouvi falar desse bom amigo até esta noite?

Ele disse algumas outras coisas da boca para fora, e eu estava bêbada demais para não dar ouvidos. Foi uma briga boba, na verdade.

— Dá para a gente conversar sobre isto amanhã? — perguntei.

— Estamos conversando sobre isto agora.

Quando passei por ele para ir até o quarto, ele apontou o dedo na minha cara e me disse para não lhe dar as costas.

Tranquei a porta.

Ele ficou batendo e gritando todo tipo de coisa. De vez em quando eu gritava de volta... coisas realmente desnecessárias. Dizíamos um ao outro que tipo de pessoas éramos, o que havia de errado em nós dois. A gente não estava realmente falando sério. Finalmente ele começou a chutar a porta. Era tão vagabunda que o pé dele atravessou a madeira, e é claro que ele botou a culpa disso em mim. Eu só consegui me sentar na cama e rir.

Alguém lá debaixo chamou a polícia. Quando eles bateram na porta a gente não estava mais brigando, só conversando.

A policial me levou até o quarto.

— A gente só estava tendo uma discussão.

— Parece que foi uma das boas — ela disse, apontando com a caneta para a porta.

— Ele não encostou o dedo em mim — eu disse.

— Você exagerou um pouco na bebida, não foi?

— Não muito. Duas cervejas.

Respondi a tudo que ela me perguntou. Não, ele nunca tinha me batido. Não, ele não tinha um histórico de uso de drogas.

Quando saíamos para a sala, Lamont estava algemado.

— Valeu mesmo, Marjorie.

— Ele nunca tocou em mim! — fiquei repetindo a eles, mas o policial estava levando Lamont na direção da porta.

Eu me coloquei no caminho dele.

— Não consigo acreditar que você fez isso comigo — disse Lamont.

Eu estava chorando, meu nariz escorrendo pela cara toda.

— Por favor, senhora, afaste-se — a mulher disse. — Senhora, eu só vou dizer isto uma vez. Não acho que a senhora queira passar a noite na cadeia.

Eu só queria beijá-lo, dizer que tudo estava bem entre nós.

— Eu vou te tirar de lá — disse. — Certo?

— Pronto! — a mulher disse. — Você vem com a gente.

Ela me segurou pelo ombro, me fez girar nos calcanhares e empurrou minha cara contra a parede. Lamont estava gritando agora. A mulher torceu um braço atrás das minhas costas e fechou a algema. Antes que pudesse pegar meu outro pulso, Lamont deu um empurrão nela e nós quatro caímos no chão.

— Marjorie! — gritou Lamont.

— Estou bem — eu disse, porque realmente estava.

Se você conseguir a foto da prisão, vai poder ver onde ela me empurrou contra a parede. Veja como a minha face está inchada. A gente só estava começando a pegar pesado. Veja só como a gente parecia jovem. Isso foi em dezembro de 1984. Eu só tinha vinte anos. Parece que foi há muito mais tempo.

Minha mãe tinha uma razão para não falar comigo enquanto eu vivia com Rico. Quando a gente bebia, costumava bater um no outro. A gente jogava coisas. A torradeira, o controle remoto... era uma loucura. Uma vez eu fui parar na emergência de um hospital, e eles chamaram minha mãe para me pegar. Rico e eu tínhamos brigado porque ele estava saindo com uma garota do trabalho, e eu disse a minha mãe que isso tinha sido a gota d'água, que eu o estava deixando.

Mas eu só estava furiosa, e quando me acalmei tentei explicar a ela por que ia voltar para Rico. Ela nem tentou entender. Ela só via que *ele* batia em *mim*. Ela me implorou para não voltar. Disse que eu estava sendo estúpida, que ele ia me matar, e coisas do gênero. No fim das contas, disse que não ia falar comigo enquanto eu estivesse com ele.

— Muito bem — respondi. — Não preciso mais desse tipo de coisa mesmo.

E no fim ela estava errada; não foi por causa disso que eu e Rico nos separamos. A gente rompeu porque numa bela noite Rico teve um acidente terrível no seu velho Grand Prix e não se machucou. Chovia muito e ele estava voltando para casa de Golden Corral. Ele vinha subindo a Classen quando um sujeito num Imperial deu uma cortada nele. Rico desviou para não bater, perdeu o controle, derrapou para o lado e se chocou com um poste telefônico.

O Grand Prix se acabou. O eixo do volante arrancou o descanso de cabeça do assento. Rico me contou que acordou no banco do passageiro. Ele nem estava usando o cinto. Não tinha sofrido um único corte, nada. E ali e naquele momento ele começou a acreditar em Jesus.

Não é engraçado? Ele começou a acreditar que Jesus estava zelando por ele naquela noite e começou a ler a Bíblia. Antes de ir para a cama ele se ajoelhava e rezava. Aos domingos ele se vestia todo e ia à igreja sozinho, e eu só ficava olhando. A gente brigou por causa disso. Eu achava que ele tinha pirado. Mas é assim que acontece, você muda completamente e ninguém que não tenha passado pela mesma situação te entende. Eu não entendi. Certo domingo, quando ele estava na igreja, arrumei as malas e fui embora. Foi quando fui morar com Joy e Garlyn. Eu não contei para a minha mãe que tinha deixado Rico. Continuei esperando que ela me ligasse.

33

Eu não fiz nada enquanto estava grávida de Gainey. Nada de bebida, drogas, nem cigarros. Talvez uma tragada de vez em quando, mas só. De repente eu nem agüentava o gosto dessas coisas.

Tudo que eu fazia era comer. Bebia litros e litros de leite. Meu umbigo estufou quando eu estava de seis meses. Aos domingos a gente almoçava no Beverly's Pancake Kitchen. A gente parecia o Gordo e o Magro entrando no restaurante.

Eu era o Gordo. Lamont pedia uma panqueca enquanto eu pedia uma torta de frango e uma vaca-preta, e depois um pedaço de bolo 7-Up. Lamont não me repreendia.

Eu tinha medo de que a bebida pudesse fazer algum mal ao bebê, e de que o *speed* já tivesse estragado o meu corpo. Na primeira vez que fui à médica tive medo de que ela visse as marcas nos meus braços. Os folhetos que ela me deu não ajudaram. Eu continuava vendo imagens de bebês esqueléticos e com apenas pele no lugar onde supostamente deviam ficar os olhos. Lembrei das vacas de seis ou sete pernas nas feiras de aberrações. Eu tinha um sonho em que a médica tirava de dentro de mim uma coisa que parecia uma estrela-do-mar. Acordava gritando, e Lamont me abraçava.

Lamont era um amor, me aturando daquele jeito. A gente tinha um colchão d'água, e eu não conseguia me levantar sozinha, então ele me ajudava. Eu não conseguia levantar do sofá sem que ele me ajudasse. Sempre que queria alguma coisa, ele ia pegar para mim.

— Você quer alguma coisa? — ele perguntava. — Do que está precisando?

Quando soube que estava grávida, fiquei preocupada. Não tinha certeza se Lamont queria crianças. A gente nunca tinha falado sobre o assunto, e eu não sabia se ele, sendo filho adotivo, tinha vontade de ser pai. Não contei para ele no dia em que fiz o teste. O papel ficou rosa e eu joguei a caixinha de plástico com tanta força na pia que ela rachou. Esperei até sexta-feira, quando nós dois recebíamos nossos salários, e fiz para ele um belo filé com batata assada. Pus uma toalha na mesa e me assegurei de que estava parecendo bonita.

Quando disse para ele tirar os olhos da TV, ele se deteve e olhou para a mesa.

— Para que tudo isso, qual a ocasião?

— Nada — respondi, mas ele me olhava como se houvesse alguma coisa errada, e não consegui me conter e comecei a chorar. Passei por ele em direção ao quarto e bati a porta.

— Marjorie! — ele chamou. — Qual é o problema?

— O que você acha? — eu disse. — Estou grávida.

Pude ouvir as botas que ele usava para trabalhar roçando no soalho do corredor, mas ele não disse nada. Fiquei deitada na cama, esperando.

— E então? — gritei. — Vamos matar?

— Isso é com você — ele disse.

— Não é comigo. É com você também.

— Você quer o bebê?

— O que *você* quer?

— Me deixa entrar — ele pediu.

Eu me levantei e destranquei a porta.

Ele se deitou, me abraçou e eu soube que ficaríamos bem.

Toda noite ele esfregava minhas costas, e quando eu não conseguia dormir ele ficava acordado e falava comigo. Às vezes eu chorava. Meus hormônios estavam descontrolados.

— Você está feliz? — eu perguntava. — Você quer mesmo?

— Quero — ele respondia.

E eu era terrível com ele. Quando eu chorava e ele me perguntava se estava tudo bem, eu gritava com ele. Dizia que ele se importava mais com seu carro do que comigo. Pegava livros sobre gravidez na biblioteca e o obrigava a olhar as fotos. Eu dizia que era fácil para ele. Os homens só levam cinco minutos para fazer um bebê.

Eu tinha medo porque não sabia como ia ser. Minha mãe estava falando comigo novamente por causa da gravidez. Ela tentava me convencer de que eu saberia o que fazer quando a hora chegasse. Eu não acreditava nela.

— Eu sei que dói — eu dizia. — Mas como é a dor?

— Eu não sei — respondia minha mãe. — Não é o tipo de dor de que você lembra depois.

— É como uma dor aguda que vai embora ou como uma dor insistente que simplesmente fica lá e aumenta cada vez mais?

— Pare de se torturar — pedia minha mãe. — É um processo natural. O seu corpo vai saber o que fazer. Apenas dê graças a Deus por ter os meus quadris.

Sei que ela dizia isso para me animar, mas eu só conseguia ver a minha pélvis se rompendo como um osso de galinha.

Tudo que ela dizia me assustava. Primeiro eu ia sentir a bolsa arrebentar, e a água ia escorrer pelas minhas pernas. Entre esse momento e o parto eu teria de tomar cuidado para não pegar uma infecção. Às vezes o bebê se mexia e se enforcava no próprio cordão umbilical. Às vezes, a cabeça entalava e eles precisavam cortar você. E também havia a história do corte em C. No diagrama eles faziam parecer a mesma coisa que abrir uma caixa de cereais.

— Não se preocupe — dizia minha mãe. — Não há nada que você possa fazer mesmo.

Esse era o problema, eu queria dizer; eu me sentia impotente. Estava ficando cada vez maior e o tempo passava cada vez mais devagar. Eu e Lamont pensávamos em nomes e em que tipo de berço iríamos comprar. Eu fiz a ultra-sonografia e estava tudo bem. Era um menino, então começamos a chamar minha barriga de Gainey. Era verão e a temperatura estava desconfortável. Agora eu não podia ficar em pé sem sentir dor. Chegou o ponto em que Lamont e eu tivemos de parar de fazer amor. Eu virei a folhinha e ali estava a data prevista circulada em vermelho. Eu só podia esperar que a coisa acontecesse. Estava chegando a hora e não havia nada que eu pudesse fazer.

E para todos os outros aquilo não era nada de mais. A minha médica, a minha mãe... elas já tinham passado por aquilo, elas sabiam tudo que ia acontecer, mas isso não *me* dizia como eu ia me sentir.

Eu chorava e Lamont dizia que tudo ia correr bem, mas eu via que ele também estava assustado. Eu disse que ele não precisava ficar na sala de parto, mas um dia, no meio da noite, mudei de idéia e fiz que ele prometesse ficar comigo o tempo todo.

Minha médica errou a data em duas semanas. Devia ser no dia 4 de julho, o que achávamos bom, mas acabou sendo no dia 19. Nós passamos todo esse tempo preparados; tínhamos até mesmo uma mala já arrumada e tudo mais. Ficamos aliviados quando eu finalmente entrei em trabalho de parto.

Foi no dia 18, logo depois do jantar. Tínhamos telefonado para o Johnny's Char-broiler para pedir comida. Eu estava no sofá assistindo a alguma coisa na TV quando comecei a ter cólicas. Era como se eu quisesse vomitar mas não conseguisse. Todos os meus músculos doíam. Nessa situação a melhor coisa a fazer é não resistir, mas o seu instinto é esse. A dor te acerta e então vai embora, mas você sabe que ela vai voltar. Lamont ligou para a minha médica, mas como a bolsa ainda não tinha arrebentado ela disse para esperar até que as contrações acontecessem a intervalos de sete a dez minutos. Lamont tirou o relógio para cronometrá-las.

Assistimos TV até meia-noite, e elas continuavam a acontecer de vinte em vinte minutos.

— Você devia descansar um pouco — eu disse a Lamont, mas ele falou que não tinha problema.

Ele estava bebendo toda minha Pepsi diet e fumando um cigarro atrás do outro. Eu mal conseguia suportar o cheiro. O filme da sessão da madrugada era *Alien, o oitavo passageiro*. Lamont mudou de canal para o David Letterman. Dez minutos depois estávamos sentados lá quando senti a parte de trás das minhas coxas molhadas. Olhei para baixo e vi que o sofá estava encharcado. Eu não parava de me desculpar enquanto Lamont gritava.

Ele trouxe o Roadrunner até a frente do apartamento para que a gente pudesse sair logo. Pôs duas toalhas no meu assento e me ajudou a entrar. Ligou o motor, acendeu os faróis, soltou o freio de mão e saiu do estacionamento. Foi como um assalto; nós quase não dissemos nada. Nunca o tinha visto dirigir tão devagar. Não havia ninguém na rua àquela hora, mas ele estava cuidadoso. Não ultrapassou o sinal vermelho nem deixou de prestar atenção nos espelhos.

A médica ainda não tinha chegado, e a enfermeira nos fez esperar na sala com outra mulher que gritava entre suas contrações. Eles me ligaram numa máquina para medir as minhas. As linhas pareciam terremotos. Eu tentava relaxar, mas cada vez que sentia uma contração, eu apertava meu estômago como se pudesse impedir.

— Você está se saindo muito bem — Lamont disse.
— Essa demorou quantos minutos? — perguntei.
— Quinze?
— Não — respondi. — Está errado.

A outra mulher estava gritando.

— Fique quieta! — eu disse.

Finalmente a médica apareceu. Quando pressionou minha barriga com as mãos, senti seu bafo de café.

— Posso te dar alguma coisa para a dor — ela disse.

— Não quero drogas — respondi, em parte com medo de que ela tivesse lido minha ficha.

Duas horas depois, estava implorando a ela por uma injeção.

— Pensei que você queria que fosse natural — Lamont me lembrou.

— Não ouviu o que eu disse? — gritei. — Me dá a injeção!

Ele voltou usando uma máscara azul ridícula e eu ri dele. Uma contração me pegou de surpresa e comecei a gritar. A médica checou a minha dilatação. Os dedos dela me machucavam. O enfermeiro chegou, me colocou numa maca de rodas e levantou os anteparos.

A médica também estava de azul, e havia uma tenda da mesma cor em volta das minhas pernas. Tinha um espelho para onde eu podia olhar, mas não fiz isso. Eu ainda não sabia o que fazer, e foi o que disse.

— Você está bem — disse a médica. — Só preciso que continue fazendo pressão para baixo. Papai, pode segurar aquele braço? Certo, aqui vamos nós.

Eu estava cansada demais para empurrar, mas prendi a respiração e tentei. As luzes me faziam suar, mas eu ainda sentia frio.

— Mais um pouco — ela disse, como se eu não estivesse tentando.

— Vamos — ela disse. — Você consegue, mamãe.

Cerrei os dentes e disse coisas desnecessárias.

— Aí está — ela disse. — Fantástico. Você conseguiu. Pode relaxar agora.

— Você conseguiu — Lamont disse, segurando minha mão.

— Acho que vocês vão ser muito felizes — a médica disse.

Está tudo bem, pensei, agora eu posso morrer. Não restava mais nada de mim.

A enfermeira trouxe Gainey para mim num lençol azul e o colocou no meu peito.

Ele estava mexendo as mãozinhas. Seus olhos estavam fechados mas a boca estava aberta como se fosse um filhote de passarinho. Tinha cabelo; tinha até sobrancelhazinhas.

— Ora, olhem só — eu disse. — Então era você que estava causando tantos problemas.

34

Desculpe, acho que falei demais. Eu começo a contar essa história e não consigo parar.

A gente se casou antes que a minha barriga começasse a aparecer. Não é difícil adivinhar. Tudo que você precisa fazer é contar de trás para a frente. Não vou mentir; muitas coisas aconteceram ao mesmo tempo nessa época, como eu já estar grávida naquela festa de Natal, ou a outra prisão. Tenho certeza de que você também sabe sobre essa. O que é importante aqui é que eu e Lamont ficamos juntos apesar de tudo.

Irmã Perpétua diz que o amor resiste, e foi isso que Lamont e eu fizemos — resistimos um ao outro. Eu ainda estou resistindo. Depois de tudo que aconteceu, se ele aparecesse no posto e abrisse novamente a porta do carro para mim, eu ainda entraria.

Mas sabe de uma coisa engraçada? Quando eu dirijo, estou sempre sozinha.

Nunca pensei que fosse me casar. Nunca pensei que fosse ter um filho. Eu não sonhava com essas coisas do mesmo modo que algumas garotas que conheci. Foi tudo uma espécie de surpresa.

Lamont me pediu em casamento num sábado, no mercado de pulgas Sky-Vue Drive-In. A gente estava diante da barraca de um velho que vendia facas, frigideiras de ferro fundido e crânios de boi. Ele e a esposa ficavam sentados em cadeiras de plástico e nunca se levantavam, a não ser que você tirasse o dinheiro do bolso. Eles tinham alguns botões de campanha política antigos e moedas mexicanas numa caixa com tampa de vidro, e ali no meio dessas coisas havia um anel de pérola. A pérola refletia um monte de cores, como o arco-íris de óleo na água.

— Que bonito — falei, para ver o que Lamont diria.

— Quanto é? — perguntou.

A etiquetazinha foi virada.

Lamont fez o homem se levantar. Suas mãos eram grandes, seus dedos quadrados como varetas de pesca.

— Quatrocentos dólares — ele disse, e manteve a tampa da caixa de vidro aberta, como se fosse uma pergunta.

— Podemos ver? — perguntou Lamont.

Eu não sei por que ele perguntou; a gente não tinha aquele dinheiro.

O homem pegou o anel pela faixa de metal.

Lamont tentou pegá-lo com dois dedos, mas não conseguiu e o deixou cair na sujeira debaixo da mesa. Ele se abaixou para olhar para ele. Ele pegou o anel antes que eu pudesse ajudá-lo, mas não se levantou. Ficou ali, apoiando-se em um dos joelhos, segurando o anel para mim. Então ele me pediu em casamento. Com as mesmas palavras que todo mundo diz.

As pessoas que passavam por ali olhavam para a gente. Pessoas paravam. A mulher do velho se levantou da cadeira para ver melhor. Eu não sabia o que dizer. A gente tinha passado a semana toda brigando e agora ele estava sendo um doce. O bebê era dele, e ele sabia disso. Eu amava Lamont. Ele era tudo que eu tinha.

— Sim — eu disse. — Aceito.

As pessoas ao nosso redor aplaudiram.

Lamont colocou a aliança no meu dedo, com etiqueta de preço e tudo. Ainda tenho aquela etiqueta. Ela vai ficar para o Gainey. Eu vou ficar com a aliança.

Quando contei à minha mãe, ela não disse nada. Precisei repetir.

— Eu ouvi — ela disse. — Só estou tentando pensar.

— A gente vai ter um bebê.

— Sabia que tinha um motivo. Estava torcendo para não ser esse. O que esse rapaz faz da vida?

Vai ficar tudo bem, pensei. Ela estava apenas se adaptando à idéia.

— Você vai vir? — perguntei.

— Seria bom que você tivesse me avisado com mais antecedência.

Ficamos caladas por algum tempo.

— Claro que vou — ela disse. — Que tipo de mãe perderia o primeiro casamento da sua filha?

Quando desliguei, Lamont perguntou:
— E então?
— Ela vem.
— É isso que você quer?
— Claro que é. Por que não seria?

Naquela sexta-feira nos casamos na prefeitura de Edmond City. Minha mãe me deu o vestido de noiva dela. Estava amarelado e fedia a naftalina, mas coube direitinho em mim. Lamont alugou um smoking. Pegamos minha mãe no caminho. Ela estava de azul, e não tinha pintado o cabelo. Eu puxei o assento para a frente para ela poder sentar atrás. Ela estendeu o braço entre nós para apertar a mão de Lamont.

— É um prazer conhecer a senhora.
— Só não seja como o último.

Lamont olhou para mim, e dei de ombros como se não soubesse do que ela estava falando. Eu sabia que a gente ia brigar naquela noite, mas naquele momento eu não queria esquentar a cabeça com isso. Nada ia arruinar o dia do meu casamento.

Chegamos lá cedo. Como minha mãe era nossa única testemunha, pegamos emprestada a moça do departamento de trânsito. Nas fotos, ela é a única que está sorrindo.

35

Decidimos que nossa lua-de-mel seria em Las Vegas, mas não tínhamos dinheiro. Pegamos todos os mapas e guias turísticos do Triple A, e à noite, depois do trabalho, os abríamos sobre a mesinha do café e começávamos.

— No Sahara — eu dizia.

E Lamont embarcava:

— Estamos jogando bacará e bebendo uísque e Coca-Cola.

— Pepsi.

— Tá. E no Sands...

— Estamos jogando vinte-e-um e comendo os sanduíches grátis. No Flamingo...

— Estamos ganhando. Lucramos um monte de dólares prateados nos caça-níqueis. Em vez de torrar o dinheiro, vamos para o nosso quarto e o espalhamos na cama.

— Depois o quê? — eu perguntava.

E Lamont me pegava nos braços e me carregava até o quarto, fechando a porta com o pé.

Depois de algum tempo, a gente nem se contentava mais com Vegas. A gente saía da 40 e parava na Floresta Petrificada ou no Deserto Pintado ou no Grand Canyon. Contemplávamos o vazio, o pôr-do-sol lançando sombras. Parávamos no meio da represa Hoover, subíamos no teto do carro e tirávamos as roupas um do outro. A cueca de Lamont ia caindo até a gente não conseguir mais ver. O vinil esquentava as minhas costas. O lago Mead estava de cabeça para baixo e azul.

— Eu te amo, Marjorie — ele dizia. — Eu te amo demais.

E eu acreditava nele. Porque nessa época era verdade.

36

Eu não diria que o meu relacionamento com a minha mãe melhorou porque fiquei grávida. Agora a gente se falava, e de vez em quando eu a visitava, mas ela não ia ao nosso apartamento nem falava com Lamont. Sempre que ele atendia o telefone, ela perguntava se eu estava lá, e se não estava, ela não puxava conversa. Mamãe chamava Lamont de "ele" e "o seu rapaz", como em, "O que o seu pai pensaria daquele seu rapaz?".

Ela só foi à Casa Mia uma vez, para o meu chá-de-panela. Garlyn estava bêbada e derramou guacamole no tapete. Ela começou a berrar e a limpar a sujeira com as mãos.

— Sinto muito — ela disse. — É que estou perdendo uma das melhores amigas que tenho no mundo.

Minha mãe chegou correndo com uma colher de pau e uma tigela. Na *kitchenette*, ela disse:

— Não sei como ela conseguiu dizer uma coisa tão gentil no estado em que está.

— Ela é minha amiga. E aquele *é* o estado dela.

— Ela me lembra alguém que nós duas conhecíamos antes de tomar vergonha na cara.

— Eu não tenho vergonha de nada.

— Não foi isso que eu quis dizer, você sabe disso.

Então trocamos palavras ásperas. A *kitchenette* tinha uma janela para a sala de estar, os cômodos ficavam lado a lado. Garlyn entrou para pedir desculpas. Ainda estava chorando. Ela quis abraçar minha mãe mas eu me coloquei entre as duas.

— Eu não sei o que você tem na cabeça — minha mãe disse depois. Ela estava ajoelhada, esfregando a mancha verde. — Você não está fazendo favor nenhum a essa moça sendo condescendente com ela.

— O que eu devo fazer, riscar ela do meu caderninho?

— Está dizendo que foi isso que fiz com você?

— Não estou dizendo nada. Por que sempre que a gente fala de alguma coisa o assunto vira eu e você?

Ela desistiu. Deu as costas para mim e foi lavar a esponja.
— Não sei por que você me convidou a vir aqui se era para me tratar desse jeito.
— Que jeito?
— Talvez seja melhor nos falarmos apenas por telefone.
— Talvez seja mesmo.
Ela pegou a bolsa e conferiu para ver se tinha dinheiro trocado para o ônibus. Quando estava na porta, disse:
— Bem, foi um prazer.
E eu retruquei:
— Para nós duas.

Mas veja bem: de todo mundo, minha mãe foi a única pessoa que foi ao meu julgamento. Todos os dias aparecia com um vestido novo e com o cabelo arrumado como se tivesse acabado de sair do salão. O Sr. Jefferies disse que era importante mostrar ao júri que eu tinha pessoas que acreditavam em mim, e ele chamou minha mãe e ela veio. Ela arrumou uma babá para o Gainey e ficou sentada bem atrás da gente, na primeira fileira, junto com as pessoas que o Sr. Jefferies contratou. E ela não precisava fazer isso, ela podia apenas ter ficado em casa.

Eu a vi na TV, tentando passar por todos aqueles câmeras, tentando sorrir. O Sr. Jefferies disse que ela não precisaria responder às perguntas dele, mas ela respondeu. Mamãe disse coisas muito boas sobre mim na TV.

Lembro que uma vez ela disse, "mesmo que ela tenha feito todas aquelas coisas que dizem que ela fez, ela ainda é a minha filha".

E acho que ela falou de coração, mesmo com tudo o que aconteceu depois. Acho que ela vai estar acordada à meia-noite, ouvindo à transmissão da rádio local ao vivo do portão principal. Ela estará esperando o Sr. Jefferies telefonar.

E então o que ela vai fazer? Será que vai se levantar, desligar as luzes e olhar para a lua? Será que vai ficar sentada lá com a luz acesa e abrir a Bíblia que mandei para ela? Ela pode fazer qualquer coisa. Pode descer e preparar um sanduíche à mesa da cozinha. Pode sair para o jardim e se ajoelhar na grama. Mas não vai fazer isso. Eu conheço minha mãe o bastante para esperar que ela faça alguma coisa calma e íntima na qual veja sentido. Alguma coisa digna.

Aqui tem um telefone que eu posso usar. Quando eu estiver perto, vou ligar para ela. Três anos atrás, quando eu estava perto, ela atendeu e disse que não tinha nada para me dizer. Acho que depois de todos esses anos, ela finalmente tinha medo de mim. Não espero nada diferente agora, mas seria crueldade minha não telefonar.

Eu sei o que vou dizer; a mesma coisa que da última vez. "A culpa não foi sua", é o que vou dizer. "Você fez tudo que podia, mãe." Eu vou dizer "Eu te amo". E então não vou esperar pela resposta. Não vou machucar a nós duas. Vou apenas dizer adeus e desligar.

37

Veja só, eu sabia que você também ia me fazer esta pergunta. O Sr. Jefferies tentou usar isto no julgamento. Eu não queria, mas ele disse que era nossa melhor chance. Ainda que ambos tenhamos sido presos naquela vez, ele disse que o júri colocaria a culpa em Lamont porque ele era o homem. O fato de eu estar grávida na época só melhorava as coisas. O Sr. Jefferies temia que minhas fotos não fossem admitidas como provas, mas não esperava que a acusação usasse as de Lamont.

O relatório não diz o que começou, diz apenas "confusão doméstica". Essa foi uma grande questão durante o julgamento, mas como o Sr. Jefferies não me queria no banco, ninguém ficou sabendo a resposta. O que iniciou a confusão foi o fato de Lamont ter descoberto uma garrafa de Popov na minha bolsa. Eu sabia que era errado, mas estava tão por baixo, passando o dia inteiro sentada no apartamento, ou na lavanderia do porão, aturando aquele calor terrível. Eu precisava de alguma coisa para me animar.

Eu estava na cozinha fazendo o jantar quando ele parou atrás de mim.

— O que é isto? — ele perguntou, mostrando a garrafa.

Olhei para a garrafa e tudo que vi foram os cinco centímetros que não poderia mais beber.

— Deve ser velha — disse.

— Estava na sua bolsa.

— O que você estava fazendo mexendo na minha bolsa?

— Não minta para mim.

Ele se curvou para cheirar o meu hálito, e eu o empurrei. Eu estava segurando uma colher de pau grande e pesada, e quando Lamont segurou meu outro braço, dei uma pancada nele.

Ele arrancou a colher da minha mão e me deu um tapa que me empurrou contra o fogão. Segurei uma chaleira e bati com ela no ombro de Lamont. A água se espalhou para tudo que era lado. Joguei a chaleira contra a cara dele e corri para o quarto.

— Não sei para onde você pensa que está indo — ele gritou, porque a gente não tinha mais porta no quarto. A senhoria não tinha consertado.

Peguei o abajur da mesinha de canto e o arremessei no instante em que Lamont entrou. Ele estava preparado para mim; segurava uma cadeira dobrável como se fosse um domador de leões. O abajur bateu na cadeira e quebrou. Ele largou a cadeira e cobriu o rosto, xingando. Havia sangue entre seus dedos.

Abri a gaveta e tirei uma lanterna.

— Por que você quer brigar? — perguntei.

Eu estava chorando e empunhando a lanterna como se fosse um porrete.

Ele ainda estava cobrindo o rosto com as mãos. Achando que Lamont não estava conseguindo enxergar, tentei passar correndo por ele.

Lamont agarrou a minha blusa. Eu me contorci e a blusa rasgou, e então tive de bater nele. Da terceira vez, a parte de cima da lanterna soltou e as pilhas saíram voando. Uma delas quebrou o espelho em cima da cama. Lamont caiu sem jeito e rolou para o chão, por cima de um braço. Havia sangue em seu cabelo. Não fiquei ali para ver se ele estava bem.

Desci até o apartamento da nossa senhoria, a Sra. Wertz, e bati com força na porta, mas ela não respondeu. Finalmente, algum velho no fim do corredor botou a cabeça para fora e disse que a Sra. Wertz estava com a polícia no bloco B. A polícia tinha sido chamada porque alguém estava brigando.

Eles estavam no estacionamento nos fundos do bloco B. Tinham um cara no banco traseiro do carro e a garota que estava com ele segurava uma toalha contra a boca. Quando o primeiro policial me viu, perguntou: "Está com ela?".

Me fizeram esperar ali enquanto iam procurar Lamont. Tinham armas e tudo. Logo depois, um deles voltou:
— Ele está bem? — perguntei.
— Preciso pedir que a senhora vire de costas — ele respondeu.
— Ele está bem? — repeti.
— Está inconsciente, senhora. Agora, ponha as mãos atrás da cabeça e junte os dedos.

Eles também prenderam Lamont, mas ele teve de ir pro hospital. É por causa disso que na foto ele aparece numa maca. Fui detida mas paguei a fiança a tempo de estar com Lamont quando ele acordou.

Lamont estava com uma faixa na cabeça, como se fosse um soldado. Os médicos disseram que ele tinha quebrado um malar e que havia sofrido uma concussão, mas que fora isso estava bem. A pele em torno de seus olhos tinha cor de geléia de uva. Enquanto estava sentada lá, olhando para ele, jurei que iria machucar a pessoa que tinha feito isso com ele, que de alguma forma iria me livrar dela.

38

Como a nossa vida mudou depois do bebê? Ficamos mais ocupados. Não dormíamos nem fazíamos amor tanto quanto antes, e eu ficava presa em casa enquanto Lamont saía para trabalhar. A casa ficava silenciosa, e eu lia muito, mas as únicas pessoas com quem falava o dia inteiro eram clientes que apareciam para comprar bagulho e permaneciam uns cinco minutos.

Gainey não bebia meu leite, e isso era ruim. Eu estava cansada de usar a bomba. Meu estômago ficava embrulhado o tempo todo. Pode parecer estranho, mas eu queria ainda estar grávida. Voltei a fumar, e sabia que Lamont estava examinando todos os meus esconderijos. Ele era bom em trocar fraldas e dar comida ao Gainey, mas eu é que dava banho e lavava fraldas sujas e tudo o mais. Quando Gainey chorava no meio da noite, Lamont não era bom o bastante para acalmá-lo. Minha mãe dizia que eu tinha sorte, que meu pai nunca tinha tocado numa fralda em toda sua vida.

— Sinto muito — disse Lamont. — Queria não precisar sair para trabalhar.

— É quando você *está* aqui — eu disse — que eu preciso da sua ajuda.

Ele se lembrava disso durante algum tempo, e então voltava a me ignorar.

Certo dia ele chegou em casa enquanto Gainey tirava um cochilo e me encontrou chorando no sofá. Eu não conseguia parar.

— O que aconteceu? — ele perguntou. — Marjorie, o que foi?

Ele me segurou pelos ombros e me olhou como se eu tivesse ficado doida. Senti pena dele, preso a uma mulher doida.

— Qual é o problema? — ele perguntou.

O problema é a minha vida, eu quis dizer, mas então ele me disse que me amava e que a gente tinha um bebê lindo — coisas sobre as quais eu não podia me sentir mal. Mas como eu poderia explicar a ele que era exatamente por isso que estava chorando?

— Marjorie, me conta — ele pediu.

— Eu não sei — disse finalmente. — Eu simplesmente não sei. Não é nada. Estou apenas cansada.

As coisas melhoraram quando Gainey começou a dormir durante a noite, mas eu ainda me sentia cansada o tempo todo. Quando Gainey tirava seu cochilo da tarde, eu pegava um pote de sorvete no congelador, retirava um dos potinhos que a gente usava como esconderijo e deitava uma carreirinha na mesa de café. Você sente a coisa pinicar no fundo do seu nariz e depois descer pela sua garganta, deixando tudo amargo. Eu ligava o som baixinho durante uma meia hora, e então fazia duzentos abdominais. Antes do banho eu me pesava e olhava minha barriga no espelho. A água daquele apartamento era maravilhosa no meio do dia. Eu a deixava o mais quente que podia suportar.

São duas coisas de que sinto falta: privacidade e ducha.

Gainey costumava acordar quando eu estava acabando de secar o cabelo. Eu via se ele precisava ser trocado, e então a gente ficava brincando no sofá até Lamont chegar em casa.

— Aconteceu alguma coisa aqui? — Lamont perguntava, e eu dizia a ele quem tinha vindo.

No jantar eu remexia minha comida até que desse para ver o meio do prato. Como era eu quem lavava os pratos, ele nunca me pegava.

Comecei a fazer duas carreirinhas, depois três. Aos invés de pequenas quantidades, passei a ficar com um papelote para mim e aumentar o preço dos outros. Lamont levou algumas semanas pra notar o quanto o meu estômago estava liso, e isso foi na cama; no dia seguinte ele não disse nada.

Mas a minha mãe disse. Eu não a via há mais ou menos um mês quando levei Gainey até Kickingbird Circle. Era abril e eram os anos 1980, portanto eu usava bermuda. Os regadores já estavam funcionando no gramado. Toquei a campainha. Quando abriu a porta, ela olhou primeiro para Gainey, então para mim, e ficou parada, me fitando.

— Meu Deus! — ela disse.

— Que é? — perguntei, porque ela não tirava os olhos de mim. Tocou minha bochecha, como se não estivesse me vendo.

— Você não voltou a beber, voltou?

— Não — respondi. — Não faço mais isso.

— Então o que é? Drogas?

Ri como se ela estivesse falando a maior bobagem do mundo, e a beijei. Menti na cara dela, embora nós duas soubéssemos a verdade.

39

A acusação de recepção de mercadorias roubadas foi injusta. O aparelho de som era realmente nosso. Tinha sido comprado de uns universitários numa van. O cara que nos vendeu as rodas disse que tinha um recibo. O mesmo vale pro arco, o gerador portátil e a motosserra... A gente pensou que ele estava limpando a sua garagem.

A polícia revistou a casa toda com um pastor alemão. Um cara até chegou a abrir o pote de sorvete antes de colocá-lo de volta no lugar. Nós ficamos o tempo todo no sofá, entretendo Gainey com as chaves do carro. A gente sabia que era melhor não dizer nada. Eles nos prenderam e ficharam, mas acabaram nos soltando. Quando voltamos para casa, descobrimos que nosso melhor *bootleg* dos Meat Puppets estava no toca-fitas.

A Srta. Tolliver, nossa advogada, disse que o máximo que podiam fazer era botar a gente em condicional, e foi o que aconteceu. A culpa foi de Lamont, por ser bonzinho. Desse dia em diante, a gente passou a aceitar apenas dinheiro.

40

Não chamaria o que aconteceu de uma batida policial. Foi uma batida de carro, mesmo.

Foi tudo culpa da minha mãe. A gente tinha ido ao shopping ver roupas de verão para Gainey e estava voltando para casa pela Santa Fe. Mamãe dirigia seu Riviera. Gainey estava atrás, na cadeirinha. Sempre tomei muito cuidado com isso. Ele tinha acabado de vomitar, e eu tirei o cinto e me virei para trás para limpá-lo.

— Vê se não bate com o carro — eu disse.

— Não vou bater — minha mãe respondeu.

Cinco segundos depois eu estava voando para trás e batendo a cabeça no painel do carro. Um pedaço do pára-brisas estava preso no meu cabelo, e havia um Granada amarelo a cinco centímetros do meu rosto.

Gainey estava chorando no banco de trás, e os óculos da minha mãe estavam partidos em dois.

— Eu disse pra você não bater! — gritei.

O motorista do Granada era um velho usando chapéu e terno marrom, como nos anos 1950. A ignição estava zumbindo porque sua porta tinha sido aberta no impacto. Ele não saiu, simplesmente ficou ali, olhando para o vapor que subia do anticongelante. Parecia desmaiado. Alguém olhou pela janela da minha mãe e perguntou se estávamos bem.

— Não — eu disse. — Tivemos um acidente.

Minhas costas doíam, mas eu precisava ver Gainey. Tentei me levantar, mas a minha mão direita não me obedecia.

— Acho que quebrei o pulso — disse.

— Não se mexa — minha mãe mandou. — Eles dizem que a gente não deve se mexer.

Minha mão esquerda estava boa. O rosto de Gainey estava vermelho, mas ele parecia bem. Eu me debrucei sobre o assento e limpei os cacos de vidro de cima de sua bandeja. Tentei desafivelá-lo, mas precisava das duas mãos.

— Está tudo bem — eu disse.

Minha mãe estava chorando.

— O seu pai me deu este carro!

— Será que pode fazer o favor de me ajudar?

— Não grite comigo. Eu sei que você me odeia, mas não precisa gritar comigo.

Ela tinha uma marca do volante na testa. Uma sirene se aproximava.

Sempre botei a culpa na minha mãe, mas preciso admitir que poderia ter feito alguma coisa se estivesse pensando, mas não estava. Não sabia que minha bolsa não estava ao meu lado na poltrona, onde eu a havia deixado. Eu não tinha idéia de que naquele momento o papelote com que eu vinha sonhando a manhã inteira estava caído na rua, bem diante da minha porta.

Um carro de polícia parou e desligou a sirene. Gainey parou de chorar; agora apenas soluçava. A rua estava cheia de gente; tinha até um cara com um extintor de incêndio. Carros paravam no meio-fio e os motoristas saltavam para nos rodear.

Havia apenas um policial no carro. Ele caminhou até a janela da minha mãe. Sua cabeça estava raspada como a de um torcedor de futebol americano e ele tinha um microfone preso com velcro no ombro.

— Todo mundo bem aqui? — perguntou.

— Ele bateu na gente — minha mãe disse. — O sinal estava verde para mim.

Contei a ele sobre o meu pulso.

— Tudo bem — ele falou, e foi até o outro carro ver como o velho estava. — Senhor — ele disse. — Senhor.

O velho continuou com o olhar vidrado, como se não estivesse ouvindo.

— Senhor! — o policial gritou, e balançou a mão diante do rosto dele.

O velho não piscou.

O policial se abaixou e colocou dois dedos na garganta do homem. Em seguida caminhou de volta até seu carro, abriu o porta-malas e pegou um cobertor. Ficamos sentados ali, ouvindo Gainey soluçar enquanto o policial cobria o velho.

— Estava verde! — gritou minha mãe. — Eu vi.

— Eu sei — disse, embora pudesse ver que ela mesma não tinha mais certeza disso.

Mais sirenes se aproximavam — mais policiais, um carro de bombeiros, duas ambulâncias. Elas estacionaram bem atrás de nós no meio da rua.

O policial tirou Gainey do carro, e uma enfermeira finalmente convenceu minha mãe de que ela podia se mover. Ela ficou em pé e um monte de vidro caiu de seu colo; os cubinhos quicaram no chão como granizo. Eu tive de evitar encostar no assento enquanto alcançava a porta. Outro policial que reconheci de algum lugar me levou até a ambulância, onde eles olharam para o meu pulso. Minha mãe estava em pé ali com Gainey; estavam bem.

— Isto dói? — a enfermeira perguntou, e torceu minha mão.

— Sim! — implorei a ela.

A gente precisava preencher formulários. Como eu não conseguia escrever, minha mãe teve de fazer isso. Menti sobre os remédios que estava tomando. No exato momento em que estávamos nos preparando para ir embora, o primeiro policial apareceu com minha bolsa e perguntou se era minha. Eu não pensei. Apenas peguei a bolsa e agradeci a ele.

— E quanto a isto? — ele perguntou, e segurou o papelote pela ponta. — Reconhece isto?

Tudo que eu tinha de fazer era dizer não.

— Não de novo! — minha mãe disse. — Marjorie, por que você continua fazendo isso?

— Então a senhora reconhece este material?

— É o marido dela...

— Cala a boca — eu disse. — Apenas cala essa boca, mãe. Você já matou uma pessoa hoje, não está satisfeita?

Ela começou a me dizer que era eu quem estava machucando todo mundo, e eu comecei a responder.

— Espere um pouco! — gritou o policial, e me passou um sermão sobre o que era ser mãe e por que a minha estava preocupada comigo.

Minha mãe apenas ficou ali balançando a cabeça, concordando com ele. Então ele pegou seu estojo de testes. Ele

se surpreendeu quando ficou laranja. O idiota achou que era cocaína. Ele estava esperando que ficasse azul.
 Ele leu os meus direitos. Eu não disse uma só palavra depois disso, só olhei para a minha mãe com cara de quem pergunta como ela podia fazer uma coisa daquelas.
 — Não estou arrependida — ela disse. — Se você quer que eu diga que estou arrependida, eu não vou dizer.
 E então, levantando Gainey, ela disse:
 — Você não se importa com isso, mas precisa pensar nele.
 O policial nos colocou em seu carro para irmos ao hospital, eu atrás, na gaiola, minha mãe e Gainey na frente. Minha mãe e o policial conversaram sobre ataques cardíacos e sobre como o velho já poderia estar dirigindo morto há algum tempo. Todos nós havíamos tido muita sorte.
 A emergência do hospital nos deu prioridade porque eu estava presa. Minha mãe precisou preencher mais formulários. O policial nos deixou sozinhas por um minuto enquanto esperávamos pelo médico. Com meu braço bom, tomei Gainey da minha mãe e me sentei, abraçando-o com força.
 — É você quem está fazendo isto — minha mãe disse.
 — Não eu.
 O policial voltou com o médico, que examinou meu braço. Ele se curvou e olhou para ele como se sua vista não fosse boa. Ele tinha manchas de velhice na testa e eu podia sentir o cheiro de seu condicionador.
 — Me diz se isto dói — ele falou, mas eu puxei o braço.
 O médico pulou para trás como se eu tivesse uma faca, e o policial se levantou.
 — Acredite em mim — disse. — Está quebrado.

A MIL POR HORA

— Você quer ou não quer que eu ajude? — ele perguntou.

Quando o médico torceu meu braço, eu gritei na sua orelha.

Ele levou algum tempo para cobrir meu braço com todas aquelas faixas de gaze quente. E só isso já dói muito.

Lá fora, o policial ajudou minha mãe a pegar um táxi. Ele me trancou na parte de trás do carro, tirou a cadeirinha de Gainey e a colocou no meio-fio para minha mãe. Conversaram durante um minuto. Minha mãe estava agradecendo a ele, tocando em seu braço.

Ele contornou o carro até o banco do motorista e entrou. O gesso ainda estava quente no meu colo. Eu sabia que ela estava olhando para mim, talvez acenando, mas não olhei.

— Não vai se despedir dela? — o policial perguntou.

— Apenas dirija, sim? — eu disse, e foi o que ele finalmente fez.

A Srta. Tolliver disse que eu ficaria presa durante algum tempo... não muito. O palpite dela é que seriam uns seis meses, e essa foi exatamente a sentença do juiz. Eu não conseguia acreditar. Já tinha sido presa antes, e já tinha feito muitas coisas, mas isto tinha sido por nada. Eu estava indo para a cadeia. Eu sabia que estava mas não acreditava realmente nisso. Eu só dei por mim quando o juiz leu a sentença e um guarda me segurou pelo braço e me conduziu para fora da sala.

Minha mãe e Lamont estavam lá, sentados longe um do outro. Enquanto o guarda me levava, olhei por sobre o ombro para eles, como se pudessem me salvar. Mas não podiam.

41

Cumpri meus seis meses na Clara Waters. Não era exatamente uma prisão no sentido que a gente pensa. Era um velho motel na Interestadual 35 que eles transformaram num centro de pré-liberação. Casa de Correção Clara Waters, era assim que o chamavam. Antes era o Planet Motel. Eles tinham deixado toda a mobília, os espelhos grandes nos banheiros e os quadros pregados na parede. Ainda dava para ver as lâmpadas fluorescentes debaixo das calhas, um desenho em arame de Saturno na fachada, mas sem o néon. Não havia barras nas janelas nem arame farpado no topo das cercas. Você podia sair a hora que bem entendesse.

A idéia era que você não saísse porque não lhe sobrava muito tempo. Algumas das garotas tinham passado seis ou sete anos em instituições como Mabel Bassett ou Eddie Warrior, e agora estavam saindo, de modo que eram realmente cautelosas. Mas a maioria de nós estava ali por prostituição ou pequenos delitos, como cumplicidade ou algo assim. Éramos jovens e sabíamos que isto era apenas temporário. Havia muitas mães ali.

Lembro da primeira noite que passei ali. Éramos quatro num quarto de motel; Natalie ainda não tinha chegado. A gente tinha o nosso próprio banheiro e um ar-condicionado que podíamos ligar sempre que quiséssemos. A porta não ficava trancada. A gente ficava no segundo andar, e você saía para a varanda e dava de cara com um guarda. Eles nem te diziam nada antes do toque de recolher; você podia ficar lá fora fumando. Mais um pouco adiante na estrada havia o Frontier City, um enorme parque de diversões, e dava para ver as luzes da roda-gigante através das árvores. Era uma roda dupla, do tipo que vai para frente e para trás. Eu quase conseguia ouvir a música. Me fazia pensar em barraquinhas de churros e crianças sujas de algodão-doce. Na primeira noite fiquei lá fora na varanda vendo a roda-gigante funcionando, e o tempo inteiro pensei em Gainey. Jurei que isto nunca mais ia acontecer comigo.

Depois do primeiro mês, a gente recebia permissão de sair para trabalhar. A sua agente de condicional te dava um passe para um dia, e você saía para procurar emprego. Se achasse, você podia sair todos os dias — sete dias por semana se pudesse provar que estava trabalhando. Mas apenas durante o dia; à noite você precisava voltar. E tinha de dizer ao seu patrão que estava cumprindo pena em prisão semiaberta. Você não podia deixar de mencionar isso.

No primeiro dia fora eu me candidatei a três empregos e fiz amor com Lamont cinco vezes. Procurei lugares bem pé-de-chinelo, achando que conseguiria alguma coisa depressa. Eu queria um trabalho que não desejasse mais quando saísse, alguma coisa que pudesse simplesmente descartar. Já tinha trabalhado em muitos lugares pé-de-chinelo e sabia reconhecer um. Primeiro tentei as redes, como Grandy's, Shoney's e Waffle House, sabendo que eles tinham alta rotatividade de funcionários.

Passei uma semana procurando trabalho, passando as tardes em Casa Mia como se tudo estivesse normal. Lamont agora estava trocando as fraldas do Gainey muito bem. Gostava de ter os dois comigo na cama, toda a família próxima para eu poder sentir o cheiro e tocar a pele deles. Era muito doloroso ir embora.

Eu me candidatei ao Hometown Buffet, ao Luby's e ao Furr's Cafeteria. Eu me candidatei ao Church's Chicken e à

Cocina de Mino. O Burger King tinha uma tabuleta na porta que dizia, *Venha servir ao rei*. Eu ficava esperando que a minha agente de condicional, a Sra. Langer, me chamasse ao seu escritório para me dizer que alguém tinha telefonado, mas ninguém telefonava.

A Sra. Langer disse que o problema era que estávamos em junho e que todas as estudantes estavam de férias e à procura de trabalho temporário. Ela me lembrava da minha velha conselheira de orientação, a Sra. Drake; ela tinha plantas em seu escritório e estava sempre disposta a dar conselhos. Provavelmente meu braço engessado estava assustando os empregadores em potencial. Eu só tinha de ser persistente. Eu poderia tentar me candidatar a mais lugares. Eu vou, disse a ela. Você apenas balança a cabeça e diz sim a uma pessoa como essa, embora nada do que elas digam funcione.

Na sexta-feira Lamont dirigiu para mim o dia inteiro e me esperou no estacionamento. Nem mesmo fizemos amor. Ao me deixar na casa de correção, ele disse que alguma coisa acabaria aparecendo, e nós tivemos uma tremenda discussão. Discutir com ele nas sextas era muito ruim, porque como a gente não se via no fim de semana, eu ficava muito irritada. Nessa sexta nós falamos coisas desnecessárias e eu dei as costas para ele e fui embora. Gainey estava chorando no banco de trás, e eu pensei, muito bem, ele que cuide do garoto.

Na segunda, a Sra. Langer me deu um cartão que dizia que o Coit's Root Beer Drive-*Thru* havia telefonado. Era engraçado porque eu até gostava do Coit's. A lanchonete ficava na Northwest Expressway, no sentido de quem vem de Charcoal Oven. Era um *drive-thru* bem antigo, com um toldo em fibra de vidro e um alto-falante instalado num poste em cada vaga de carro. O prédio principal tinha a forma de um barril e coisas como SANDUÍCHES TOSTADOS, MILK-SHAKES e REFRIGERANTES escritas em néon vermelho e verde. As garçonetes usavam blusas de seda, saias em dois tons e botas de vinil que chegavam aos joelhos. Os *milk-shakes* vinham com creme batido e uma cereja. Eles até serviam Pepsi. A notícia fez com que me sentisse mal por ter gritado com Lamont.

    Meu horário era bom. Como tinha que chegar às dez, tinha 45 minutos com Lamont antes do trabalho. Ele chegava depois do almoço e estacionava numa das vagas do fundo. Eu passava minha hora de almoço com ele. As janelas eram tão escuras que ninguém podia ver dentro do carro. A gente botava Gainey na frente e pulava para o banco de trás.

    Era um trabalho divertido. Eu até estava com saudade de trabalhar, de conversar com as colegas. Elas chamavam um pedido de batatas fritas de um saco de trapos. Um bife amarelo significava um hambúrguer com mostarda. "Sai um cachorro", elas diziam, ou "Um magricela no capricho". Nossa cafeteira era uma Bunn-O-Matic, e elas chamavam o café de lama automática. "Escorre uma lama pra mim", elas diziam. Lá dentro, a gente podia ouvir as pessoas dentro dos carros. Depois que elas tocavam a campainha para fazer um pedido, a linha continuava aberta. A gente ouvia os fregueses cantando com o rádio ligado ou discutindo. O mais engraçado eram as mães. Ficavam gritando com seus filhos, dizendo todo tipo de palavrão, e quando você entrava na linha elas começavam a falar manso. Ficou ainda melhor depois que arrumei um trabalho para Natalie.

    Desculpa, acho que estou me desviando do assunto. O bagulho que Darcy me deu deve estar batendo. Você me pediu pra descrever a Clara Waters.

Em comparação com este lugar, Clara Waters era um paraíso, mas aquela era a primeira vez que eu ia em cana e estava um pouco assustada. Lá dentro havia umas garotas que eu achava barra-pesada, embora eu não pense assim agora. Elas me pareciam assim apenas porque naquela época a minha vida era boa. Eu não colocaria nenhuma delas contra Lucinda ou mesmo Darcy. As que estiveram lá ou na casa de correção Eddie Warrior foram encaminhadas para a direção certa. Elas foram para casa. Acho que é por causa disso que o Estado nos põe junto delas. Eu só queria que elas tivessem me ensinado a como nunca vir para cá.

Lembro de quando entrei no quarto pela primeira vez. É idiota, mas eu estava com medo de ser a única garota branca. No fim das contas acabei sendo mesmo, só que as outras três não eram negras, eram chinesas. Duas delas eram primas, integrantes de uma gangue nos arredores de Mustang; a outra era uma prostituta com apenas mais um mês a cumprir. Uma das garotas da gangue se chamava Emily, o que eu achava estranho. Ambas usavam jaquetas de jeans e passavam quase todo o tempo ouvindo seus *walkmans*. O inglês delas não era muito bom, e tudo que a prostituta fazia era ler revistas. Nenhuma delas me dava a mínima atenção. A minha cama era a que ficava mais perto da porta, e quando a prostituta foi embora, todas trocamos de cama para nos afastar mais da porta.

Havia de tudo lá: negras, índias, mexicanas, ciganas. Todas ficávamos reunidas em pequenos grupos; você podia ver isso com clareza no refeitório. Não havia tantas brigas quanto você deve pensar. Acho que é diferente com os homens.

Se você precisa de uma briga no livro, havia uma garota muito alta, chamada Barbara Alguma Coisa. Todo mundo morria de medo dela. Havia algo errado com ela; tinha a cabeça grande demais, como um fantoche. Ela nocauteou um guarda com uma lata de Cherry Crush e foi mandada pra lá. Mas a maioria das garotas era tranqüila. Todas gostavam muito de dormir.

A comida de lá não era ruim, lembro disso. Aqui também não é. Há duas coisas fantásticas aqui: galinha frita à moda do sul e filé de frango à milanesa.

Não sei o que mais você quer. O lugar foi demolido em 1992. Antes disso teve população mista durante algum tempo, com as garotas numa ala e os rapazes nas outras duas. Queria que tivesse sido assim na minha época. Talvez eu e Natalie não tivéssemos nos aproximado. Mas não posso reclamar. Preferia muito mais estar lá do que aqui.

42

Certo, é aqui que eu conheço Natalie Kramer. Ela foi minha colega de quarto durante os últimos dois meses, junto com Emily e a prima. Estava presa por passar cheques frios. Era só olhar para ela que você entendia por que as pessoas aceitavam os seus cheques. Ela tinha uma aparência muito boa; cabelos longos cor de canela, olhos castanhos, dimensões médias. Bonita mas não estonteante. Tinhas dentes corretos e mantinha a postura reta, mesmo quando sentada. Um pescoço de Audrey Hepburn, belos sapatos. Parecia alguém que tinha crescido comigo em Kickingbird Circle, mas que tinha ido para a faculdade e se casado.

No primeiro dia em que ela entrou no quarto, Emily e a prima nem se deram o trabalho de tirar os fones de ouvido.

Natalie deu um passo para dentro e parou como se não tivesse recebido permissão para entrar. Usava calças jeans e camiseta, mas elas pareciam muito novas, como se ela ainda não as tivesse usado. Seus brincos eram simples bolinhas douradas. Não usava anéis e suas unhas eram perfeitas. Ela fez questão de apertar a minha mão. Acenou para as chinesas; as duas olharam uma para a outra como se a recém-chegada fosse doida.

— Esta é a minha? — perguntou, e então sentou na cama com a bolsa no colo, abraçando-a como se fosse um cachorrinho. — Não consigo acreditar que estou aqui.

Ela começou a chorar. As chinesas riram.

— Está tudo bem — eu disse. — Sei como você está se sentindo.

Ela abriu um saquinho de lenços de papel e enxugou os olhos.

— Tem banheiro?

Apontei para a porta.

Ela fechou a porta depois de entrar. Quando finalmente saiu, as chinesas tinham ido jantar. Natalie pediu desculpas e me agradeceu por ser tão gentil.

— Estava com medo de não encontrar ninguém legal aqui. Acho que estou parecendo um bebezão.

— Não tem problema — respondi. — Eu também.

Levei Natalie até o refeitório e me sentei com ela. Ela não conseguiu comer. A culpa de tudo tinha sido do seu namorado, um cara mais velho; ele tinha ido embora e limpado a conta deles. Ela tinha acabado de ser demitida e havia sido ameaçada de despejo pelo senhorio. Pensando melhor, provavelmente era tudo mentira. Mas não importava. Ela já era minha amiga.

Ela se serviu de um pouco de purê, mas comeu muito pouco. Ficou apenas olhando para a bandeja. Era uma dessas bandejas de TV, só que não havia nenhum quadrado para a sobremesa.

— Vamos, experimenta um pouco da galinha — eu disse. Até espetei um pedaço com o garfo para ela.

Naquela noite, depois que as chinesas tinham dormido, Natalie me agradeceu. Ela esticou o braço até a brecha entre nossas camas e apertou a minha mão.

— Por que você está aqui? — ela perguntou.

Então contei parte da minha história, mas não tudo. Ela disse que a mãe dela era igualzinha, e me contou da vez que o namorado chegara para o jantar de Páscoa bêbado e vomitara no tapete. Nós rimos. Uma das chinesas se mexeu na cama e a gente se calou. O namorado de Natalie se chamava Don e trabalhava com peças automotivas. Era gente boa quando não bebia, mas esta tinha sido a última vez. Era tudo muito louco, como uma montanha-russa. Certa vez ele tinha enfiado a cabeça de Natalie no microondas e tentado ligar o aparelho. Outra vez ele abrira a mangueira em cima de Natalie enquanto ela estava dormindo.

— Você é casada — ela disse, e apontou para o meu anel. — Não precisa suportar esse tipo de coisa.

— Graças a Deus.

Natalie era de Yukon. Ela tinha vindo à cidade para estudar, mas acabara desistindo da faculdade depois de alguns semestres.

— O mesmo comigo — eu disse, e então conversamos sobre faculdade.

Acabei descobrindo que ela tinha trabalhado num dos postos da Conoco. Trocamos histórias de trabalho. Ela lembrou de ter borrifado o bastão de medida com desinfetante antes de mergulhá-lo no tanque, para poder ler melhor o nível.

— Foi tão engraçado! — disse.

Eram duas e meia da manhã.

— É melhor continuarmos amanhã — falei.

— Marjorie, muito obrigada — ela disse, segurando novamente a minha mão.

— Não há de quê — respondi. — Os primeiros dias são sempre os mais difíceis.

Ela soltou minha mão e ficamos caladas durante algum tempo. Dava para ouvir os caminhões passando pela Interestadual 35, em direção ao sul, para Dallas e San Antone, e em direção ao norte, para Wichita e Kansas City. Já naquela época eu gostava de dirigir na minha cabeça. Ao norte da cidade não havia nada ao longo de três ou quatro saídas. À noite, tudo que se podia ver eram as grandes antenas de rádio, suas luzes piscando para manter os aviões afastados.

— Ei — Natalie sussurrou. — Como a outra se chama?

— Eu não sei. Não consigo pronunciar.

— E por que Emily?

Começamos a conversar de novo, e de repente já eram quatro da manhã. A gente precisaria estar de pé dali a três horas. Mesmo assim, continuamos falando pelos cotovelos, e enquanto adormecia ao som da voz de Natalie, pensei que ter uma irmã deveria ser assim.

Na manhã seguinte Natalie desempacotou seus utensílios de banho diante do espelho. Ela trouxera de tudo: condicionador, perfume, lâminas. Tinha uma caixa de maquiagem cheia de batons, bases, um delineador de cílios. E uma caixinha de jóias púrpura cheia de cordões de ouro. Fechei a porta para que as chinesas não vissem.

— Eu não exibiria essas coisas — falei.
— Disseram que eu podia ficar com elas.
— É o tipo de coisa que desaparece aqui.
— Ah... — ela disse, e guardou tudo de novo.
— Por que trouxe tanta coisa?
— Não tinha onde deixar. E não acho que seja muito.
— E quanto a sua mãe e o seu pai?

Ela riu, apenas um único "Rá!". Foi a primeira vez que a vi zangada.

— Se quiser, posso guardar lá em casa. Posso enfiar essas coisas na minha bolsa antes de sair para o trabalho.
— Eu não sei...
— Se isso fosse tudo que tivesse no mundo, eu definitivamente não deixaria neste quarto.
— Tem razão.

Ela não tinha nenhum motivo para confiar em mim, mas confiou. Natalie simplesmente me confiou todos os seus pertences.

No trabalho, abri a caixinha de jóias para ver o que tinha dentro. Não era muita coisa: alguns cordões, umas perolazinhas, alguns brincos baratos... nada que valesse realmente a pena roubar.

— O que é tudo isto? — Lamont perguntou quando mostrei a ele.

Eu tinha escondido todas as coisas sob o meu uniforme. Ele quebrou uma das correntes enquanto fazíamos amor, e eu me senti mal por isso. Mandei consertar.

— Que tipo de idiota é essa garota? — ele perguntou depois que tínhamos terminado.

— Não fale desse jeito. Ela é minha amiga.
De volta a Clara Waters, Natalie estava me esperando. Ela tinha roubado um pedaço de torta de nozes do refeitório e trazido para mim. Queria saber se Lamont tinha concordado em guardar as coisas. O dia dela tinha sido muito ruim. Havia tentado dormir, mas ouvia as batidas dos *walkmans* das chinesas. Dividimos um cigarro na varanda. A roda-gigante girava sobre as árvores.

— Não sei como vou agüentar isto por três meses — Natalie disse.

— Não é tão ruim depois que você recebe sua licença para trabalhar. Se você quiser, eu te indico.

— Eu quero — ela respondeu. — Muito obrigada.

Ela me deu a guimba do cigarro para eu dar a última tragada.

— Lamont acha que você é maluca por ter confiado em mim.

— Prefiro confiar em você do que em qualquer outra pessoa aqui.

— Isso é bom? — perguntei.

— Não sei. É alguma coisa.

Na prisão, você ou faz amizades depressa ou não faz. Quando não estava trabalhando, estava com ela. Até as chinesas tinham ciúmes da gente. Ela me salvou quando meus absorventes acabaram. Quando minha escova de cabelo quebrou, Natalie me deixou usar a dela. Nós duas vestíamos tamanho médio, e podíamos pegar emprestado as blusas uma da outra. Eu dava a ela meu arroz-doce e ela me dava suas pêras em lata. Eu invejava as pernas dela; ela queria ter a minha cintura. De noite, conversávamos na varanda até as luzes apagarem, e então entrávamos e dividíamos um cigarro, mantendo um cinzeiro no chão entre nossas camas. Ela não tinha marido, nem bebê, nem planos. Acho que queria a vida dela, ou a minha antiga de volta. Talvez eu apenas quisesse recomeçar tudo.

    Ajudei Natalie a preencher sua ficha para o Coit's. Era o único lugar onde ela ia se inscrever. Ela sabia andar de patins, mas nunca tinha sido garçonete.

— Qual é a sua lanchonete favorita? — perguntei.
— A Interurban.
— Isso é bom — eu disse como Sra. Langer.
— Não vai dizer que eu trabalhei lá, vai?
— Você não quer o trabalho?
— Quero.
— Eles nunca checam esse tipo de coisa.

    No trabalho, deixei a ficha de Natalie no topo da prancheta de Ned. Ele me chamou à despensa para discutir o assunto. Foi rápido. Ned gostava demais de mim para discutir. Eu podia convencê-lo a fazer qualquer coisa.

— E ela sabe andar de patins — acrescentei.
— Não implore — Ned disse. — Vou contratá-la de qualquer jeito. A gente não precisa pagar salário mínimo para vocês, garotas.

    Quando contei a Natalie, ela me abraçou. Estávamos na varanda, e o guarda nos deu as costas. Eu vinha usando o xampu de Natalie, e ela estava cheirando igualzinho a mim.

— Obrigada — ela disse. — Muito obrigada mesmo. — E o corpo dela começou a tremer contra o meu. — Não sei o que faria sem você.

— Está tudo bem — eu disse, mas ela não parou.

As luzes das alas se apagaram uma a uma, até que nós estávamos no escuro, ali na varanda.
— Está na hora — eu disse. — Vem, vamos pra cama.

43

Descreva Natalie.
Uma mentirosa. Isso a define muito bem. Podia dizer coisas piores, mas isso não seria cristão.
Ela era mais bonita do que parecia no começo, e mais esperta. Ela sempre guardava alguma coisa na manga. Natalie passava o tempo todo representando, e sempre estava tentando tirar algo de você. Ela era como uma daquelas crianças que causam um monte de problemas na sala de aula e se fazem de santas quando a professora aparece. Mas ela era bonita e sempre conseguia se safar. Você sempre sentia pena dela. Ela sempre tinha algum tipo de história.

44

É verdade. Nunca disse que era ou não porque não acho que tenha tanta importância. Em todo caso, é pessoal. Além do mais, não aconteceu do jeito que Natalie diz no livro dela. Não houve nem vela nem baseado; não sei de onde ela tirou isso. E não fui eu quem começou, que isso fique bem claro.
Deve ter sido em agosto, porque Natalie estava lá há mais de um mês. Nós já estávamos trabalhando no Coit's a essa

altura, e ela me cobria quando eu demorava a voltar do meu encontro com Lamont no horário de almoço. Ela realmente sabia andar de patins; as pessoas pediam para ser atendidas por ela. O cadarço de seus patins se fechavam acima do tornozelo e faziam a panturrilha dela parecer a de alguém que estivesse de saltos. As pessoas nos carros olhavam para Natalie quando ela passava.

À noite voltávamos juntas na van. A gente sempre se sentia suja por causa da gordura no ar da lanchonete. A primeira coisa que queríamos fazer era tomar um banho. A gente alternava quem ia primeiro, e naquela noite era a minha vez. Tirei a roupa, abri a água e a deixei esquentar. Natalie entrou para usar a privada. A gente estava conversando sobre o dia seguinte, acho que era dia de pagamento ou coisa do tipo. Só conversando. A água estava quente, e então entrei no chuveiro. Nós continuamos falando alto, para nos ouvirmos apesar do barulho da água.

— Não dá descarga — pedi.
— Não vou dar — ela respondeu.

Continuou falando mas eu não conseguia ouvir nada porque estava lavando o cabelo, e foi o que eu disse. Era a melhor hora do dia porque a água estava quente; de manhã você esquentava a água e um minuto depois ela estava gelada. Curvei a cabeça para trás para enxaguar o cabelo e senti uma brisa fria na minha frente. Como meus olhos estavam fechados, só pude pensar naquela cena de *Psicose*.

— Nat?
— Estou bem aqui — ela disse, como se estivesse a centímetros de distância.

Abri os olhos e ela estava bem na minha frente, em meio ao vapor. Estava me olhando como se eu fosse berrar com

ela, como se eu fosse achar aquilo errado. Estava penteada e ainda de batom. Botou uma mão no meu peito e então encostou a cabeça no meu ombro, e eu deixei.
— Tranquei a porta — disse.
— Bom — respondi.
Não houve incenso nem baseado, e foi ela quem me procurou. A única coisa que fiz foi não mandá-la embora. É fácil olhar para o passado e dizer que você deveria ter feito alguma coisa. Eu podia mentir e dizer que apenas não quis magoar os sentimentos de Natalie, mas eu também a queria. Achei que éramos íntimas o bastante para fazer isso. Já estávamos apaixonadas uma pela outra.
Foi diferente de uma forma gostosa. Só me senti mal sobre isso no dia seguinte, quando estava com Lamont. Mas fora isso, foi bom.

45

Muito enciumado, mas os homens são assim. Lamont sabia que Natalie era a minha melhor amiga. Nunca cheguei a apresentar os dois, mas eles se conheciam de vista. Lamont acenava para Natalie quando chegava na minha hora do almoço; no máximo, dizia oi. Ele achava Natalie ridícula de patins.
— Quantos anos ela tem, afinal?
— Não sei — respondi.
Mas a essa altura eu sabia tudo sobre Natalie: a forma como o seu dedo mínimo trepava sobre o outro dedo, o jeito como os ossos da bacia sobressaíam quando ela se deitava reta na cama.

— Se você é amiga dela, devia dizer como ela parece ridícula.

— A gente se veste exatamente do mesmo jeito — eu disse.

Mesmo assim, ele a achava ridícula de patins.

Eu não. Gostava de ver Natalie deslizando entre os carros com uma bandeja de Volcano Burgers equilibrada na ponta dos dedos. Gostava da forma como a saia chicoteava em torno de suas coxas. De patins, ela era mais alta do que eu; eles faziam suas pernas parecerem ainda mais compridas. Natalie se depilava a cada três dias, e sua pele era macia contra minha bochecha. Para mim, ela não parecia nem um pouco ridícula.

— E todo aquele ouro dela, é tudo folheado — ele disse.

— Esquece *ela*. Concentre-se em mim. A gente só tem 15 minutos.

Quando voltei da minha hora de almoço, Natalie me levou para a despensa e me beijou com força contra as caixas. Sua boca tinha gosto de hortelã por causa das pastilhas que vinham nos lanches infantis. Quando fui abraçá-la, ela deu as costas para mim e deslizou até a porta.

— Eu não esqueço *você* — disse.

— O quê?

— As piadinhas sobre a minha aparência. Eu ouvi a conversa toda. Oh, Lammy! Oh, querida! Oh, Lammy!

— Ele é meu marido.

— Acha que isso facilita as coisas para mim?

— Então não fique escutando.

— Como vocês podem ser tão cruéis? — ela perguntou. —Vocês não estavam falando de uma estranha, estavam falando de mim.

— O que você quer que eu faça?

— Como se você não soubesse — ela disse, e deslizou para fora.

Depois a gente fez as pazes, debaixo da água quente. Os cabelos dela escureciam quando ficavam molhados. Éramos amigas há apenas dois meses, mas ela já me conhecia completamente. A água escorria pela barriga dela. Ela desenhou um coração no espelho embaçado. Quando saímos, Emily olhou para o outro lado. Era assim lá, ninguém dizia uma palavra sobre o assunto.

No dia seguinte, Lamont apontou para um machucado na minha coxa e perguntou:

— O que é isto?

Na parte interna da minha coxa havia marcas de dentes.

— Não lembra? Foi você, ontem.

Era como viver uma vida dupla, que nem o personagem do escritor em *A metade negra*. Natalie queria que eu fosse dela, Lamont esperava que eu fosse dele. O único que realmente precisava de mim era Gainey, e entre os dois eu não tinha tempo para ele. Enquanto estivesse em Clara Waters, tudo seria muito fácil, mas eu tinha apenas mais alguns meses pela frente. Depois que saísse, tudo ia mudar, eu pensava.

46

Saí em 12 de outubro de 1985. Lamont tirou o dia de folga para ficar comigo. Ele me pegou no portão com Gainey no banco de trás. O pessoal da casa de correção não me deu dinheiro nem nada assim. Eu apenas assinei uns papéis e fui. Nem me acompanharam até a saída.

Natalie já tinha pegado a van para trabalhar. Tínhamos nos despedido no quarto. A nossa noite fora muito ruim. Tínhamos dito algumas coisas porque eu estava indo embora, e ela acabou se trancando no banheiro. Agora a gente estava arrependida por ter desperdiçado aquele tempo. Eu disse a ela que ia tentar visitá-la.

— Tudo bem — ela disse. — Não espero que você faça isso.

— Eu *vou* tentar.

Natalie começou a chorar.

— Preciso ir.

— Terça-feira — prometi. — Vou vir comer torta de frutas e beber Coca com limão, certo? Você pode passar a sua hora de almoço comigo.

Isso a deixou feliz, mas ela ainda estava fungando. Dei um lenço a ela. Natalie assoou o nariz e o devolveu para mim na porta.

— Então acho que a gente se vê — ela disse.

— Terça.

— Tá — ela disse, e me beijou na face.

Abraçando Natalie com os lábios pressionados contra seu pescoço, senti o cheiro de seu cabelo. Depois eu ia roubar o xampu apenas para ficar com alguma coisa dela.

Lá embaixo, no pátio, o motorista ligou a van, e Natalie caminhou para a saída. Eu a observei descendo as escadas. Ela parou na porta e me deu um aceno. Quando a van entrou na Interestadual 35, Natalie ainda estava olhando pela janela. Acenei até a van desaparecer. Sobre as árvores eu podia ver apenas o esqueleto da roda-gigante, agora parada.

Acendi um cigarro e fiquei parada ali até acabar de fumar. Depois voltei para dentro e fiz minha mala. Meu primeiro dia fora foi estranho. Eu não parava de pensar que tinha de voltar antes do anoitecer. Lamont me levou direto para casa. O ar-condicionado não era tão bom quanto o da Clara Waters. Lamont tinha passado o aspirador de pó e feito compras, e Gainey estava de roupa nova. Cheirei o pescoço dele e jurei que nunca ia deixá-lo novamente.

— Parece que você não precisa de mim por aqui — comentei.

— Tem roupa suja, se você está procurando alguma coisa para fazer — disse Lamont.

Ele botou Gainey no cercadinho e me levou até a cama. Tinha emagrecido. Eu não notara no Roadrunner; agora dava para ver suas costelas. Ele era muito bruto, e não sabia quando estava me machucando. Pensei na água, na forma como o corpo de Natalie espelhava o meu.

— Oh, querida! — ele disse. — Vamos, faz o seu cachorrão latir!

Eu ri.

— O que há de tão engraçado?

— Nada, só estou feliz — respondi.

— Está interessada num bagulho novo? — ele perguntou.

— Você me conhece — disse. — Estou sempre interessada.

Na Clara Waters eles testavam a gente, e por causa disso eu não tomava nada havia seis meses. Minha pele arrepiou toda quando Lamont acendeu o isqueiro. Ele encheu a seringa e injetou em mim. Pude sentir minhas veias acesas como néon. O barato me atravessou como vento soprando pela janela de um carro. Foi como engatar uma marcha. Como ser o ornamento do capô de um caminhão desgovernado.

— Uau! — falei.

— Arranjei um fornecedor novo — disse Lamont. Ele estava sentado ao meu lado, tirando um dos meus sapatos de cano alto. — Ele diz que pode conseguir tanto quanto eu quiser.

— Você devia. Isto é material de primeira.

— É, só que ele não vai me fazer fiado. Preciso arrumar um empréstimo.

— Conhece alguém que empreste dinheiro? — perguntei.

Ele se calou para gozar a viagem, e eu me deitei na cama e pensei em Natalie no trabalho, deslizando pelo estacionamento. Ele rolou na cama e suas mãos correram frias pelas minhas pernas. Ainda funciona, eu pensei, mas não tinha certeza se era tão bom assim. No meio da transa, agarrei o cabelo dele como Natalie fazia comigo e mostrei como eu gostava.

— Acho que você está feliz por estar em casa, não é? — ele disse enquanto fumávamos.

Pousou o cinzeiro frio sobre o meu peito, como uma piada.

— Você nem faz idéia.

No canto, Gainey começou a chorar e eu o tirei do cercadinho. Ele queria sua garrafa.

— Acho que vou ter de tomar banho sozinho.

— Pode ir — eu disse, e vesti meu robe.

Botei Gainey na cadeirinha e o fiquei vigiando enquanto corria os olhos pela sala. Toda a mobília era a mesma, a TV, as cortinas. Era como se eu nunca tivesse saído de casa.

Entreabri a porta do banheiro e enfiei a cabeça pela brecha. Mesmo com o exaustor ligado, o vapor formava gotas no teto.

— Lammy...

— O quê? — ele disse por trás da cortina.

— Posso ficar com o carro na terça?

— Ei, você é uma mulher livre, pode fazer o que quiser.

47

Estava me encontrando com Natalie uma vez por semana, mais se pudesse pegar o carro para ir fazer compras às sextas. Ainda fazia bastante calor para eu usar apenas uma saia e um top. Eu não gostava de levar Gainey lá. Ele ficava no carro, afivelado em sua cadeirinha, e não podia nos ver.

Natalie era uma boba. Ela trazia uma lata de Reddi Wip, um punhado de cerejas, ou um prato de molho amanteigado. Nossas mãos ficavam tão pegajosas que passei a levar uma toalha para cobrir os assentos. Ela gostava de fazer jogos. Lembro da primeira vez que ela me mostrou um dos seus brinquedos. Tinha uma borracha lustrosa como as maçanetas do guidão de uma bicicleta de criança, e não completamente dura. Era bem maior do que o de Lamont.

— O que você vai fazer com isso? — perguntei.

— O que você gostaria que eu fizesse?

— Guarda esse negócio — falei.

— Você não está com medo, está? Olha isto. — Ela fez o negócio inteiro desaparecer. — Viu? É fácil. Experimenta.

— Acho que não.

— Não seja careta, Marjorie, é só diversão.
— Desculpa, mas não acho isso divertido.
— Você está uma chata hoje — ela disse.

Natalie encaixou o brinquedinho de volta nela e começou a vestir sua calcinha.

— Vou experimentar — eu disse.
— Esqueça.
— Nat.

Ela fechou o sutiã, vestiu o top e fechou as presilhas da saia.

— Não vai embora — pedi.
— Por quê? — ela perguntou. — Por que não deveria?
— Porque eu te amo — respondi.
— Tá legal. Uma vez por semana, durante 15 minutos, duas vezes se eu der sorte. Daqui a duas semanas eu não vou ter onde cair morta. Você pelo menos já *mencionou* isso para ele?
— Sim — falei, embora não tivesse. Ainda estava tomando coragem.
— O que você disse?
— Disse que você talvez precisasse de um lugar para ficar.
— O que ele respondeu?
— Não muita coisa.
— Então você não *perguntou* a ele.
— Eu vou.
— Quando?
— Em breve.
— Não acredito em você — ela disse. — Você está de saco cheio disso.

Ela dobrou o banco da frente com violência, de modo que ele bateu na buzina. Gainey acordou chorando. Vento entrou pela porta. Ela saiu do carro, se virou, enfiou a cabeça para dentro e apontou um dedo para mim.

— Você tem que decidir o que quer — disse, e então bateu a porta e saiu patinando.

Quando cheguei em casa, Lamont já estava lá. Pude ouvi-lo fazendo alguma coisa no quarto.

— Ei — eu disse, para ter certeza de que não era um ladrão.

Casa Mia já tinha sofrido algumas invasões; a polícia achava que era o mesmo cara.

— Ei — Lamont respondeu.

Botei Gainey no chão com seu martelo de plástico e fui ver o que Lamont estava fazendo. Eu estava tentando pensar numa forma de perguntar se Natalie podia ficar com a gente até arrumar um lugar onde morar.

Ele estava sentado no chão, no lado oposto da cama, de costas para mim, mexendo em alguma coisa.

— Você chegou cedo — falei. — Aconteceu alguma coisa no trabalho?

— Eu não fui — ele respondeu, e vi que havia algo errado.

Contornei a cama até ele e vi a bolsa de ginástica e todos os maços de notas de vinte dólares. Elas estalavam enquanto ele as guardava na bolsa.

Ele sorriu pra mim como Jack Nicholson.

— Vou tirar o dia de folga.

48

Natalie foi morar com a gente por volta do início de novembro. Ela dormia na sala, no sofá-cama. Fiquei surpresa em ver quanta coisa ela tinha. Parece que o senhorio tinha guardado aquilo tudo apesar de ela ter passado um cheque frio para ele. Natalie era assim; ela conseguia te convencer a fazer coisas que você não queria, coisas em que você nunca tinha pensado antes.

No começo Lamont não quis que ela ficasse conosco por causa dos negócios dele. Quanto menos gente soubesse, melhor. Lamont não confiava nela como eu — agora vejo o quanto era estúpida. Mas Natalie conhecia muita gente lá em Oklahoma Baptist que podia trabalhar como avião; Lamont gostou disso.

Natalie nunca tinha experimentado *crank*; era mais chegada em cocaína. Comecei a dar algumas carreirinhas para ela pela manhã. Natalie disse que na primeira vez que Lamont lhe aplicou uma injeção, ela gozou, o que acho que deve ser verdade. Lamont gostava de aplicar em Natalie; eu podia ver isso pela forma como segurava o braço dela. Era uma coisa de poder com ele. Sempre é assim com os homens.

A gente estava se afinando bem, o que era surpreendente. Natalie sabia cozinhar, e Lamont gostou disso. Às vezes Natalie sentia ciúmes de Lamont, mas pelo menos agora ela tinha parado de me pedir para deixá-lo. Quando Gainey tirava seu cochilo da tarde, eu e ela...

Um minutinho.
Quem é?
Não, diz a ele para ligar mais tarde... *é claro* que vou atender.

Preciso te cortar por um minuto, o Sr. Jefferies está no telefone. Se for a minha protelação, você ainda vai escrever o livro? Espero que sim. O dinheiro do filme ia ser útil pro Gainey.

Voltei. Nenhuma notícia. A Décima Corte ainda está estudando o nosso apelo. O Sr. Jefferies disse que eles estão fazendo serões só para trabalhar nisso. São três juízes, dois homens e uma mulher. Ele acha que um dos homens está do nosso lado e está tentando convencer os outros. Eles estão em Denver, uma hora atrás da gente. Espero que não se esqueçam disso.

Você ia adorar o Sr. Jefferies. Ele perguntou se eu já tinha acabado com isto.

— Estou tentando — disse. — É longo.

— Se não acabar, não vai ser paga.

Eu nem sabia que eu ia ser paga, eu disse.

— Não — ele falou. — Você já *foi* paga. É parte do contrato. Quantas perguntas você já respondeu?

— Estou na 48 — disse. — Quantas são?

— Cento e quatorze. Mas as do fim são rápidas. Elas são todas sobre os assassinatos, todos os pequenos detalhes, como o que você pediu, quem sentou na frente.

— Natalie sentou na frente.

— Seja lá como for — ele disse. — É com essa rapidez que você deve responder essas perguntas. São essas as que mais interessam a ele.

— Que horas são?

— Dez e vinte e cinco.

— Ainda tenho de ver a Irmã Perpétua — disse. — Quero pelo menos 15 minutos com ela.

— Então é melhor você se apressar.
— Ei, você vai passar aqui?
— Só a irmã tem permissão para ver você.
— Eu sei. Mesmo assim eu gostaria de te ver... apenas acenar para você, dizer adeus cara a cara.
— Marjorie — ele disse, muito sério. — Não desista ainda. Apenas responda a essas perguntas. Vou te ligar quando eles tiverem uma decisão.

Veja só, o sujeito não é esperto? Ele não respondeu minha pergunta, e quando a decisão sair, ele não vai conseguir chegar aqui a tempo. E ainda por cima ele está tentando me animar. Ainda não entendo como a gente perdeu o caso.

Aqui estão os três apelos que historicamente funcionam melhor: insanidade, identidade trocada e aconselhamento insuficiente. Identidade trocada é o melhor. Você sempre vê na TV aqueles velhos negros que passaram vinte anos na prisão. Eles sempre choram de felicidade. A gente nunca sabe o que aconteceu com os que tiveram aconselhamento insuficiente; eles provavelmente são julgados e condenados de novo. Os malucos desaparecem durante algum tempo e então voltam e fazem de novo. O nosso não é nenhum dos três grandes. Nós simplesmente dissemos que não fui eu.

O que eu estava dizendo sobre Natalie viver com a gente é que ela ajudava. Ela cuidava de Gainey quando Lamont e eu queríamos sair sozinhos. Ela não estava abusando da gente, ela pagava sua estadia. Ela tinha saído do Coit's e arrumado emprego no Moxie's Hamburger Heaven onde todos os atendentes andavam de patins e ganhavam o dobro. Mais importante, ela ajudava Lamont com a zona oeste da cidade. Ele estava com dificuldade de encontrar pessoas em quem pudesse confiar, e ela havia arrumado alguns caras que conheciam seu ex-namorado. Sem ela, nós não teríamos pago o empréstimo a tempo, e se não tivéssemos pago esse, não teríamos conseguido o seguinte, que foi ainda maior. Era como qualquer droga, você sempre queria mais.

Todas as tardes a gente dava um jeito de ficar sozinhas durante algumas horas. Natalie tinha uma mochila cheia de brinquedos, e eu comecei a gostar deles. Ela estava certa, era divertido. Alguns você podia encaixar em correias. Na primeira vez que transei com ela dessa forma, comecei a rir.

— O que você está fazendo? — ela disse. — Não pára.
— Isto é difícil.
— Você quer que eu vista?
— Você é melhor do que eu nisso.
— Você sabe por quê? — ela perguntou. — Porque eu me dediquei a aprender.

Todo dia aparecia alguma coisa nova. A gente passava a corrente na porta e abria o sofá-cama. Às quatro, tomávamos banho, acordávamos Gainey e começávamos a preparar o jantar juntas. Tudo estava pronto quando Lamont chegava.

Ele me dava um beijo e pegava Gainey do meu colo. Eles tinham se aproximado muito enquanto eu estava longe de casa.

— O que tem de bom, Natalie? — ele perguntava, e tirava uma cerveja da geladeira.

Então a gente sentava para comer, como qualquer família. Foi assim durante algum tempo. A gente estava contando os dias, esperando que o empréstimo grande chegasse. Finalmente chegou. No dia seguinte (isso foi mais ou menos por volta do Dia de Ação de Graças) Lamont chegou, entrou na cozinha, chamou por Nat, e eu soube que as coisas iam continuar boas entre a gente.

49

No livro de Natalie, Lamont sai para o estacionamento da Wal-Mart naquela noite e traz o dinheiro de volta numa valise. Lembro de ter lido aquilo e pensado: "Acho que não".
Foi na manhã seguinte, em algum quarto de motel perto da base da Força Aérea em Tinker, e era um estojo de máquina de escrever. Você precisava das duas mãos para carregá-lo. Não existe nada mais pesado do que dinheiro. Lamont passou a corrente na porta e nos fez sentar no sofá. Ele abriu o estojo na mesinha de café. A tinta estava com um cheiro forte, como de repelente contra insetos, ou tinta seca. Ponha um dólar debaixo do nariz, esse é o cheiro que se espalhou pela sala inteira. Quando eu trabalhei no balcão do Bionic Burger, meus dedos viviam com esse cheiro. Lamont não deixou a gente tocar na grana antes que a tivesse contado duas vezes. Natalie pegou três pacotes e começou a fazer malabarismo com eles.

— Muito bem, agora basta — ele disse. Recolheu tudo e fechou o estojo de novo. — Onde a gente deve esconder?
— No armário do quarto — sugeri.
— É o primeiro lugar onde eles vão procurar.
— O banheiro — Natalie disse. — Debaixo da pia.
— Esse é o segundo lugar.
— É grande demais para o congelador — eu disse, e pensei em todos os lugares em que guardava minhas garrafas.

Mas isto era bem maior, como um par de meios galões. Não ia caber entre as molas do colchão nem dava para enfiar nos meus tênis velhos no fundo do armário. Também não dava para enfiar aquele dinheiro todo numa caixa de arroz tampada com fita adesiva.

Nos separamos e começamos a vasculhar o apartamento como se fôssemos agentes revistando o local. Fui até a cozinha e olhei debaixo da pia, na grelha do fogão, até no microondas. Verifiquei a caixa de pão em cima da geladeira, o congelador, as gavetas da geladeira. Olhei a panela de sopa grande e espiei as fendas da torradeira. Comecei a olhar entre a comida, ignorando as caixas que já estava usando. Não havia nada que fosse realmente grande o bastante. Não havia espaço na gaveta de talheres, e as do fundo estavam cheias de fôrmas de gelo e descansos de panela, coisas que a gente não usava. Na curva do balcão ficava o porta-condimentos giratório na qual a gente guardava os cereais. Nem precisei girá-lo; na frente estavam duas caixas tamanho família do Cap'n Crunch de Lamont.

No livro dela, Natalie faz esse parecer o lugar mais estúpido do mundo onde se guardar nove mil dólares. Ela transformou isso numa piada comigo. Natalie diz que ela e Lamont sabiam tudo sobre minhas garrafas, apenas não queriam brigar comigo a respeito do assunto. Ela diz que desde o começo não acharam uma boa idéia o Cap'n Crunch.

Mas eles não disseram nada sobre isso na hora. Eles me ouviram, vieram dos outros cômodos para a cozinha e riram das caixas.

— O que vocês acham?

Lamont pegou uma e olhou para a abertura. Então juntou as duas.

— Claro — ele disse, e sorriu, mostrando suas presas.
— Vai caber.

50

Não, mas Lamont quase pegou a gente uma vez. Foi na última semana antes de termos de sair da cidade. Natalie tinha trocado de turno, de modo que só tínhamos as manhãs para ficarmos juntas. Estávamos fazendo coisas que eu nunca tinha feito antes. Isso fazia você se sentir renovada, como se você tivesse mudado ou ganhado alguma coisa grande.

Eu estava amarrada e vendada, de bruços, usando uma coleira asfixiante. Era como o começo de *Jogo Perigoso*; eu adoro aquela parte. Natalie estava com sua mochila ao lado da mesa. Tirava coisas aleatoriamente para que eu dissesse o nome delas.

— A azul — eu disse. — A coisa curvada. Aquela com os caroços.

Ela puxou a coleira e me levantou da cama.

— Quem você ama? — perguntou.

— Você — respondi.

— Por quê?

Hesitei para que ela pudesse balançar a corrente.

— Porque você é a melhor.

— Mais alto — Natalie disse, e quando gritei, ela puxou a corrente com força.

Natalie me fez tossir a resposta antes de começar de novo. Ela passou o braço por baixo das minhas costas e me obrigou a ficar de joelhos.

— Isto pode doer um pouco — avisou. — É melhor relaxar.

Era o duplo, eu podia sentir as saliências que imitavam veias. O de cima pinicou um pouco e eu soltei um grunhido. Natalie puxou a corrente e me empurrou.

— Fala!

— Eu te amo — eu disse, mas saiu como um gemido.

Nesse momento, um chaveiro tilintou no corredor. Paramos o que estávamos fazendo. A respiração de Natalie esquentou meu pescoço.

Um som de chave entrando na fechadura.

Natalie saltou de cima de mim e puxou o sutiã que amarrava o meu tornozelo.

A porta abriu e foi detida pela corrente.

— Abram! — Lamont gritou. — Sou eu!

Natalie tirou minha venda e começou a desamarrar meus pulsos. O duplo de Natalie abanava como um rabo de cachorro. Ela me soltou e eu joguei um robe por cima do corpo enquanto ela corria para o banheiro com a mochila.

Lamont bateu na porta.

— Só um minuto! — gritei.

Natalie tinha fechado a porta do banheiro e aberto a bica da pia. Enquanto atravessava a sala, dei uma olhada no espelho. Fechei o robe para esconder as marcas da coleira. Eu diria que estava com marcas no rosto porque tinha acabado de acordar.

— O que vocês duas fazem da vida, afinal? — perguntou Lamont. — Dormem o dia todo?

— Fala baixo para não acordar Gainey. Ele ficou agitado a manhã inteira.

— Nat está acordando agora?

— Ela já está de pé. Está se embelezando para trabalhar.

Lamont tinha esquecido um artigo da *Muscle Car Monthly* sobre restauração de portas em Cougars velhos. Os caras da oficina estavam pensando em comprar um do Texas. Vasculhou a sala até que achou. Na porta, a gente se beijou e ele me deu um apertão por baixo do robe.

— Te amo — Lamont disse.

E eu respondi:

— Também te amo.

Passei a corrente na porta e espiei pelo olho mágico. Quando bati na porta do banheiro, Natalie a destrancou. Ela tinha tirado o duplo e o estava lavando na pia. Vi as marcas que tinham sido deixadas pela correia.

— Vamos — chamei. — Ele já foi.

— Não — Natalie disse, como se o momento tivesse passado. Eu a beijei, mas ela me empurrou para trás. — Preciso me aprontar para o trabalho.

— Nat! — choraminguei.

— Eu sei. Mas não temos tempo para fazer isso agora direito. Amanhã nós vamos ter toda a manhã.

— Prometa.

E ela prometeu, o que não me ajudava naquele momento. Quando Natalie saiu, levei sua mochila para o quarto e fiz a cama.

Natalie gostava de me assustar. A gente estava preparando o jantar com Lamont bem ali na sala brincando com Gainey, e ela enfiava a mão debaixo da minha saia ou me beijava. Teve uma vez que ela enfiou os dedos em mim enquanto eu escovava os dentes. Tudo que pude fazer foi uma careta para ela.

Acho que Lamont não desconfiava de nada, porque nós — Lamont e eu — também estávamos nos aproximando sexualmente. Não sei se estava me sentindo culpada, se ele estava precisando relaxar, ou se Natalie simplesmente me deixava pegando fogo, mas Lamont e eu também começamos a fazer coisas novas. Eu fingia que elas eram completamente novas para mim. Até disse não algumas vezes antes de ceder. Era estranho. Agora ele estava mais divertido, agora ele estava melhor. Estar com Natalie tornava mais fácil para mim estar com Lamont.

51

Não, minha mãe nunca a conheceu. Natalie falava com ela por telefone, mas apenas para atender e me chamar. Mamãe não entendia por que ela estava morando conosco.

— Ela é uma amiga — eu disse.

— De quem? — perguntou mamãe, e quando não respondi, ela simplesmente disse: — Só estou perguntando.

Mamãe ficava preocupada porque Natalie tinha estado na prisão.

— Ei, lembra de mim? Também estive lá.

— Pois tenho certeza de que a mãe dela também se preocupa por sua causa.

— Elas não se falam.

— Por que não? — perguntou, como se tudo fosse culpa de Natalie.

— As duas não têm um relacionamento bom. Não são como a gente.

52

Semana sim, semana não. Ou eu levava o Roadrunner até Kickingbird Circle ou ela vinha e me pegava diante do prédio. Mamãe tinha comprado uma caminhonete Grand Safari embora não tivesse nada para rebocar. A gente estava se afinando porque enquanto estive presa Lamont levou Gainey até a casa dela um monte de vezes. Gainey ainda não sabia falar, mas sempre que via a avó, pedia colo a ela. Mamãe nunca pediu desculpas pelo acidente, e nunca mencionava que eu tinha sido presa. Era simplesmente como se a gente não tivesse se visto durante algum tempo.

Mas antes também era assim. Às vezes eu achava que mamãe tinha mudado, mas ela nunca mudava. Ainda escutava rádio, cuidava do jardim e catava os papéis de bala que as crianças deixavam cair na calçada diante de casa. Toda vez que eu vinha, as fotos sobre a lareira eram as mesmas, e nos mesmos lugares. Sabia que tinham sido movidas porque mamãe espanava a poeira, mas só isso. Eu sempre seria aquela garotinha no velocípede. Papai sempre estaria ajoelhado ao lado de Jody-Jo. Mamãe sempre me odiaria por ter me transformado na pessoa que era, em vez de ter terminado a faculdade e me tornado uma mulher inteligente que falasse com ela sobre política e aqueles seriados policiais ingleses.

Mas sempre que ia à casa de mamãe eu achava que seria diferente. Só levava alguns minutos para descobrir que estava errada.

— Você não vai ao shopping vestida assim! — ela dizia. Ou então: — Não acha que seria melhor comprar para ele uma calça com cintura de elástico?

Mas no que dizia respeito às coisas sérias, a gente quase não conversava mais.

— Bem, não posso decidir a sua vida por você — dizia. Então eu fazia uma piada, mamãe entendia errado e respondia alguma coisa rude, e a gente ficava de mal. Enquanto dirigia de volta para casa, eu fumava como uma chaminé. Visitar minha mãe sempre era puro desperdício de tempo.

53

Lamont devia se encontrar com o sujeito na sexta. Honestamente, não lembro o nome dele. Iam se encontrar no Wagon Wheel Motel em Bethany em algum momento do dia. Também ficava na Rota 66. Tinha uma placa na forma de um vagão coberto; à noite o néon fazia as rodas girarem. Lamont botou as caixas de Cap'n Crunch com o dinheiro num saco de papel marrom, como se tivesse acabado de comprá-las no Albertson's. Ele planejou a viagem inteira de ida e volta no mapa, ainda que fosse durar apenas uns vinte minutos.

Em casa a gente experimentou o bagulho, só um pouquinho, e então fez a pesagem. Íamos tentar não cair de boca. Natalie tinha alguns clientes na espera. No sábado ela e Lamont iriam até Oklahoma Baptist tentar vender quase metade. O resto das pessoas envolvidas Lamont conhecia do trabalho. Tudo já tinha sido acertado cara a cara, sem telefonemas. Até a noite de segunda a gente já teria vendido tudo. Na terça pagaríamos o empréstimo e ainda sobraria três mil limpinhos só pra gente.

Lembro que durante a semana inteira Lamont não ficou alto, não tomou nem uma cervejinha. Tentava distraí-lo na cama, mas ele não conseguia relaxar. No meio da noite tremia todo e me acordava, e de manhã nós dois estávamos exaustos. Percebia que ele estava pensando no assunto enquanto comia seu Cap'n Crunch, seus olhos correndo de um lado para o outro pela cozinha, tentando adivinhar o que poderia sair errado.

— Este sofrimento todo vale a pena? — perguntei.

— Não sei do que está se queixando. Você não precisa fazer nada.

— Não, só preciso viver com você.

Mais tarde pedimos desculpas um ao outro, mas o clima no apartamento ficou assim durante algum tempo. Era um lugar horrível para se estar. Até Natalie encrencou comigo por eu ter bebido o suco de laranja *dela*. Na terça tivemos uma briga e, em vez de fazer amor, ficamos sentadas no sofá assistindo ao *game show* "Let's Make a Deal". Lamont chegou em casa tarde; tinha cortado o polegar e teve de levar pontos. Durante o jantar cortei suas *enchiladas*.

— Já está bom — ele disse, e empurrou minha mão.

Mamãe ligou para perguntar se eu queria fazer as compras de Natal na quinta, e eu disse, claro que sim, qualquer coisa para sair daqui.

54

Tudo aconteceu na quinta-feira.

Acordamos como de costume: primeiro eu, para cuidar de Gainey, depois Lamont, para ele poder usar o chuveiro primeiro. Natalie fez o café vestida em seu robe — *huevos rancheros*; estava com mania de comida mexicana. Não falamos nada sobre o dia seguinte ser o grande dia. Ficamos caladas, o que não era comum. Em geral a gente pelo menos brigava.

Lamont levou o Roadrunner para regular e deixou a cadeirinha de Gainey comigo; ele queria deixar o motor bem ajustado para o dia seguinte. Natalie e eu não fizemos nada. Ela saiu para trabalhar cedo, e mal me beijou. Foi como se não houvesse espaço para mais nada em nossas mentes.

Troquei a fralda de Gainey e esperei que minha mãe parasse diante do prédio no seu Grand Safari. Ela não costumava entrar. Tudo que fazia era tocar a buzina. Estava um pouco frio, porque lembro de ter colocado um suéter com capuz em Gainey. Deixei cair as chaves enquanto trancava a porta, e quando me agachei para pegá-las, bati a lateral da cabeça de Gainey na maçaneta. Gainey berrou bem na minha orelha, e enquanto a gente saía eu pedi desculpas e beijei seu dodói.

— Lágrimas de crocodilo? — mamãe perguntou.

Ela estava de vestido e brincos de ouro trançado, e eu me senti mal por estar de calça jeans.

— Quem me dera — respondi, colocando Gainey no carro.

O galo estava coberto por alguma coisa cor-de-rosa, e eu pensei, isto é uma coisinha à-toa.

— E então, algum plano grande para o fim de semana? — mamãe perguntou.

— Nenhum. E você?

Ela estava torcendo para podermos procurar um casaquinho para Gainey. Azul-claro, talvez verde. Alguma coisa com ar natalino. Mamãe considerava isso uma grande missão a ser realizada, como se Gainey fosse perder alguma coisa se não tivesse um casaquinho como esse. Ela sabia tudo sobre roupinhas de bebê. A gente não podia confiar nos tamanhos; o bebê precisava experimentar. Eu não ia discutir com ela sobre isso. Simplesmente era muito bom estar fora de casa. Eu calculava que as chances de ela se envolver em outro acidente eram mínimas, mas mesmo assim fiz questão de não levar nenhum bagulho comigo. Passamos pelo Moxie's, com seu letreiro como um aglomerado de nuvens e um hambúrguer com asinhas de anjo tocando harpa. Apontei para Gainey olhar, mas o lugar estava cheio e não vi Natalie patinando debaixo do toldo.

O shopping estava cheio. Estavam montando um trenzinho de Natal para as crianças diante das escadas rolantes. Vi um segurança de uniforme marrom em pé no topo das escadas, o que me deixou paranóica. A gente não podia almoçar primeiro, senão Gainey ia acabar se emporcalhando todo. Assim, andamos de loja em loja experimentando casaquinhos por mais ou menos uma hora. Olhei a etiqueta de preço de um, soltei uma gargalhada e disse que a gente não tinha tanto dinheiro.

— Não se preocupe com isso — minha mãe disse. — Ele vai ganhar de presente da vovó.

Dali em diante ela não me deixou mais olhar as etiquetas, e depois de algum tempo eu simplesmente desisti.

Finalmente compramos um vermelho na Toddlin's Town. Deixou o Gainey parecendo um apresentador de *game show*. Fiquei olhando minha mãe pagar com cartão, e lá fora agradeci a ela.

— Não exagere — ela disse, e então parou e suspirou. — Mas eu gostei do agradecimento.

Foi como uma apologia. Nem eu nem ela sabíamos o que dizer. Ficamos paradas ali com o resto dos clientes desviando da gente, como se fôssemos um acidente na interestadual.

— E agora, onde vamos comer? — ela perguntou.

Escolhemos o Chick-Fil-A. Enquanto comíamos, notei um calombo atrás da orelha de Gainey. Minha mãe separou seu cabelo para olhar melhor.

— Ele vai ficar bem — ela disse. — Crianças dessa idade são duras na queda.

Olhamos as lojas Evelyn & Crabtree e Laura Ashley e compramos um biscoito para Gainey com uma vendedora ambulante. Uma instituição de saúde estava fazendo uma campanha sobre os problemas associados à pressão alta e distribuía balões de gás. Amarrei a cordinha no pulso de Gainey. Ele balançou o braço como se estivesse tentando se livrar dele.

— Até que não foi um dia ruim — minha mãe disse no carro.

— Foi bom.

Gainey estava sentado entre nós duas na frente. Eu estava segurando o balão dele no meu colo para que mamãe pudesse enxergar. Como ainda estava um pouco paranóica com ela dirigindo, tentava ajudar.

— Pode ir — disse a ela. — Está livre do meu lado.

— Obrigada.

A essa altura, a gente estava apenas tentando chegar em casa antes que o feitiço acabasse.

Passamos diante do Moxie's e entramos no trecho comprido que incluía lanchonetes como Jimmy's Egg, La Roca e Arlene's Creamy Whip. Entre elas havia um punhado de hotéis velhos com piscinas rachadas e setas em néon piscando. À noite o lugar parecia Las Vegas; agora parecia sujo.

— Gainey, procura a tia Natalie.

O lugar não estava nem um pouco cheio, o que fazia sentido, porque eram apenas 16h30. O lado direito estava vazio, mas na frente havia dois ou três carros, um deles um raríssimo Corvair — um Corsa conversível. Uma atendente empurrou a porta e saiu com uma bandeja, mas ela era baixa e morena. Eu me virei para ver se Natalie estava no outro lado do prédio, não esperando nada, e então, estacionado no ponto mais distante debaixo do toldo, havia um Roadrunner amarelo.

— Ela está lá? — minha mãe perguntou.

— Não — respondi, tentando soar normal.

— Ela provavelmente está de folga. Já te contei que fui garçonete durante algum tempo?

— Não.

— Já faz muito tempo. Acho que toda mulher deveria fazer isso. Você aprende muita coisa sobre as pessoas.

— É verdade. Aprende mesmo.

Ela não parava de falar. Eu segurava o balão, querendo estourá-lo, enquanto observava o tráfego passar voando. Mamãe podia bater agora que eu não ia me importar. Não me saía da cabeça a imagem do Roadrunner parado debaixo do toldo. Já estava tentando pensar em justificativas: talvez quisessem conversar sobre o dia seguinte, ou um dos compradores dela tivesse dado para trás. Tentei imaginar os dois...

O que você quer?

Agüenta aí um segundo.

Sim, quero falar com ela.

Desculpa. Irmã Perpétua acabou de se identificar no portão da frente. Então vou ter de resumir a história. Só vou te dar os fatos essenciais do que aconteceu em seguida.

Então a gente está voltando de carro para casa e Gainey dormiu. Entramos na nossa rua, e bem diante da Casa Mia há um carro de polícia. Ele está parado ali, e não tem ninguém dentro.

— O que será que aconteceu? — minha mãe perguntou.

— Não deve ter sido nada — eu disse, porque simplesmente queria que ela fosse embora.

Desafivelei a cadeirinha inteira para não ter de acordar Gainey. Minha mãe me passou o casaquinho.

— Tem certeza de que pode cuidar de tudo? — perguntou.

Agradeci, e embora estivesse um pouco impaciente, fui sincera. E ela percebeu isso. Acenou para mim e saiu com o carro. Eu ainda não sabia, mas essa seria a última vez que a veria até o meu julgamento.

Precisei colocar a cadeira de Gainey no chão para pegar a chave na bolsa. Entrei e ouvi vozes lá em cima (a Sra. Wertz e algum homem) e me perguntei se a polícia teria invadido o nosso apartamento, e se eu devia dar no pé. Mas lá embaixo havia apenas uma viatura; eu estava sendo paranóica. E para onde ia fugir com um bebê numa cadeirinha?

A Sra. Wertz e um policial grandão estavam no corredor do nosso andar. A Sra. Wertz usava meias. Assim que viu a gente, começou a caminhar até mim.

— Aí está você, Marjorie — disse, e estendeu os braços como se fosse me abraçar. Ainda estava com Gainey no colo, de modo que ela segurou meus pulsos. — Alguém arrombou o seu apartamento.

— O quê?

— Aparentemente, a fechadura foi destravada — o policial comunicou, cheio de formalidade.

— Sinto muito — a Sra. Wertz disse. — Estive aqui o dia inteiro e não ouvi nada.

Durante todo esse tempo eu estava caminhando até a porta. O policial finalmente saiu do caminho.

— Eles fizeram uma tremenda bagunça. Acho que foi um bando de adolescentes.

Da porta, vi que eles tinham aberto o sofá-cama. As almofadas estavam jogadas pelo chão, encostadas em coisas. Abaixei Gainey e entrei. O policial estava logo atrás de mim.

O aparelho de som tinha sumido, e também a TV, e até o receptor de cabo. Havia cartuchos de música espalhados por todo o lugar, assim como as revistas automobilísticas de Lamont. A mochila de Natalie tinha sido esvaziada no tapete. A Sra. Wertz e o policial fingiam que não tinham visto nada.

Na cozinha a geladeira estava aberta, e todos os armários também. Farinha e milho cobriam o chão como areia. No canto, onde o balcão virava, estava uma pilha de Frosted Flakes e Cap'n Crunch. Abri a porta fina e virei o porta-condimentos giratório, mas já sabia que as caixas tinham sumido.

— Não faz o menor sentido — o policial comentou. — Absolutamente desnecessário.

Ajeitei a cama de Gainey e o deitei. Era preciso preencher um formulário, o que eu fiz. Achei que o policial ia bater fotos, mas ele disse que elas eram desnecessárias, e que ele poria tudo em seu relatório. A Sra. Wertz ficou zanzando por perto até que o policial saiu. Então fechei a porta e comecei a limpar. Enfiei os brinquedos de Natalie na mochila e joguei as revistas de Lamont no lixo. Não levou tanto tempo quanto eu previa.

As cervejas no fundo da geladeira ainda estavam geladas. Abri uma e sentei no sofá. Podia ter ido embora nesse momento. Podia simplesmente ter pegado Gainey e fugido. Tinha 21 anos, e embora fosse confuso e provavelmente não me fizesse bem, estava apaixonada. Se por ele ou por ela, não importava. Por ambos, se isso é possível. Eles eram a minha vida.

Lá fora, o dia começava a escurecer. O ar na sala estava ficando cinza. Acendi um cigarro, disse algumas coisas e então simplesmente fiquei sentada ali, esperando que eles chegassem em casa.

FITA 2 LADO A

ALÔ, ALÔ

Muito bem, vamos acabar logo com isso. Qual foi a que eu acabei de responder?

Se eu soubesse que eram tantas perguntas, teria sido bem mais rápida no começo. Não acho que seja justo que eu tenha de passar a minha última hora na Terra respondendo a um monte de mentiras. A Irmã Perpétua pensa o mesmo.

Não me entenda mal. Estou feliz por poder contar o meu lado da história, e a grana é importante para Gainey. Sou grata, honestamente. Só que a hora é ruim.

Irmã Perpétua disse que todos nós somos perdoados. Você acha que isso é verdade? Eu quero que seja.

Você acredita em Deus? Ou esta é uma pergunta muito pessoal? Acho que como estou te contando tudo, você podia pelo menos responder a uma pergunta minha.

Conhece aquela história "Pegadas na areia"? É um grande sucesso aqui no Corredor. Etta Mae tem uma cópia na parede dela. É mais ou menos assim:

Uma mulher está caminhando pela praia da Vida, e na areia atrás dela há dois pares de pegadas.

— De quem são essas pegadas? — ela pergunta.

E Jesus responde:

— Estas são as minhas pegadas, porque enquanto você viver eu estarei ao seu lado.

A mulher continua andando, e logo se vê no meio de uma tempestade de Problemas: drogas, álcool, adultério, falta de dinheiro, doença. Isso a deixa cega de desespero, mas ela avança aos tropeços, quilômetro após quilômetro, ano após ano, e quando a tempestade finalmente passa, ela olha para trás e só consegue ver um par de pegadas.

    A mulher pensa que Jesus a abandonou. Ela grita, bate no peito e diz:

    — Antes, havia dois pares de pegadas, e agora só tem um. Meu Senhor e Salvador, pode me dizer por que no momento mais difícil me abandonaste?

    E Jesus responde:

    — Eu nunca te abandonei. Foi justamente neste momento que te carreguei no colo.

    Às vezes quando me viro para trás e olho para a praia, não vejo pegada alguma, apenas areia.

    Mas sei que Jesus não vai me desertar na hora em que eu tiver necessidade. Sei que a irmã está certa e que Deus é forte. Não serei esquecida e perdida, e viverei para sempre no sangue precioso de Nosso Senhor Jesus Cristo, amém.

    Tudo que vou dizer agora é verdade. Nunca disse isso a ninguém, nem mesmo ao Sr. Jefferies.

    Sinto muito, Sr. Jefferies. O senhor acreditou em mim todos esses anos, e sempre vou ser grata por isso. Que as bênçãos de Deus estejam com o senhor.

    Por favor, lembre-se que naquela época eu era uma outra pessoa, antes de ter aceitado Jesus, e que me arrependi de tudo. Mas não vou desprezar aquela pecadora, não posso atirar a primeira pedra. Muito dela ainda está comigo.

55

Meu primeiro pensamento foi de que tinha sido apenas um ladrão, provavelmente aquele que havia invadido Casa Mia alguns meses antes. Depois pensei no cara que nos tinha feito o empréstimo, por que quem mais sabia sobre aquele dinheiro? E sentada ali à medida que escurecia, pensei em Natalie, e daí não foi difícil pensar em Lamont, e então nos dois juntos. Pensei onde teriam conseguido ir a esta altura. Pensei nos faróis cruzando o deserto. E talvez isso tenha sido um teste de fé, porque continuei esperando.

Não sei como você vai fazer isto no livro. Esperar não é muito dramático. Mas foi para mim naquele momento. Fiquei sentada no sofá, fumando meus Marlboros até a sala ficar completamente escura.

E sabe o que mais? Até hoje não descobrimos quem foi. Pode ter sido qualquer um. Pode até mesmo ter sido um bando de adolescentes.

56

Lamont foi o primeiro a chegar. Passei a corrente na porta por força do hábito e tive de me levantar para deixá-lo entrar. Eu mal podia andar, tão assustada que estava.

— O que houve com as luzes? — perguntou, e eu o abracei.
— Qual é o problema?

Eu não podia dizer. Larguei Lamont para pegar minha cópia em carbono do relatório policial.

— O que é isto?

Ele ligou a luz. O lugar estava limpo, exceto pelo meu cinzeiro na mesa de café. Uma das baganas tinha caído no chão, e quando me agachei para pegar o relatório, eu a peguei.
— Onde está a TV? Onde está o aparelho de som? Que droga está acontecendo aqui?
Só que ele não disse droga. Você sabe o que ele disse.
— Marjorie, me *responde*!
Estendi o relatório para ele. Lamont o tomou da minha mão. Leu o papel e olhou para mim como se eu pudesse salvá-lo se dissesse a coisa certa.
— Levaram tudo.
— Como assim, levaram tudo? — ele berrou, e me empurrou como se eu estivesse em seu caminho.
Caí sobre o braço do sofá; o carbono flutuou até o chão. Ele correu para a cozinha e abriu o armário. O porta-condimentos giratório estava vazio.
— Onde estão todas as coisas? Que droga está havendo aqui?
Ele voltou para a sala e investiu contra mim. Segurou minha garganta com as duas mãos e começou a me balançar. Ele me forçou a levantar e me meteu um tapa na cara.
— Onde está? — gritou.
— Não sei — respondi chorando.
Isto continuou durante algum tempo depois que desmaiei, porque quando acordei estava na cozinha e ele estava empurrando a minha cara contra o porta-condimentos.
— O que você fez? — ele gritava, e batia a porta do armário na minha cabeça.
Caí para trás e me segurei nas pernas dele. Finalmente Lamont parou de me bater e se apoiou no balcão.
— Oh, droga — disse. — Droga, droga, droga.

Ele ficou simplesmente dizendo isso durante algum tempo, e então sentou no chão comigo, me abraçou, me beijou e me pediu desculpas.

— Sinto muito — eu disse, porque sentia mesmo.

Não devia ter saído com minha mãe e deixado o dinheiro dando sopa no apartamento. Seria a mesma coisa que sair e deixar Gainey sozinho. Eu tinha sido uma idiota. A possibilidade de uma coisa como essa acontecer nem tinha me passado pela cabeça.

— A culpa foi minha — ele disse. — O dinheiro era meu.

— O dinheiro era *nosso*.

— *Era*.

Minha sobrancelha fora cortada e o sangue escorria para dentro do meu olho. Lamont me enxugou com a manga da camisa, e então soprou o sangue do meu olho com um beijo. Pegou minha mão e beijou meu anel.

— Sinto muito — repetiu.

Mas ele não precisava se desculpar. Eu já o tinha perdoado.

— O que vamos fazer? — perguntei, o que era injusto. A única coisa que ele podia responder era: — "Eu não sei."

57

Não acho que Lamont tenha suspeitado de Natalie logo de cara. Aconteceu com ele o mesmo que comigo. Começou pensando no assaltante, depois nos caras que emprestaram o dinheiro, e então em Natalie. Demorou um pouco porque eles estavam juntos na hora em que aconteceu. Na verdade, Lamont não suspeitou dela; apenas fingiu que sim para que eu não desconfiasse deles.

— Acha que Natalie seria capaz de uma coisa dessas? — Lamont perguntou, como se eu a conhecesse e ele não.

— Nunca sei do que ela é capaz — disse, e então acrescentei: — Não, não acho.

— Quando ela sai do trabalho?

— Lá pelas oito, acho — respondi, para ver se ele me corrigia. Ele não me corrigiu.

— Você se importa se formos até lá, só para termos certeza?

— Não acredito que ela faria isso. Acho que ela não teria coragem.

— Só quero me certificar — disse, e me perguntei se ele realmente estava preocupado, se ela havia iludido a nós dois, e concluí que seria bem feito para ele.

Acordei Gainey e afivelei a cadeirinha dele no Roadrunner. Durante o percurso todo, Lamont não parava de bater no volante. Esperava o sinal ficar verde e nem olhava para mim. Eu fiquei sentada lá, sem dizer nada.

— Nove mil dólares — Lamont ficava repetindo. — Nove, mil, dólares.

58

Natalie ficou surpresa ao nos ver. Saiu antes de Lamont apertar o botão para fazer o pedido. Estava sorrindo como uma modelo, como se fosse divertido trabalhar no Moxie's. O estacionamento estava cheio e um pouco frio, e ela usava perneiras cor-de-rosa acima dos canos dos patins. Por um segundo suas pernas e até seu rosto me pareceram estranhos, como se pertencessem a alguém que eu não conhecia. Me perguntei se ela estava apaixonada por Lamont da mesma forma que eu. Queria ouvi-la mentir na minha cara para que pudesse lembrar disso quando finalmente me vingasse dela.

Ela se curvou e enfiou a cabeça pela janela de Lamont, de modo que dava para ver no interior de sua blusa.

— E aí, vieram filar um lanche por conta da casa?

Esperei que Lamont contasse a ela, mas ele simplesmente se virou para mim e perguntou o que eu queria. Olhei para Gainey como se ele pudesse decidir.

— Um Cherub-burger para ele, sem picles. E um copo de leite. — Disse isso automaticamente, porque era o lanche que ele sempre fazia quando íamos lá.

— O Gabriel-burger está bom esta noite — ela disse.

Lamont pediu uma porção grande de Halos, que era como eles chamavam os anéis de cebola frita. Natalie se afastou, deslizando pelo estacionamento, sua saia chicoteando.

— Não vai contar a ela? — sussurrei, porque sabia que eles podiam nos ouvir lá dentro.

— Eu *vou* — ele respondeu, como se tivesse um plano.

Natalie voltou com nosso pedido e encaixou a bandeja na janela. Ela tinha trazido uma porção extra de Halos e três fatias da torta Tentação. Lamont fez um gesto para que ela se aproximasse, e Natalie se curvou até ele. Ele pôs a mão em concha em torno da boca e sussurrou no ouvido dela, e naquele momento, olhando para os dois tão próximos, percebi que a culpava mais, porque ela me conhecia melhor. Natalie sabia de tudo, enquanto eu tinha mentido para Lamont.

Ela me olhou para ver se ele dizia a verdade, e eu assenti com a cabeça. Natalie devolveu a Lamont o mesmo olhar, como se tivesse sido o dinheiro dela.

— Droga — ela disse, exatamente como ele, e então fez a mesma pergunta que eu tinha feito.
— Eu não sei — Lamont respondeu. — Estou tentando descobrir.
Chamaram Natalie pelo alto-falante; ela precisava ir. Saiu rápido, e quase esbarrou em outra atendente. Pude ver que ela ficaria imprestável durante o resto do turno. Talvez fosse amor; eu não queria saber.
— Ei! — chamei, e ela parou e voltou. — Não está esquecendo de uma coisa?
Ela me olhou, por cima de Lamont, o retrato da inocência.
— Ketchup — eu disse.

59

O plano era Lamont ir ver o cara e perguntar se poderíamos pagar um pouco de cada vez. Ele faria outro empréstimo para segurar a onda. A gente tinha clientes na fila e era apenas uma questão de conseguir o produto para eles. A demanda era estável. Faríamos o mesmo negócio três vezes, entregaríamos os lucros para os nossos credores e então estaríamos sem dívidas.
— Acha que vão topar? — perguntei a Natalie depois que Lamont saiu para o trabalho.
Estávamos tomando banho juntas. Foi gostoso; eu ainda não tinha dado a entender que sabia de tudo.
— De jeito nenhum — respondeu.

60

Não, eu queria dizer primeiro a Natalie. Passei a ficar de olho em Lamont. Ligava para o trabalho dele por volta da hora do almoço. Revistava suas cuecas e bolsos e controlava seu dinheiro. Passei a programar passeios para poder pegar o carro emprestado.

Natalie tinha liberdade para ir embora mas não ia, e eu pensei que isto era um mau sinal. Ela estava seguindo seu coração.

Na cama tentei ser um pouco mais selvagem. Eu tinha uma coisa a meu favor; sabia com quem estava competindo. Deduzi que precisaria ser melhor do que Natalie, dar um pouco mais. Pensando melhor agora, nem sei se é assim que funciona, porque naquele momento eu queria ficar com ele, e não com ela. Eu não sei como funciona; se soubesse, seria um gênio.

Aos poucos encontrei provas. Depois de nossa última visita ao Moxie's, gastei cinqüenta *cents* mandando aspirar o carro, e então, alguns dias depois, encontrei no cinzeiro uma espadinha vermelha que eles usavam para espetar suas cerejas. Na cama, Lamont dizia coisas que jamais tinha falado antes.

— Me diz o que você faria por mim. Você mataria por mim?

— Sim — respondi, porque não queria perdê-lo. — Sim, sim.

Mas por dentro eu pensava, o que deu em você, pirou?

Ainda enforcam pessoas em Washington e Montana. Mas não fazem isso em mais nenhum lugar. Os livros dão a entender que é um procedimento complicado. O propósito é partir o seu pescoço, e não te estrangular, como todo mundo pensa. É preciso medir bem o comprimento da corda, e do nó, senão acabam arrancando a sua cabeça. Não vejo grandes diferenças, mas acho que seria embaraçoso. Não posso imaginar que seja tão difícil assim. Muita gente faz isso em casa.

61

Contei a Natalie enquanto fazíamos amor. Foi alguns dias depois de termos descoberto que o dinheiro tinha sumido. Ainda estávamos todos abalados com aquilo, e então naquele sentido precisávamos mais uma da outra. Assim que Lamont saiu de casa, Natalie passou a corrente na porta.

Não fazíamos mais amor como antes. Agora era normal, nada incomum, e pensei como devia estar sendo excitante para eles, que estavam apenas no começo. Isso me fazia odiar Natalie. A gente tirava as roupas e entrava debaixo das cobertas porque estava frio, e depois que estávamos quentinhas decidíamos como ia ser. A mochila de Natalie estava aberta. Ela ainda não tinha tomado banho e cheirava a gordura. Perguntei-me se ela tinha se encontrado com Lamont no dia anterior, porque ele não estava no trabalho quando telefonei. Ela me beijou e vasculhou a mochila até encontrar o sutiã que usávamos para nos amarrar. Ela pegou meu pulso.

Eu a detive e tomei o sutiã.

— É a minha vez.

— Você sabe como eu gosto quando você assume o comando — ela disse.

— Eu sei.
Eu a amarrei bem forte, de modo que seus joelhos não tocassem os lençóis. Coloquei a venda nela já com o nó, e então passei a corrente pelo anel de estrangulamento e puxei como se estivesse dando a partida num cortador de grama.
Ela tossiu.
— Não com tanta força — disse. — Machuca.
— Você está bem — eu disse, vestindo o duplo. — Apenas relaxe.
E comecei.
Ela soltou um grito e tentou pular para a frente, mas as correias a mantiveram no lugar.
Castiguei um pouco mais, e ela berrou:
— Toma cuidado!
— Eu sei sobre você e Lamont — disse, e ela parou de se mexer. Virou a cabeça como se pudesse olhar para mim.
— Não.
— Sim, eu sei de tudo.
E então me senti bem. Senti que, naquela posição, poderia perdoá-la.
— Por favor, Marjorie.
— Por favor o quê? — perguntei.

62

Deixamos a cidade porque Lamont não conseguiu o empréstimo. Para ser mais exata, eles queriam tudo de volta.
Desta vez ele se encontrou com o cara num motel diferente: o Wig-Wam, lá em Hefner. Saiu pouco antes de Natalie chegar em casa do Moxie's. Deu meia-noite e ele ainda não

tinha voltado. Como não tínhamos mais TV, sentamos no sofá em nossas camisolas e fumamos cigarros, levantando a cada dois minutos para olhar a janela. Ainda não tínhamos feito as pazes depois daquele dia. E não íamos fazer. Aquela foi a última vez que fiz amor com ela.

Devia ser uma, uma e meia. Esvaziei o cinzeiro na lixeira da cozinha.

— A gente devia ligar para alguém — Natalie disse.

— Para quem?

— Não sei — ela disse. — Para alguém.

Telefonei para o Wig-Wam. Natalie ficou ao meu lado, escutando.

O cara do plantão noturno tinha acabado de chegar. Não, ele disse, não tinha visto um Roadrunner amarelo.

Voltamos para a sala de estar.

— Ei, acho que é ele — Natalie disse, da janela.

Corri até ela e olhei para fora. O carro pulou no quebra-molas e suas luzes nos cegaram, mas quando se nivelaram, era ele.

Descemos correndo para recebê-lo.

Ele saltou do carro e se aproximou mancando. Saímos no frio para ajudá-lo.

— O que aconteceu?

Ele apontou para a boca e balançou a cabeça, e então apontou para os pés. Tentou dizer alguma coisa mas soou como um retardado, como se tivesse bebido.

— O que fizeram com você? — Natalie perguntava. Ela estava chorando, e eu estava zangada por não estar.

Lá dentro, o sapato direito de Lamont parecia ensangüentado. Deixou pegadas. Doía a cada passo que ele dava escada acima. Finalmente conseguimos levá-lo para dentro e o sentamos no sofá. Fui tirar o sapato dele, mas ele me empurrou. Fez um gesto de quem escrevia alguma coisa e Natalie lhe trouxe caneta e papel.

Apontou para a boca e escreveu: *NOVOCAÍNA*.

Nós duas nos inclinamos para olhar, mas ele fez um gesto para que nos afastássemos.

Ele escreveu: *DEDO* e imitou uma tesoura com dois dedos.

— Ah, meu Deus — Natalie disse.

— Vamos ver como está — falei, e então ele me deixou tirar os sapatos. Ele só queria nos avisar.

Quando tirei o sapato, sangue se espalhou pela mesinha de café e escorreu para o tapete.

O dedo mínimo dele não estava mais lá. Dava para ver onde tinham cortado através do osso; ali estava branco como uma costelinha de porco.

Lamont gemeu para chamar a atenção de volta para ele. No bloquinho, escreveu: *NÃO FALEM. NÃO CORRAM.*

— Nem pensar — falei. — Vamos sumir daqui.

63

Não levamos muita coisa; algumas bolsas para cada um de nós, uns travesseiros para o carro, uma caixa térmica para o sorvete. O cercadinho de Gainey era a maior coisa que estávamos carregando. Arrumei o bagageiro. Como sentia muita dor em pé, Lamont ficou lá dentro enquanto eu e Natalie descíamos com tudo para o estacionamento. Para ajudar, cada um de nós cheirou uma ou duas carreirinhas. A gente estava mesmo precisando de um gás. Eram quase três da manhã quando metemos o pé na estrada, e as luzes do centro da cidade piscavam em amarelo. Eu e Natalie estávamos na frente com Gainey adormecido entre nós. Lamont estava deitado no banco de trás com o pé para cima.

Eu tinha embrulhado o pé de Lamont com gelo e o envolvido com esparadrapo para conter o sangramento. Íamos parar num hospital para que ele fosse examinado depois que saíssemos da cidade. Ele ainda não conseguia nem falar nem comer nada. Quando tentei lhe dar um pouco de xarope, por causa da codeína, o líquido escorreu pelo seu queixo.

Sim, a essa altura estávamos armados, embora eu não soubesse. Lamont tinha escondido o velho Colt debaixo do estepe no porta-malas. Quando recuperou o controle dos lábios, ele nos contou e fez Natalie parar no acostamento para pegar a arma.

— Que é *isso*? — perguntei.
— Um revóve — balbuciou.
— Estou vendo isso. Para que serve?
— Atiá nas pessoas.

64

Meu primeiro pensamento foi tentar a casa da minha mãe, porque ela tinha dinheiro, mas Lamont disse que esse era o primeiro lugar onde eles iam procurar. E não devíamos envolvê-la. Atravessamos Edmond pela estrada Second, e quando vi as placas da Rota 66, pensei: Depew. Não havia nada lá.

O que eu queria dos Close era dinheiro e um lugar para ficar enquanto pensávamos em quais eram as nossas opções. A gente não podia mais dar as caras na cidade, e talvez nem no estado. Nossa melhor opção era descansar, abastecer o carro e seguir para oeste. Todos nós concordávamos pelo menos com a direção.

Não foi nada pessoal contra os Close, e se já disse isso vale a pena repetir. Eles não foram escolhidos, apenas calharam de estar no lugar errado na hora errada. Se tivessem nos dado o dinheiro, como pedimos, aposto que estariam vivos hoje.

65

Os Close estavam em casa. Estavam dormindo porque era cerca de cinco da manhã quando chegamos. A caixa de correio deles era um pequeno celeiro.

Não posso descrever o exterior porque estava escuro. Eles não tinham deixado nem uma luzinha acesa. Tudo que lembro é de que estacionamos atrás do galinheiro para que ninguém visse o carro da estrada. Quando desliguei os faróis foi como estar no meio do oceano. A única coisa que se via era a ponta do cigarro de Lamont. Quando ele o acendeu, a luz refletiu em seus olhos.

— Como você está?
— Bem. Você disse que conhece essa gente?
— Eu conheço a casa. Sempre falo dela para você.
— Você nunca me fala dela — ele disse. — Talvez tenha falado para Nat.

— Não, para você — retruquei.
— Não para mim. Não faço a menor idéia de onde estamos.
— Estamos em Depew — Natalie disse. — É onde ela cresceu.
— Está vendo? — disse Lamont. — Nat lembra.

66

Não arrombamos. Achamos que seria mais fácil entrar em silêncio enquanto eles ainda estavam dormindo, como o DEA faz. Tentei poupar Lamont de caminhar, mas ele não confiava em mim e Natalie para fazer o serviço direito. Disse a ele que não podíamos deixar Gainey sozinho no carro.
— Então traga ele — disse Lamont. — Só toma cuidado para ele não acordar.
— Não vou levá-lo a lugar nenhum com essa arma por perto.
— Então fica aqui. Não precisamos ir os três.
— Só você e Nat — falei. — É assim mesmo que você gosta.
— É assim mesmo que *quem* gosta? — ele perguntou.
— Pessoal... — Natalie disse, como se fôssemos todos amigos.
— Cala essa boca — falei.
— *Quem* gosta? — repetiu Lamont. Apagou o cigarro e fechou o cinzeiro, e então eu não conseguia mais vê-lo. — Se quiser vir, então venha. Não vou ficar sentado aqui discutindo com você.

— Pode ir — disse. — Você não quer Gainey e eu por perto, mesmo.

— Ele quer, sim — Natalie ponderou.

— Por acaso falei com você? — redargüi.

— Não fala desse jeito com ela.

— Por que não? — perguntei, e uma mão agarrou meu pescoço.

— Porque é falta de educação — respondeu Lamont. Ele me soltou e me empurrou para trás. — Você vem ou não vem? Não tenho tempo para isto.

— Não.

— Tudo bem — ele disse, e abriu a porta, fazendo a luz interna do carro acender.

Natalie o ajudou a descer e fechou a porta. Então a escuridão me cegou de novo. Ao meu lado, Gainey estava dormindo. Olhei através do pára-brisa, procurando por estrelas. Fiz o pedido com a primeira que vi. Estrelinha, estrelinha, primeira estrela que vejo, satisfaça o meu desejo.

Queria que nada daquilo jamais tivesse acontecido.

Eu não estava lá mas posso dizer o que aconteceu. A porta estava aberta, e então eles entraram. Eu tinha dito a eles em que lugar os quartos ficavam no andar de cima. Como não podia subir rápido o bastante, Lamont deu o revólver para Natalie. Ela acordou os Close. No tribunal, o promotor disse que eles dormiam em quartos diferentes, de modo que ela deve ter acordado um de cada vez. No livro dela quem faz isso é Lamont, e ela não sobe na frente, ela simplesmente o acompanha.

Vi o brilho sobre o galinheiro quando as luzes acenderam, e então soube que eles tinham conseguido entrar. Sal-

tei do carro e espiei pelo canto; não havia ninguém na varanda acenando para indicar que a costa estava limpa, mas eles tinham fechado as persianas. Achei que tudo tinha corrido bem, porque não havia escutado tiros.
Digo todas essas coisas como se fossem normais porque quase eram para mim. Às vezes você se vê numa situação dessas. Sabe que a coisa toda é absurda, mas que não pode mudála, e então começa a pensar assim.
Lá dentro, Lamont e Natalie estavam de pé na sala de estar. Lamont estava com a arma apontada para o Sr. Close, que estava deitado de bruços no tapete de corda, mãos sobre a cabeça. Ele era gordo e usava um pijama azul-celeste, e as palmas dos seus pés estavam sujas. Ao lado dele, a Sra. Close vestia uma camisola de flanela cor-de-rosa com estampas florais; a parte de trás da cabeça era quase careca, havia apenas um tufo de cabelos. Quando Lamont me viu com Gainey na sua cadeirinha, apontou com a cabeça para as escadas.
Subi com Gainey até meu antigo quarto e o coloquei na cama, cercando-o com travesseiros, para o caso de ele rolar. Quando desci, Natalie estava usando a corda do varal para amarrar os Close a um par de cadeiras de cozinha. Lamont tinha tirado o sapato e posto o pé em cima da mesa. Ele estava "cozinhando", e ao ver a chama envolvendo a colher, meu corpo instantaneamente quis aquilo. E pensei, este vai ser um longo dia.

67

As únicas coisas que reconheci da minha infância foram a mobília na sala de estar, a balaustrada e o abajur no topo da escadaria. Não tinha sobrado muita coisa. Tinham pintado e mudado os móveis da cozinha, e comprado utensílios novos. Tinham atapetado as escadas, que é uma coisa que as pessoas idosas fazem, eu acho. No banheiro havia um box com piso de vinil e porta de correr em vez da cortina de plástico. O piano tinha sumido, assim como o balanço. Eu pensava o tempo inteiro, foram só 16 anos.

A maior mudança era como tudo parecia menor agora, até o quintal. Tinha a impressão de estar numa casa de bonecas, como se não fosse completamente real. Mas nada me parecia real naquela época.

68

Lamont ia levar o Sr. Close a Chandler para usar o seu cartão de banco. Como o caixa automático tinha uma câmera, eles iam no carro dos Close, um LeSabre velho e feio. Lamont iria dirigir o carro até o estacionamento do banco, e então eles trocariam de lugar. O talão de cheques dos Close dizia que tinham mais de mil dólares na conta. O Sr. Close disse que podia tirar trezentos dólares por dia. A idéia de Lamont era ir um pouco antes da meia-noite, e então esperar cinco minutos e sacar de novo.

O único problema com isso é que eles teriam de ficar de olho nos Close o dia inteiro. Passamos os dois para a sala de jantar para não precisarmos ficar olhando para eles o tempo todo, mas eu ainda achava que a gente devia lhes dar comida. No livro de Natalie, ela prepara para eles sanduíches de atum; na verdade fui eu, e não foram sanduíches de atum, mas cachorros-quentes de forno e batatas chips. Sei que é um mero detalhe, mas você deve saber a verdade.

Nós vasculhamos todos os armários. O Sr. Close tinha um monte de armas. Lamont deu um revólver para mim e outro para Natalie, e pegou uma velha espingarda para ele. No sótão ele tinha algumas revistas de fisiculturismo escondidas num baú, ou talvez fossem dela. Natalie folheou as páginas na frente deles.

— Oh, Bruno! — ela disse.

O telefone tocou duas vezes durante o dia. A gente não atendeu. Nenhuma das vezes ligaram de volta, o que me surpreendeu, e comentei isso.

— Deve ter sido a mesma pessoa tentando de novo — Natalie disse.

— Dã! — zombei.

Passei a maior parte do tempo ocupada com Gainey. Ele foi bem bonzinho durante a maior parte do dia, beliscando bolachas de água e sal. Botei-o para cochilar na hora certinha. Não queria desorientá-lo.

Finalmente escureceu. Estávamos preocupados que alguém visse o Roadrunner. Natalie fez *chimichangas* para os Close, exatamente como diz no livro dela. Depois assistimos TV. Era sexta à noite, não lembro o que estava passando. Você pode pesquisar. Achei que devíamos deixar os Close verem também, mas Lamont disse que eles estavam bem na sala de jantar. Eu perguntei se pelo menos podíamos acender a luz para eles.

Ele pegou seu revólver e o estendeu para mim.

— Você não prefere dar isto a eles?

Ele disse que seu pé estava melhor. Tinha parado de sangrar tanto. Ele achava que não precisava de um médico;

Natalie e eu achávamos que sim. Não temos tempo, ele disse, e nós tivemos de fazê-lo prometer que veria um médico depois, no lugar para onde fôssemos.

Passou o último telejornal, e depois *M*A*S*H*, e Lamont se injetou de novo. Rolei minha manga para cima e estendi o braço na mesa. Atrás de mim, Natalie esperava a sua vez. Lamont precisou acordar o Sr. Close.

— Muito bem, compadre — Lamont disse. — Hora de botar o pé na estrada.

Assistimos ao filme da madrugada enquanto Lamont estava fora. Era algum filme de vampiro com Christopher Lee e Peter Cushing, *Castelo da maldição* ou alguma coisa assim. Como a Sra. Close estava acordada, trouxemos a cadeira dela para a sala. Fiquei surpresa em ver o quanto ela era leve.

Não conseguia me concentrar no filme. Ficava pensando nos 56 quilômetros até Chandler e no quanto a estrada estaria vazia à noite. Era uma cidade de criadores de gado que já tinha visto dias melhores. A esta hora não haveria nenhuma loja aberta na rua principal. Apenas, talvez, uma lanchonete vendendo biscoitos e café. Era o tipo de lugar onde eu temia acabar meus dias: quase não tinha mais sinais de trânsito, as faixas nas ruas estavam desbotando, e sempre havia um policial barrigudo de tocaia para pegar carros com placas de outros estados e acima do limite de velocidade. Eu o visualizei observando o LeSabre entrar no estacionamento do banco.

Na TV, passava um comercial da Mountain Dew, com um monte de garotos se divertindo numa piscina.

— Vocês tem Pepsi diet? — perguntei à Sra. Close.

Ela assentiu e eu tirei sua mordaça para que ela me dissesse onde estava.

A MIL POR HORA 209

A Pepsi era descafeinada por causa da pressão alta da Sra. Close, mas mesmo assim era gostosa.

— Tem certeza de que não quer uma? — perguntei, e não estava querendo ser cruel.

E eu acho que ela sabia que eu estava tentando ser gentil, porque respondeu:

— Não, obrigada.

Mas depois de alguns goles o gosto acabou ficando horroroso e eu parei de beber.

69

O Sr. Close estava vivo quando eles voltaram, mas tinha um galo enorme em cima de um olho e seus dentes sangravam. Lamont também estava sangrando, e tinha um ferimento na testa. Um dos joelhos da sua calça jeans estava rasgado e ele respirava com dificuldade. Empurrou o Sr. Close para o tapete e lhe enfiou a arma debaixo do queixo, enquanto Natalie amarrava seus cotovelos atrás das costas e os tornozelos um no outro. A Sra. Close estava chorando.

— Tira ela daqui — Lamont disse, e Natalie começou a arrastar a cadeira para a sala de jantar. — E cala a boca dessa velha. Quem disse que você podia tirar a mordaça?

— O que aconteceu? — perguntei, mas ele passou por mim e entrou na cozinha.

Logo depois voltou com um saco de lixo preto. O dedo do pé o fazia cambalear.

— O que está acontecendo? — perguntei.

Ele cobriu o Sr. Close com o saco de lixo e começou a bater nele com a coronha da arma. Tentei impedi-lo, mas

Lamont me empurrou. Pegou um daqueles pesos de papel com neve dentro e usou-o para bater no Sr. Close. O globo se partiu e a água se espalhou sobre o saco. O Sr. Close estava estendido no tapete. Uma de suas mãos atravessou o saco, e ficou se contorcendo.

— O que você está fazendo? — eu gritava. Estava segurando o braço de Lamont mas ele estava zangado demais.

Ele pegou um relogiozinho em cima da lareira e o arremessou contra o peito do Sr. Close.

— Tenta me atropelar agora! — Lamont berrava para o saco.

Com seu pé bom, ele o chutava. Uma mancha começou a se espalhar por uma das pernas das calças do Sr. Close. Pelo barulho, parecia que ele estava vomitando dentro do saco. Lamont não parava de chutá-lo, e finalmente o Sr. Close parou de fazer barulho e ficou deitado.

— O que aconteceu? — repeti, mas ele passou me empurrando de novo.

Lamont enfiou um saco na Sra. Close e lhe deu uma coronhada de revólver. O golpe foi tão forte que a cadeira dela quase virou. A arma saiu voando da mão de Lamont e quicou no chão. Ele disse palavrões e mordeu os nós dos dedos. Natalie pegou a arma do chão para ele.

— Droga, o que aconteceu? — gritei. Era contagioso; todos nós estávamos um pouco doidos agora.

Aqui está o que ele me contou, não sei se é a verdade. Eles chegaram direitinho a Chandler. Entraram no estacionamento do banco e Lamont saltou do carro para trocar de lugar com o Sr. Close. De algum modo, enquanto Lamont ainda estava tentando contornar a frente do carro, o Sr. Close sentou atrás do volante e tentou atropelá-lo. Ele acertou Lamont mas bateu num muro. Lamont conseguiu se levantar, cambaleou até o carro e pôs o revólver na cabeça do Sr. Close. Lamont não sabia se havia câmeras ali. Entraram no caixa eletrônico, como planejado, mas agora já passava da meianoite, e só poderiam sacar trezentos dólares. Lamont já estava furioso. Então eles introduziram o cartão, e não havia dinheiro na máquina.

Então aí está sua resposta para a segunda parte: não, ele não levou nada.

70

Não dormimos porque estávamos ligados. Abastecemos o Roadrunner para sairmos cedo. Fiz sanduíches para guardar na caixa térmica e peguei duas daquelas coisas de gelo azuis no congelador. O sorvete tinha virado sopa, e então precisei jogar fora. Depois de ver Lamont espancando os Close, o *speed* pareceu surtir pouco efeito. Eu já tinha visto Lamont zangado daquele jeito antes, mas só comigo. Era estranho; eu quase me sentia rejeitada.

Não fizemos nada com os Close; apenas os deixamos onde estavam. Lembro de ter parado de empacotar as coisas, entrado para pegar uma cerveja e sentado no sofá para ver a previsão do tempo pro dia seguinte; quando fui me sentar, tive de passar por cima do Sr. Close, como quando Jody-Jo estava dormindo ou simplesmente se recusava a se mexer. Fiquei sentada lá, zapeando os canais até que encontrei o do tempo. Então me levantei, passei por cima dele novamente e voltei a arrumar as coisas.

A Sra. Close acordou exatamente quando estávamos quase saindo. Ela gemia como se estivesse com dor de barriga ou algo assim.

— Faça ela calar a boca — Lamont disse a Natalie.
— É impossível apertar mais a mordaça — ela respondeu.
— Não me importo *como* você vai fazer. Simplesmente faça.

71

Lamont matou os Close, se você quer os detalhes técnicos. Ele queimou os dois vivos.
Chamas da vingança, certo?
Essa é uma forma de morte que eu não desejaria para mim... morrer como Joana D'Arc ou uma daquelas bruxas de antigamente. Nos filmes a gente sempre vê que as chamas estão na verdade a uns três metros das atrizes. Aposto que na vida real as pessoas levariam muito tempo para queimar. E iam feder muito, como quando você esquece alguma coisa no forno. Ninguém mais faz isso, pelo menos não oficialmente.
Então, foi Lamont. Natalie não matou ninguém até o Mach 6.

72

Depois que a gente empacotou tudo e eu tinha dado o café da manhã de Gainey, Lamont trouxe um galão de querosene do porão e mandou a gente entrar no carro. Lá fora estava frio, mas claro. A grama estava úmida de orvalho. Era possível sentir o cheiro de barro molhado. Tudo tinha ido longe demais, e eu estava tentando me concentrar nas pequenas coisas. Botei Gainey na frente porque isso ajudaria caso os policiais parassem a gente. Enquanto o estava ajeitando, Gainey puxou um dos meus brincos. Eu praguejei e o fiz chorar, depois me desculpei. Já tinha posto o cinto quando me lembrei da bolsa de fraldas dele.

    Lá dentro, Lamont estava derramando querosene sobre o Sr. Close. O líquido fazia poças nas dobras do saco de lixo. A mão do Sr. Close agitava-se como se estivesse tentando espantar uma mosca. No outro cômodo, a Sra. Close gemia, e eu torci para que Lamont não contasse isso a favor de Natalie.

    — Espere um pouco! — eu disse, entrei correndo e peguei a bolsa de fraldas. — Certo, pode continuar.

    Acompanhei Lamont até a sala de estar, onde ele cuidou da Sra. Close. A camisola dela ficou cinza onde o querosene derramou. Reparei no espaço onde o piano deveria estar e falei a Lamont sobre isso. Depois de acabar, ele jogou a lata de querosene contra o armário, quebrando alguns pratos. Pegou uma caixa de fósforos.

    — Podemos conversar um minutinho? — perguntei a ele. — Sobre eu e Natalie.

    — Por quê? — ele disse, e então percebeu que eu não ia desistir. — Certo — falou, e sentamos no sofá. O ferimento em sua testa suava gotinhas.

    — Terminei com ela — disse. — Está tudo acabado.

    — E daí?

    — Daí que meu compromisso é com você.

    — É um pouco tarde demais para isso, não acha?

    — É? — perguntei.

    — Não sei.

    — Eu te amo.

— Eu sei. Eu te amo também — disse, mas não pareceu feliz com isso.
— A gente devia ir logo — acrescentei. — Só queria que você soubesse disso.
— Certo.
E então ele me beijou. Não sei por quê. Eu não esperava. Mantive a porta da frente aberta enquanto ele riscava fósforos e os jogava na Sra. Close. Foram necessárias algumas tentativas. Cada vez que um fósforo era riscado, ela pulava. Isso me deixou triste porque ela tinha sido boazinha, tendo me dado a Pepsi diet e agradecido.
O Sr. Close acendeu na primeira tentativa.
— Viu isso? — perguntou Lamont enquanto corríamos pelo quintal, e pela primeira vez em um bom tempo foi como antigamente.
Mas eu sabia que não ia durar.

73

Gainey ficou no carro com Natalie o tempo todo. A única vez que ele viu alguma coisa foi quando eu o levei da cozinha para o carro, e ao me virar fiquei entre ele e o Sr. Close. Gainey não vai ter pesadelos, pelo menos não com isso.

A única forma que me dá pesadelos é a forma como eles faziam na Índia. Mandavam você deitar no chão e traziam um elefante treinado para pisar na sua cabeça. É como o truque com a garota no circo, só que o elefante pisa até o fim. Às vezes tenho um pesadelo no qual estou vestida numa roupa de lantejoulas, como uma trapezista, e eles me fazem deitar na serragem, e o elefante aparece. É como se fosse real. Fico deitada ali, olhando para a sola do seu pé. E ela começa a descer. É suja e tem casca de amendoim grudada nela. E não pára aí. O elefante pisa na minha cabeça. Escuto meu nariz quebrar e sinto tudo sendo espremido. Quando acaba, eu levanto e minha cabeça está achatada como um pirulito, como num desenho animado. Você pode ver a pegada do elefante no meio da minha cara. E então a orquestra toca uma vinheta, eu faço uma mesura e abro os braços, como se tivesse acabado de realizar um truque.

74

Eu dirigi. O pé de Lamont ainda estava doendo, e Natalie não tinha experiência ao volante. A polícia estadual estava dirigindo Crown Victorias novinhos em folha com equipamento de interceptação, e mesmo assim eles tinham trinta cavalos de força a menos que o nosso Hemi Roadrunner. A única coisa que podia nos pegar era uma motocicleta Harley Electraglide, isso ou um helicóptero.

Nosso plano era seguir para oeste, passando a norte da cidade. A interestadual 40 estava cheia de policiais. Ficaríamos nas rodovias menores e nas estradas estaduais. A leste da linha estadual havia muitos trechos vazios nos quais poderíamos pisar fundo e recuperar o tempo perdido.

Pensamos em alguns lugares que poderíamos tentar: Bullhead, Lake Havasu, Roswell, Novo México. Natalie sugeriu Victorville ou Truth or Consequences. Lamont disse que San Bernardino era a capital mundial do *crank*; os fuzileiros treinavam pertinho dali em Twentynine Palms.

— Yuma — sugeri.

— Fresno — Lamont disse.

Ele tinha aberto o guia rodoviário no colo, e seu dedo seguia uma estrada que cortava a área mais estreita do Texas. Natalie olhava por sobre o ombro dele, e eu não podia dizer se as possibilidades para mim estavam se abrindo ou fechando. Chequei os retrovisores e mantive o carro precisamente a oitenta quilômetros por hora.

75

Nós todos planejamos o serviço do Mach 6, nós todos. Nem mesmo saímos da Rota 66 quando precisamos de gasolina. Juntando nossos trocados, tínhamos doze dólares, o que não daria nem para encher o tanque. A gente sabia que tinha de fazer alguma coisa.

Era sábado. No Mach 6 em que eu havia trabalhado, o gerente costumava esvaziar o caixa logo depois da hora do almoço e depositar o dinheiro antes do banco fechar ao meio-dia. Como sexta-feira era a nossa noite mais movimentada, sempre havia muita grana.

— Quanto é "muita grana"? — Natalie perguntou.

— Dois mil? — calculei. — Agora deve ser mais.

— Isso vai ser o suficiente — Lamont disse. — E quanto aos alarmes?

— Nenhum. Nem câmeras. É uma operação rápida e fácil. Na hora do almoço ficam umas seis pessoas lá, no máximo. O gerente é treinado para cuidar de tudo. Os outros são apenas garotos.

Ele não respondeu imediatamente. Estávamos entrando em Arcadia, alguns quilômetros a leste de Edmond. Passamos pelo Bob's Bar-B-Que e pelo Round Barn. Já havia turistas zanzando do lado de fora. Olhei para Natalie no espelho, e ela olhou de volta para mim como se a decisão não fosse dela.

— Que horas são? — Lamont perguntou.

76

Onze e dez.

O dia estava claro, como eu disse. Dez, doze graus, algumas nuvens altas. Vento suave. Se achar mais dramático, pode dizer que ventava muito, e que tinha areia vermelha soprando para tudo que era lado. Chuva seria ainda melhor. E se quiser mostrar o famoso néon vermelho do Mach 6, terá de ser à noite. Talvez na hora de fechar, quando estão esfregando o chão, desse jeito pegaríamos os funcionários de surpresa.

77

Eu estava usando uma Levi's e um suéter mostarda com uma estampa do Snoopy, o tipo que tem bolsos na frente, para as mãos. Sob o suéter eu vestia uma camisa de malha azul-clara da banda Eskimo Joe. Apenas sutiã e calcinha comuns, meiões brancos, tênis vermelhos. Ray-Bans falsificados. Brincos de coraçãozinho que Lamont tinha me dado de aniversário e meu anel de pérola. Eu parecia normal.

Lamont estava usando uma camisa de flanela com estampa xadrez azul e preta, jeans com o buraco no joelho e as botas de trabalho do Sr. Close, porque seus sapatos estavam arruinados. A corrente da carteira pendia para fora, e ele tinha o canivete preso no cinto. Não usava anéis nem nada assim. Meiões brancos com listras, cuecas brancas comuns, estilo cavado.

Natalie vestia uma calça jeans de marca famosa... Guess ou Jordache, alguma coisa idiota. Estava com um pulôver branco sem mangas que ficava pequeno demais nela; dava para ver uma linha de pele bem em torno do seu umbigo. Sapatos beges sem salto. Nada de meias. Pelo menos dois cordões de ouro, brincos de argola de ouro, mais de um anel em cada mão. Provavelmente algum tipo de prendedor de cabelo e, com toda certeza, batom coral. Ela gostava de calcinha e sutiã rosa ou azuis, sempre combinando.

Gainey usava um macaquinho verde com capuz e tênis azuis com laços na cor do arco-íris. Fraldas Pampers.

Todo mundo lá dentro, com exceção do gerente, usava o uniforme vermelho-e-preto do Mach 6, e calças jeans pretas. Sabe lá Deus o que usavam por baixo.

78

Não estávamos armados até os dentes. Lamont tinha o seu revólver e a espingarda do Sr. Close, que não chegamos a tirar do porta-malas. Natalie estava com um revólver calibre 45 e eu com um pequeno 22.

Eu nem queria aquilo. Nunca havia atirado. Nem sabia carregar uma arma ou destravar o pino de segurança; Lamont teve de fazer isso para mim. Ele disse que não precisaríamos atirar, mas se precisássemos, era melhor sabermos como.

79

Eu estava dirigindo, Lamont no banco do carona. Gainey atrás de mim, Natalie atrás de Lamont. Continuou assim depois do assalto. Mantivemos nossas posições para evitar confusão.

Não vou chamar aquilo de massacre, como diz na capa do livro dela. Um massacre é mais de cinco pessoas. Ela está usando essa palavra apenas para vender mais exemplares.

Li em algum lugar que um dos livros de John Grisham vendeu oito milhões de exemplares. Tudo bem, você ainda é um escritor melhor do que ele. Talvez este aqui se saia melhor.

80

Não me lembro do que falamos. Talvez não tenhamos falado nada, talvez apenas "Vire aqui", ou coisas que devíamos lembrar assim que começássemos.

Era um plano simples. Eu não ia saltar do carro. A gente ia fingir que estava lendo o cardápio. Íamos esperar até que as atendentes estivessem dentro da lanchonete. Lamont ia entrar primeiro, depois Natalie bem atrás dele. Eu queria ir com ele, mas ele disse que todos nós sabíamos que eu era a melhor motorista e que ele estava contando comigo. Disse isso apenas para eu não ficar com ciúmes, o que era uma bobagem, porque eu já estava. Eu disse que tudo bem.

Lá dentro, ele ia perguntar alguma coisa boba, por exemplo, se podia usar o banheiro, e então o gerente explicaria que apenas os funcionários podiam entrar no prédio. Quando Lamont tivesse conseguido afastá-lo do telefone, mostraria a arma. Então Natalie passaria para trás do balcão e agarraria a pessoa atendendo os clientes pelo microfone. Restaria apenas render as atendentes e os cozinheiros, e trancar todos no frigorífico. Limpar o cofre e o caixa e enfiar tudo num saco.

Eu devia apertar a campainha para fazer um pedido e o número da minha vaga ia aparecer no painel, para que eles soubessem que era eu. Lamont entraria nesse canal e me diria quando dirigir até o guichê de atendimento. Natalie me passaria o saco e eu o guardaria debaixo do assento de Lamont. Depois eu contornaria a lanchonete para pegar os dois na frente e cairíamos fora.

Bolei a maior parte do plano porque eu tinha trabalhado lá, preciso admitir. Ainda acho que teria funcionado se não fosse por Victor Nunez. Talvez ainda assim alguém anotasse a nossa placa, mas não teria acontecido do jeito que aconteceu. A gente não planejou matar ninguém, como o advogado de acusação disse. Portanto aí estão cinco baixas que deveriam contar como de segundo grau, no máximo. Pelo menos é o que o Sr. Jefferies diz.

Não sei o que a gente disse um para o outro, mas não foi nada importante. Tenho certeza de que você vai inventar alguma coisa mais interessante.

81

Seja lá o que tenha sido, a gente abaixou antes de entrar no Dairy Kurl para comprar o *sundae* de Gainey. Estávamos os três sem dormir há dois dias e precisávamos pensar. Não lembro de nenhum cartucho de música. Se foi rádio, deve ter sido a KATT, a estação de rock clássico, porque não existe nenhuma estação de rock boa por estas bandas. É tudo *country* ou cristão. A KATT tocava os sucessos de sempre dos Stones e do Zeppelin, e também um pouco de Aerosmith ou Crue. Ainda é assim, meio que parada no tempo.

Se você quer uma boa música para dirigir, pode tentar "Radar Love", que conta bem a história toda. Tem um disco ao vivo com uma versão de 16 minutos. Ela tem uma frase fantástica, *"The radio's playing some forgotten song"* (*O rádio está tocando alguma música esquecida*). Você pode botar isso porque é verdade... eu não lembro o que estava tocando.

Nada meloso, no entanto. "Land Speed Record", do Hüsker Dü, era uma das nossas favoritas, você sempre pode usar alguma coisa nesse estilo. Mais alto, mais rápido!

82

Acho que nem todo mundo já viu um Mach 6. Eu pensava que eles tinham filiais em todo lugar.

A loja a que fomos tinha uma pista de *drive-thru* e também o *drive-in*. A pista de *drive-thru* circula o prédio. Você chega e dá com o quadro de pedidos, depois contorna até o outro lado e pega a sua comida no guichê de atendimento.

As vagas do *drive-in* ficam fora da pista. Há 24 vagas, 12 de cada lado. Nas vagas há um toldo sustentado pelos postes em que ficam os painéis de pedidos. Em cada borda do toldo existe um triângulo vermelho, que faz parte da logomarca. As vagas são meio que diagonais e estão sempre manchadas de óleo. Você estaciona o carro de modo a alinhar o seu guichê com o painel de pedidos.

O prédio em si é um quadrado com um triângulo vermelho no topo. Há duas janelas na frente e cada uma delas tem um letreiro em néon. Um diz *Hambúrgueres* em letras vermelhas, e o outro CEBOLA FRITA em letras de imprensa verdes. Os alto-falantes anexados ao toldo tocam rock o dia inteiro, alto o bastante para que você possa reconhecer a música. Você odiaria morar perto daquele lugar.

Nos fundos há uma lixeira comum e uma lixeira apenas para a gordura. Os pardais adoram essa. Na frente há um canteiro fino de grama e arbustos entre as pistas de entrada e saída do *drive-thru* com uma imitação de ponte japonesa com uns trinta centímetros de altura.

A placa é parecida com uma placa de posto de gasolina, a luz vem de dentro. *MACH 6*, diz em vermelho, *O Drive-In da América*. Você vê o outro lado ao sair; diz *Coma Feliz*. À noite o néon vermelho delineia completamente o toldo e o prédio. É um ótimo lugar para levar o seu carro logo depois de encerá-lo. A comida também não é ruim. Mesmo quando trabalhava lá, eu a comia.

O Sr. Jefferies tem toneladas de fotos do lugar. Ele poderia até mesmo levá-lo lá. Você provavelmente vai ver um monte de detalhes que eu esqueci.

É engraçado, na frente da agência dos correios de Edmond puseram um chafariz com os nomes de todas as 14 vítimas. Se você acha que o Mach 6 faria alguma coisa assim por seus funcionários, está enganado. Nas fotos do Sr. Jefferies as janelas foram consertadas e as atendentes estão servindo as pessoas como se nada jamais tivesse acontecido.

83

Como ainda não era hora do almoço, não estava tão cheio. Havia um T-bird novo numa vaga à direita, e à esquerda, mais ou menos no mesmo lugar, um velho Tempest dourado que Natalie pensou que era um Goat. Ela estava tentando impressionar Lamont com seu conhecimento sobre carros.
— Chegou perto — eu disse. — Tem o mesmo nariz.
— Não é um LeMans?
— Um 389 Tripower — falei. — Quatro velocidades, provavelmente tem aquele velho Positrac.
E Lamont riu como se estivesse orgulhoso de mim.
Uma atendente se aproximou com uma bandeja. Era Kim Zwillich, a baixinha com o laço de fita prendendo o rabo-de-cavalo. Eu só conseguia ver o néon nas janelas; os letreiros estavam acesos, mesmo às onze da manhã. Estacionamos na última vaga à direita. Nos fundos do estacionamento havia vários carros de funcionários parados perto das lixeiras. Eram quatro carros, todos velhos, pequenos e estrangeiros.
Estava fresco à sombra do toldo. Lamont enfiou o revólver no cinto. Natalie colocou o dela na bolsa e deixou-a desabotoada. Observamos o atendente sair para o T-bird levando uma única bebida. Este era Reggie Tyler. Tinha a altura de Natalie, cabelos louros compridos partidos no meio e penteados para trás. Nessa hora estávamos afastados demais para

que eu pudesse ver se ele tinha bigode. Quando ele dobrou a esquina e sumiu, Lamont abriu a porta.

— Pode trazer alguns guardanapos? — perguntei, porque Gainey estava fazendo uma tremenda lambança.

— Guardanapos.

— Tomem cuidado — eu disse.

— Vamos tomar — ele respondeu. — Esteja preparada.

Eu quis um beijo, mas ele já estava se afastando, com Natalie bem atrás. Observei os dois caminhando debaixo do toldo até a porta da frente. Lamont ainda mancava por causa do dedo. Conversavam como se tudo estivesse normal, e com tanta intimidade que qualquer um que visse acharia que eram casados. Eu devia ficar olhando o cardápio como se estivesse tentando me decidir por alguma coisa, e naquele momento pensei, droga, eu posso fazer isso.

84

Devem ter levado uns trinta segundos para entrar. Pode ter sido menos ou mais, eu não estava contando. O relógio no painel funcionava, o que sempre era motivo de orgulho para Lamont, mas eu não estava cronometrando. Estava com o dedo sobre o botão de pedidos, preparada para ver se tudo estava correndo bem.

A voz de Lamont saiu pelo alto-falante:

— Entramos. Aguarde.

— Entendido — eu disse.

Parecíamos dois astronautas conversando. Lamont deixou o microfone ligado.

— Para lá — ele dizia a alguém. — Cala a boca e faz. Ouvi a caixa registradora tilintar e a gaveta se abrir. Então escutei os tiros.

85

Como eu não estava lá para ver, Natalie pode estar certa. Não tenho certeza se Victor Nunez a dominou, porque ele não era tão grande assim. Era gorducho, um desses rapazes que anda gingando, o tipo que é escolhido por último... não alguém que surpreenderia. O Sr. Jefferies apresentou vários diagramas no tribunal, e de onde Natalie disse que estava e onde era a porta do almoxarifado, parece que ela simplesmente não sabia que ele estava atrás dela. Mas Natalie nunca vai admitir isso, porque isso faria dela a responsável por tudo.

Até onde eu sei, foi isto que aconteceu: Lamont entrou primeiro. Todo mundo estava lá dentro, exatamente conforme o plano. Como ninguém estava ao telefone, Lamont sacou a arma. Perguntou quem ali era o gerente, e Donald Anderson disse que era ele. Lamont foi até o balcão para afastar todo mundo da caixa registradora e do painel de pedidos. Ao mesmo tempo, Natalie fez Margo Styles tirar o fone de ouvido que ela usava para atender o guichê do *drive-thru*. Lamont falou comigo pelo microfone e começou a esvaziar o caixa. Então tudo estava correndo bem.

Durante todo o tempo, Victor Nunez estava no almoxarifado, pegando alguns copos. Quando saiu, deve ter visto Natalie parada ali, segurando uma arma. Fazia muito barulho por causa do chiado da chapa quente e das máquinas de fritar, e talvez Natalie não o tenha ouvido. Talvez ela tenha se assustado e ficado sem ação. Sei lá. De qualquer modo, Victor Nunez de repente decidiu que ia ser um herói, ou apenas reagiu. Ninguém nunca vai saber. Mas o que ele fez em seguida foi se aproximar por trás de Natalie e agarrar a arma.

Aconteceu uma briga, como nos filmes? Lamont teve de decidir correr o risco de atirar nela, o grande amor de sua vida? Não tenho a menor idéia. Não estava lá. Natalie dá a entender que Victor Nunez praticamente teve de quebrar o pulso dela para pegar a arma, mas isso teria dado tempo para todo mundo buscar abrigo. Tudo que ouvi foi um monte de tiros.

Não sei em que ordem eles atiraram em todo mundo. Uma bala atingiu Reggie Tyler na orelha. Uma atingiu a máquina de batidas, porque quando entrei ela estava vazando no chão. Uma acertou Donald Anderson no lado. Uma pegou Victor Nunez e arrancou grande parte da bochecha dele. E uma atingiu Lamont nas costelas.

86

Minha primeira reação foi torcer para que *nós* estivéssemos atirando. Sinto muito, mas é verdade. Segurei com força o volante, esperando que o barulho parasse.

Lamont praguejou e houve mais um tiro.

— É isso que você ganha — ele disse.

Uma garota gritava ao fundo.

Olhei para o estacionamento ao meu redor. A família

no T-bird não tinha ouvido nada, o que me pareceu impossível.

— Margie, vem cá! — Natalie gritou.

Olhei dentro de minha bolsa para ver se a arma ainda estava lá. Gainey tinha calda de chocolate espalhada pelo queixo todo.

— Mamãe já volta — eu disse.

Eu me perguntei se devia trancar as portas ou não. Deixei-as abertas para o caso de termos de sair rápido.

Enquanto caminhava pela lateral do prédio, outro carro chegou, um novo Camaro conversível dirigido por uma loura. Uma loura tão loura que seus cabelos eram quase brancos. Ela passou por mim e contornou até o outro lado. Dobrei a esquina a tempo de ver o cara no Tempest a analisando. Havia duas portas, a de entrada à direita, a de saída à esquerda. Ambas tinham um adesivo que dizia RESTRITO A FUNCIONÁRIOS. Abri a porta e entrei como se apenas estivesse atrasada para o trabalho.

87

A primeira coisa que vi foi Lamont segurando suas costelas. Sua camisa estava empapada de sangue, assim como a cintura da calça jeans. Estava ao lado da caixa registradora, apontando a arma para todo mundo. Natalie estava de pé ao lado da máquina de refrigerante, segurando a dela da mesma forma.

Todo mundo estava no chão entre a chapa e as máquinas de fritar. Uma nuvem de fumaça gordurosa pairava sob as luzes; o lugar inteiro cheirava a carne. Não havia música lá dentro. Victor Nunez e Reggie Tyler estavam no chão, mas estavam mortos e podia-se notar. Um pedaço do rosto de Victor estava grudado na máquina de sorvete; seu capacete vermelho estava sobre a chapa, queimando. As pernas de Reggie estavam debaixo dele, num ângulo estranho. O assoalho era ladrilhado e tinha uma vala de drenagem, e o sangue corria por ela. Kim Zwillich e Margo Styles estavam abraçadas uma à outra. Esqueci de sacar minha arma. Fiquei apenas parada ali, olhando para tudo. Um relógio da Coca-Cola funcionava na parede.

— Ele disse que o cofre não está aberto — Lamont falou, espetando o cano da arma na cabeça de Donald Anderson.

Donald Anderson estava sentado na frente dos funcionários como se pudesse protegê-los. Tinha um tique no olho direito, e seu lábio começava a acompanhar. Usava uma camisa de gola com o triângulo do Mach 6 em cima do coração, enquanto o resto das pessoas vestia camisas pólo vagabundas com uma costura de pano que dizia *Mach 6*, como se fosse um posto de gasolina.

— Ele pode abrir — eu disse. — Ele tem a combinação.
— Não tenho — Donald Anderson alegou. — Só comecei a trabalhar esta semana.
— Vá para aquele canto — Lamont mandou.
— Eu não tenho!

Lamont deu um passo para a frente e Donald Anderson se arrastou até o canto. Seus joelhos deixaram rastros no sangue.

Natalie disse palavrões e Kim Zwillich e Margo Styles se abraçaram mais forte.

Uma voz de mulher soou pelo alto-falante no painel de pedidos:

— Um número três e uma batida arco-íris com sorvete de baunilha.

Lamont olhou para Donald Anderson, e depois para mim.

— Você ouviu? — a mulher perguntou. Devia ser a loura do Camaro, pelo menos era o que eu esperava.

Pisei sobre uma pilha de copos caídos e apertei o número para a vaga 17.

— Sim, senhora — disse. — Com ou sem fritas?
— Com.
— Porção grande ou pequena?
— Grande.
— O que a senhora quer no seu número três?
— Tudo, por favor.
— Qual o tamanho da batida: pequeno, médio ou grande?
— Grande, e com um pouco de sorvete de baunilha por cima.
— Sim, senhora — eu disse, e conferi o pedido: — É um número três com tudo, porção grande de batatas fritas, batida arco-íris tamanho grande com baunilha. Mais alguma coisa?
— Só isso — ela disse.

Somei o pedido.

— São três dólares e quarenta e quatro *cents*. Por favor, aguarde no carro o recebimento do seu pedido. O Mach 6 agradece a sua preferência.

Atrás de mim, no canto, Donald Anderson trabalhava na combinação. Lamont estava com a arma apontada para ele, cutucando sua nuca com o cano do revólver.

— Quem mais sabe? — Lamont perguntou.
— Ele sabe — eu disse. — O gerente cuida do dinheiro todo.

Lá fora, a família no T-bird estava saindo. O homem no Tempest tinha aberto um livro.

O alto-falante emitiu estática e então a loura disse:
— Desculpe, dá para não colocar tomate no número três?
— Sem tomate no número três — eu disse, como se estivessse instruindo alguém. — Sem problemas, senhora.
— Obrigada.
— Traz uma delas até aqui — ordenou Lamont, e Natalie agarrou Kim Zwillich pelo braço e a separou de Margo Styles. Victor Nunez e Reggie Tyler ficaram caídos lá, escoando sangue.
— Quanto tempo isto vai demorar? — perguntei. — Devo atender o pedido dessa mulher?
— Pode fazer isso? — perguntou Lamont.
— Posso tentar.

Nem todos os hambúrgueres na chapa estavam queimados. Montei um número três, peguei uma porção grande de batatas fritas debaixo da lâmpada de aquecimento e fiz uma batida arco-íris. A máquina tinha sido atingida e não funcionou direito; tive medo de que não desse para encher o copo, mas acabou dando. Tentei não olhar para a máquina de sorvete. Coloquei a tampa no copo e peguei o canudo e os guardanapos. Quando a bandeja estava pronta, eu a coloquei no balcão.

— Tira a blusa — disse a Margo Styles, e ela obedeceu.

A blusa estava quente, com as axilas molhadas. A tiara em sua viseira também estava úmida. Peguei seu avental e fechei o laço atrás das costas. Só quando estava lá fora me lembrei do tomate.

— Tudo bem — disse a loura no Camaro. — Eu mesma tiro.

Era um carro bonito, eu disse, e ela me disse o quanto gostava dele, e o que podia fazer. Pude sentir o cara no Tempest olhando para nós duas, e pensei no quanto eu gostaria de simplesmente entrar no meu carro, pegar a interestadual e ir embora.

Dei o troco a ela e comecei a me afastar quando ela disse:

— E aqueles docinhos? Não ganho um?

Ao me aproximar da porta, vi que meus sapatos tinham deixado pegadas sangrentas na calçada.

Quando voltei, os corpos tinham desaparecido, e só havia uma mancha grande de sangue nos ladrilhos, os rastros deixados pelos sapatos. Natalie estava conduzindo Margo Styles até o fundo com uma faca de cozinha numa das mãos e a arma na outra. Margo Styles engatinhava com as mãos e os joelhos e Natalie a chutava. Lamont e Donald Anderson ainda estavam trabalhando no cofre; Donald Anderson chorava e sangrava por uma orelha. Ao lado deles, Kim Zwillich estava deitada no chão com os olhos fechados e sangue espalhado por toda a frente do corpo. A ponta de um dos seus dedos jazia no chão como uma almôndega caída.

— Como está indo? — perguntei.

— Não está — Lamont respondeu. — Ele diz que não lembra. Estou começando a achar que ele realmente não lembra.

— Ele está assustado.

— E eu não — Lamont disse.

Lá do fundo veio um grito, depois um apelo, e então outro grito. Uma fumaça se levantava agora da chapa. Peguei um punhado de pastilhas de menta e olhei o relógio.

— Mais três minutos — disse. — Está chegando a hora do almoço.

Lá no fundo, Margo Styles gritava. Foi bom sair para pegar ar fresco.

— Obrigada — disse a loura.

— Não há de que, senhora — respondi. — E seu carro realmente é lindo.

Olhei para o outro canto para ver se o Roadrunner estava direitinho, e estava. Um Coronet amarelo entrou no estacionamento, e logo atrás dele um Ranchero com uma máquina de fliperama na carroceria.

— Vamos esquecer isto — eu disse a Lamont. — É melhor a gente ir.

Na verdade aquela não era exatamente eu; era culpa do *speed* e da situação. Tudo começava a estalar. Era como trabalho, eu apenas fazia o que precisava ser feito.

Lamont obrigou Donald Anderson a se levantar.

— Pega ela — Lamont ordenou, e obedeci.

Quero me desculpar à família Zwillich pelo que vou dizer em seguida, embora eu ache que eles ouviram parte disso no julgamento.

Como não podia levantá-la, segurei Kim pelos pulsos e a arrastei. Suas mãos estavam retalhadas. Ela estava sem dois dedos, e havia cortes nas costas das mãos que ainda sangravam. Enquanto eu a arrastava diante da chapa, seus olhos se abriram. Kim já estava pegajosa e começou a se debater, tentando se soltar de mim. Peguei a primeira coisa que encontrei — uma espátula de metal — e acertei seu rosto com ela.

Segurei Kim com força e a puxei novamente, passando diante da máquina de gelo. Lá na frente, o alto-falante voltou a funcionar e uma mulher disse:

— Um Supersonic com queijo, cebola e maionese.

Outro cara disse:

— Um cachorro-quente com milho e uma Dr. Pepper média.

Enquanto arrastava Kim Zwillich até o *freezer*, tentei manter os pedidos separados na minha cabeça, porque achava que teria de atendê-los. Era mais fácil dessa forma, tendo algo em que pensar. Sabe lá Deus o que Natalie e Lamont estavam pensando.

88

Não tenho certeza se foi idéia de Lamont ou de Natalie. Não foi minha. Já tinha trabalhado em muitos restaurantes para ter medo de ficar presa numa daquelas coisas. Nunca faria isso com outra pessoa.

Em parte foi por causa do barulho, acho, isso e o fato de que seriam mais difíceis de serem encontrados.

Não usamos o frigorífico porque estava cheio de caixotes de alface, caixas de queijo e potes grandes de maionese e picles. Não teria espaço nele para todos os cinco.

No *freezer* eles guardavam caixas brancas e compridas de hambúrgueres com a logomarca do Mach 6 em cada uma delas, e pedaços de frango. A coisa toda não era maior do que a cela em que estou agora. Se você tocasse as paredes, seu dedo ficaria grudado no metal por um segundo e deixaria uma marca. Havia prateleiras de metal em ambos os lados de uma passagem central; nas prateleiras havia aquelas cestas plásticas de morangos, só que elas estavam cheias de almôndegas. Era preciso contar sempre o número exato. Quando alguém pedia almôndegas, você simplesmente mergulhava uma cesta na máquina de fritar.

Eles entraram nesta ordem: primeiro Victor Nunez e Reggie Tyler, depois Margo Styles, Donald Anderson, e finalmente Kim Zwillich. O único plenamente consciente era Donald Anderson, e ele chorava. Margo Styles tinha desmaiado devido aos cortes na testa. Kim Zwillich estava murmurando alguma coisa, uma oração ou talvez apenas coisas sem sentido.

— Larga isso — Lamont disse a Natalie, e ela jogou a faca através do cômodo até uma pia. Seu punho parecia ter sido mergulhado num balde de tinta vermelha. Seus olhos estavam dilatados, e restava apenas um contorno de cor neles, como o sol durante um eclipse. Eu olhei para ela e pensei, como ela conseguiu não se emporcalhar toda?

89

Eu não esfaqueei nenhum deles. Não era eu quem estava com a faca. E não tive tempo de esfaquear Margo Styles 89 vezes. Eu estava tomando conta de todo o resto.

Parte do motivo pelo qual devo morrer hoje são as 89 vezes. Eu sei que vou parecer fria dizendo isto, mas não me importa que tenham sido 89 vezes ou apenas uma. Não me importa se Natalie cortou fora os dedos de Kim Zwillich. O Sr. Jefferies discorda de mim: ele diz que é exatamente isso que importa ao júri. Embora talvez seja verdade, não acho que seja certo. Na minha opinião, morreu, está morta.

Mas entendo que os seus leitores vão querer todos os detalhes escabrosos. É isso que eles acham divertido. Quero dizer, sabe aquele seu livro de fantasia, *O Pistoleiro*? Adoro quando ele entra na cidade, é atacado pelos moradores, e simplesmente retalha todos eles naquela grande batalha. Gosto daquelas grandes batalhas. Você conta todos os detalhes sórdidos. Acho que é isso que vai querer fazer aqui. Não sei como, já que são pessoas reais, afinal seria uma crueldade com as famílias delas, mas se for ficção acho que não vai ter problema. Você pode simplesmente mudar os nomes. Afinal de contas, ninguém acredita que as pessoas nos seus livros são reais. E é por isso que eles são tão divertidos.

90

Para conseguir a combinação. Pelo menos foi o que aconteceu com Kim Zwillich. Mas não sei te dizer porque ela fez isso com Margo Styles. Sei que estar lá naquele momento me fez sentir como se o mundo tivesse virado de pernas para o ar, como se eu não pudesse estar fazendo parte daquilo, embora soubesse que estava. Foi como se estivesse doidona, ou como se estivesse dirigindo e então me tocasse que já tinha passado do limite de velocidade há muito tempo. Não sei por que Natalie fez aquelas coisas. Talvez porque seja uma pessoa insana, perversa.

E você sabe quem faz essas coisas no livro dela, não sabe? Natalie também me faz ficar olhando o tempo todo para ela, como se eu quisesse fazer as mesmas coisas com ela. E as pessoas acreditam nisso porque faz sentido, porque existe alguma espécie de sentido por trás disso. Os motivos dela são simplesmente um mistério para mim.

Nós duas estávamos zangadas por Lamont ter levado um tiro, mas isso não me impediu de me sentir mal a respeito das garotas, de Reggie Tyler e até de Victor Nunez, que parece ter começado aquilo tudo. Eu não queria que mais ninguém se machucasse. Só queria trancá-los no *freezer* e dar o fora.

91

Lamont atirou neles, mas antes disso aconteceu uma coisa realmente engraçada. O detector de fumaça disparou.

Acho que a fumaça era tanta que acionou o sistema. Estávamos em pé diante da porta do *freezer*, e tomamos um susto. Eu sabia que quando o sistema disparava, o corpo de bombeiros era chamado automaticamente.

— Que maravilha! — Lamont disse, e entrou no *freezer*.

Foi nesse momento que dei a ele a minha arma, porque o pente de balas dele estava vazio. Foi nesse momento que a acusação disse que eu estava mentindo e convocou Natalie ao banco de testemunhas para provar. Muito bem, admito que usei um pouco a faca, depois de Natalie ter começado, e que talvez eu tenha batido no Sr. Close quando ele tentou avançar contra Lamont, mas nunca atirei em ninguém. Nunca.

Primeiro Lamont atirou em Margo Styles e depois em Kim Zwillich. Acho que ele estava torcendo para Donald Anderson se lembrar da combinação. Ele não lembrou. Lamont atirou na cara dele e depois no peito, para garantir.

Água caía do teto e batia na chapa quente, produzindo um assobio. Lá na frente, um monte de gente falava ao mesmo tempo pelo alto-falante do painel de pedidos. Peguei minha blusa, minha bolsa e, enquanto saía, um copo de plástico com as gorjetas da manhã. Saímos pela porta da frente, encharcados, Lamont sangrando, como se ninguém fosse notar.

92

Estavam mortos quando saímos, certeza absoluta. No tribunal mostraram fotos deles congelados juntos por causa da água, e nenhum havia se mexido. Tenho certeza de que foram necessários vários homens para tirá-los do *freezer*, para que então descongelassem. Ou isso ou desgrudaram uns dos outros com um picador de gelo. De qualquer forma foi um trabalho repugnante, e sinto pena das pessoas que tiveram de fazê-lo.

93

Diria que tiramos uns 15 dólares da máquina registradora, uns dez dos bolsos de Margo Styles, e outros dois do copo de gorjetas. Então uns 27 dólares. Foi o bastante para comprar um pouco de gasolina e uma Pepsi diet para todo mundo.

Os jornais sempre dizem que os assassinatos não tiveram sentido. Sim, a coisa foi meio porca, mas pelo menos havia um motivo.

Outra coisa que os jornais fazem é nos chamar de assassinos seriais. Isso é um equívoco. Um assassino serial mata seguidamente, mas sempre uma única pessoa por vez. Outra coisa que me aborrece é quando dizem que foi uma farra de assassinatos. Também não acho que isso seja justo. Nos chamar de farristas faz parecer que a gente se divertiu. Aquilo não foi nada divertido. Na verdade, foi exatamente o oposto.

94

O Roadrunner estava direitinho onde o tínhamos deixado, só que um Satellite parou na vaga ao lado, e então precisamos esperar para entrar. Gainey estava dormindo, ainda segurando a colher na mãozinha. Ele tinha derramado sorvete no assento e Natalie sentou bem em cima. Eu tinha esquecido de pegar guardanapos. O braço direito de Lamont não estava bom e ele teve de fechar sua porta duas vezes. O motor pegou de primeira, como sempre; não houve nenhum suspense.

Verifiquei os espelhos e olhei através do Satellite para ver se havia alguém chegando. Então relaxei e conduzi o carro até os fundos do prédio. Tinha uma porta com uma janela quadrada com o vidro protegido por uma tela de arame, mas não consegui ver nada. O sistema antifogo devia ter dado cabo da fumaça; eu ainda não ouvia nenhum caminhão de bombeiro se aproximando. Passamos pela loura no Camaro e pelo cara do Tempest, que ainda lia. Quando parei para dobrar a esquerda através do tráfego, tive de esperar que um Jimmy entrasse. O relógio de rua na minha frente dizia que eram onze e meia. A gente só tinha ficado 15 minutos lá dentro.

 Entrei no tráfego. Como não achei que a gente ia conseguir pegar o sinal ainda verde, mudei de pista e segui para leste pela Rota 66. Natalie se debruçou sobre o banco da frente para ver como Lamont estava. Ela levantou a camisa dele. Eu tive de ficar de olho na estrada.

 — Como ele está? — perguntei.

 — Dói — Lamont disse.

 — Ele vai ficar legal — Natalie falou. — A bala atravessou mas acho que não acertou nada importante. Haveria muito mais sangue.

 — A gente devia levá-lo a um médico — sugeri.

 — Talvez no Texas — ela respondeu.

 — Por que estamos indo por este caminho? — Lamont perguntou, um pouco sem fôlego.

 — Só queria tirar a gente de lá. Vou dar a volta daqui a pouquinho.

 Olhei pelo espelho e Natalie tinha tirado a blusa, usando-a para enxugar o sangue de Lamont. O ferimento não pareceu tão ruim depois que ela acabou de limpar; praticamente tinha parado de sangrar.

 — Que tal? — Natalie perguntou.

 — Obrigado — ele disse, como dizia depois que a gente fazia amor, como se estivesse feliz por estar tão cansado.

 Olhei de volta para a estrada e pisei mais fundo no acelerador, pensando que aquilo não era direito. Ele era o *meu* marido, pensei. Era eu quem devia ter feito aquilo.

95

O tráfego estava quase sempre tranqüilo. Viramos para norte em Coltrane, depois para oeste novamente. Vimos um policial de Edmond entrando num Braum para almoçar. Natalie se abaixou para que ele não a visse só de sutiã. Você pode aumentar a coisa, dizer que estávamos nervosos, mas a verdade é que estávamos aliviados por ter saído de lá. Nos sentíamos com sorte, meio tontos porque tudo tinha sido tão doido. O dia estava bonito e tínhamos dinheiro suficiente para chegar ao Novo México. Passamos pelo Braum e alcançamos o sinal antes de fechar, e então Lamont riu, e depois Natalie, e até eu me juntei a eles.

Isso também está no livro de Natalie, mas ela dá a entender que estava chocada, e que eu e Lamont estávamos sedentos por sangue ou algo assim, o que não é verdade. Era apenas uma sensação muito boa saber que a gente estava seguindo em frente.

96

Entramos num posto Phillips 66 e parei na bomba do fundo, onde ninguém nos veria. Durante um minuto pensei em sair sem pagar, mas a gente não queria chamar atenção.

Lamont sempre abastecia com a melhor gasolina, como se isso fizesse diferença.

— Vocês querem beber alguma coisa? — perguntei enquanto abastecia. Achava que Gainey ia querer um pouco de suco quando acordasse.

Não lembro qual foi o valor total, mas juntando com as moedas a gente tinha o suficiente. Fui até o guichê para pagar e o cara atrás do balcão estava desenhando alguma coisa num caderninho, debruçado sobre ele de tal modo que seu nariz estava a um centímetro do papel. Era um desenho de planetas se alinhando. Era o Sr. Fred Fred.

Como não queria que ele me reconhecesse, virei e abaixei a cabeça de modo que o cabelo escondesse meu rosto. Deslizei as notas e moedas pela abertura do guichê e ele botou o dinheiro na caixa registradora. Estava tão compenetrado no seu desenho que nem olhou para mim. Foi tão fácil, o velho Sr. Fred Fred.

— Tchau! — eu disse.

Ele nem levantou os olhos do caderno. Foi decepcionante. Dobrei a esquina e peguei algumas Pepsis numa máquina.

— Ei, adivinha quem eu encontrei — disse quando cheguei ao carro.

Mas nenhum deles lembrou do Sr. Fred Fred. Eu me perguntei se jamais ouviam o que eu dizia.

O Sr. Fred Fred... é aqui que ele sai da história. Achei que iam ligar para ele para me identificar e me colocar na cena, mas nunca fizeram isso. Provavelmente não iam acreditar nele, mesmo se ele lembrasse de mim. Não faço a menor idéia de que fim levou ele, se foi pego ou não pelos raios do espaço. De certa forma, eu acho que ele já tinha sido pego.

Também paramos num descampado perto da U.S. 270 para lavar Lamont e conseguir algumas roupas limpas para ele. Limpamos os assentos e jogamos sua calça ensangüentada e a camisa de Margo Styles num barril de lixo. Tentei botar fogo nas roupas mas o vento estava forte demais. Lamont disse que tinha a impressão de estar com dor de barriga ou com um ponto infeccionado. Ele podia cerrar o punho, mas sentia dor se levantasse o braço.

— Você não se importa de dirigir? — ele perguntou.

— Acha que eu a deixaria dirigir? — perguntei, e ele sorriu. Ainda havia algumas coisas em que concordávamos. Talvez não muitas, mas algumas.

Paramos no estacionamento de uma drogaria logo após a fronteira do Texas, numa cidadezinha chamada Higgins. Troquei a fralda de Gainey e dei suco e algumas bolachas de água e sal a ele. Juntamos o que restou do dinheiro para comprar uma garrafa de água oxigenada e bandagens para cuidar de Lamont. Eu e Natalie discutimos sobre quem ia entrar, e finalmente eu ganhei.

Mas como não estávamos nem perto de Oklahoma, tínhamos de ser muito cuidadosos. Não sei se Lamont tinha um plano, ou Natalie, mas eu não tinha. Acho que estávamos apenas torcendo para o vento soprar a nosso favor. Não tínhamos dinheiro, Lamont fora baleado, e estávamos sem dormir há dois dias. A única coisa a nosso favor era que tínhamos um carro rápido e uma bolsa de *crank* de tamanho considerável. Fomos idiotas de pensar que isso ia ser suficiente.

97

Por que fomos para oeste? Sei lá. Nunca discordamos sobre isso. Acho que a gente pensava que o território era grande o bastante para nos esconder, ou que haveria alguma coisa melhor lá, um novo começo. Não era com isso que o velho

Okies sonhava? Na escola me obrigaram a ler *As vinhas da ira*. A nossa situação não era muito diferente. Não havia nada acontecendo no Kansas ou no Arkansas e, sendo de Oklahoma, a gente preferiria ir para o inferno antes de ir para o Texas. O Oeste era realmente a única opção.

Às vezes abro meu guia rodoviário e sigo as estradas que tomamos, e penso, aqui, foi neste ponto que a gente devia ter desviado para o sul, ou talvez se tivéssemos escolhido a rota através das montanhas, ou aquela estrada de barro pelo deserto. Isso não me faz nenhum bem, mas eu faço mesmo assim. E vejo todas as paisagens de novo — as trepadeiras nas muretas de proteção, os postos comerciais dos navajos, com seus carpetes pendendo das vigas na entrada, os hippies pedindo carona com cantis de água pendurados nos pescoços. Vejo as árvores curvadas pelo vento, as colméias de abelhas ameaçando cair de tão pesadas, os tatus esmagados no asfalto, as pontes anunciando sua altura. Mas quando tento nos ver dentro do carro, é sempre naqueles últimos quilômetros nas cercanias de Shiprock, uma nuvem de poeira enchendo a janela traseira. É triste... estive em todo o Texas e na maior parte do Novo México, mas só lembro de Shiprock.

Aqui vai uma coisa de que você vai gostar. Se tivéssemos continuado seguindo aquela estrada, teríamos dado no Four Corners, o ponto onde quatro estados fazem fronteira. Aqui estão as escolhas que eu teria tido: Utah ainda atira nas pessoas; o Arizona e o Colorado têm a câmara de gás; naquela época, o Novo México ainda usava a cadeira elétrica, agora mudaram para a injeção letal. A polícia do estado diz que eu estava a menos de cinqüenta quilômetros de lá. O Sr. Jefferies teria de tomar uma decisão muito difícil.

Por que oeste? É o caminho que você toma por estas bandas. É como "Route 66", a canção: "*it winds from Chicago to L.A.*" (*o vento sopra de Chicago para Los Angeles.*) Ninguém segue na outra direção. Isso seria estupidez.

98

Estávamos na faixa estreita do Texas, a meio caminho, quando sintonizamos uma rádio de Dumas, talvez Dalhart. Ao longo de quilômetros não tínhamos visto nada além de cercas, portões de fazendas de pastoreio, faixas de passagem de gado no meio da estrada. Mas agora elevadores de grãos surgiam como hotéis luminosos, anunciando as cidades. Era hora do jantar e o sol batia nos meus olhos. Tínhamos conseguido cinqüenta dólares num papelote que vendemos para uns adolescentes num estacionamento em Pampa. Paramos para abastecer em Skellytown, cheirei umas carreirinhas e então seguimos para norte. O plano era Lamont e Natalie descansarem um pouco. Eles estavam se acomodando quando deu no rádio: três suspeitos, um Plymouth amarelo modelo antigo. Eles leram a placa do carro e disseram os nomes de todos nós, menos de Gainey.

— Mas que droga! Como eles descobriram isso? — Lamont perguntou.

— Droga! — Natalie repetiu. — Droga!

— Vocês querem que eu pare ou alguma coisa assim? — perguntei.

— Não — Lamont respondeu.

— O México fica longe? — Natalie perguntou, e Lamont lhe passou o mapa.

Ele disse que estava bem agora, só que não conseguia sentir a mão. Natalie abriu o mapa.
— E então? — perguntei.
— Fica longe.

99

A noite inteira e todo o dia seguinte. Foi assim que ganhei meu apelido: Speed Queen. Lucinda sempre me gozou por causa disso. Ela diz que parece nome de máquina de lavar. Eu não me importo. Estava pensando que você talvez pudesse usá-lo no título. Que tal *As confissões de Speed Queen*?
  Mas sim, dirigi a noite inteira subindo e descendo aquelas pistas duplas, atravessando as cidadezinhas de fronteira. Era sábado à noite e a garotada dirigia Hondas e Chevy Luvs. O trânsito estava lento. Lamont e Natalie estavam dormindo, Gainey também. Todos os *drive-ins* estavam cheios. Eles me fizeram lembrar do Coit's e dos bons tempos que tivemos lá. Cada cidadezinha de criadores de gado tinha um: Dairy Princess, Custard's Last Stand, Dallas Dairyette. E, sempre, jovens de suéteres nas carrocerias das caminhonetes, namorando e entornando bebidas alcoólicas. Eu pensava no quanto suas vidas eram tranqüilas agora, e no quanto se tornariam confusas no futuro, e então eu chegava à fronteira da cidade, ligava os faróis de milha e corria para compensar o tempo.
  Mais para oeste no Texas, as cidades já dormiam, e apenas os restaurantes de beira de estrada como Wide-A-Wake e Miss Ware City permaneciam abertos, seus letreiros tentando me convencer que eu queria comer churrasco, galinha

assada e salada verde. *A cerveja mais gelada da cidade!*, alegava um dos lugares, mas havia um número de telefone escrito com tinta branca na vitrine da frente. *Leilão de gado todas as terças.* Passamos pelas carcaças de velhos *drive-ins*, estações de trem vazias, um posto de gasolina anunciando pneus usados, e então, pelos oitenta quilômetros seguintes, nada a não ser estrelas e talvez uma iguana surpreendida pelos meus faróis.

Alcançamos a fronteira do Novo México depois da meianoite, eu ajustei o relógio e era sábado novamente. Dava para sentir o cheiro das fazendas de gado se aproximando. Eu tinha chiclete e liguei o rádio baixinho só para ter alguma coisa para ouvir. A noite hipnotiza você, as faixas mantendo o carro na estrada, os faróis enganando os seus olhos. Caminhões de gado se aproximavam pela pista contrária, clandestinos, seus faróis iluminando a noite como OVNIs. Nas curvas mais fechadas, famílias tinham colocado, em memória de entes queridos, cruzes decoradas com flores de plástico e laços amarelos. Era um trecho no qual você adormeceria durante o dia: nada por quilômetros e quilômetros, então um *outdoor* desbotado, uma placa indicando velhas cidades-fantasmas de mineração e lugares dos quais você nunca tinha ouvido falar: Capulin e Wagon Mound, Ojo del Madre. Por volta das três da manhã, no meio do deserto, uma cancela de estrada de ferro desceu à nossa frente e uma locomotiva Santa Fe passou apitando e puxando uma longa fileira de vagões. Uma hora depois eu tive de esperar que outro trem passasse. Era como se estivéssemos indo para lugar nenhum.

Em Springer a estrada finalmente alcançou a Interestadual 25, e eu entrei num posto Loaf'n Jug. Enquanto abastecia, limpei os insetos do pára-brisa e comprei uma caixa de

Pepsi diet gelada. Gainey acordou e dei a ele um *wafer* de baunilha. Voltei para a estrada, tomei minha lata de Pepsi e me senti melhor. Quando voltei a olhar para Gainey ele estava dormindo, biscoito na mão.

    As montanhas nos retardaram. Elas eram pitorescas, como dizia no mapa, mas as curvas levavam horas e faziam meus olhos doerem. O dia nasceu. O curativo de Lamont estava seco. Natalie vestia uma das minhas camisas. As sombras das árvores tremulavam sobre seus rostos, e tentei não pensar em Kim Zwillich e Margo Styles. Nos arredores de Taos ficamos presos atrás de um Winnebago cujo estepe tinha um mapa do país com todos os estados coloridos, e eu pensei que isso seria uma coisa legal de fazer, simplesmente continuar rodando até que tivéssemos visitado todos os estados.

    — Você quer que eu dirija? — Lamont perguntou quando acordou.

    Ele disse que estava melhor, e mostrou que podia abrir e fechar a mão.

    — Estou bem — falei. — Quer um pirulito?

    No banco de trás, Natalie gemeu e esticou os braços sobre a cabeça.

    — Que droga de lugar é esse?

    — Cuba — respondi. — A próxima cidade fica a oitenta quilômetros.

    — Estou com fome — ela disse.

    — Eu devia comer alguma coisa — Lamont falou, como se estivesse decidido.

    — Alguma coisa rápida — alertei-o.

    Atravessamos a cidade, passando direto pelo Tip Top Cafe e pelo Stagecoach Inn. Como não vi nenhum *drive-thru*, parei atrás do Anita's Coffee Pot. *Café da manhã por 99 cents*, dizia na vitrine. Era um restaurante de caminhoneiros com paisagens do deserto pintadas nas paredes, móveis de pinho, cortinas listradas de algodão e candelabros feitos de rodas de carroça. Os homens sentados ao balcão usavam bonés de beisebol e jaquetas. A garçonete nos deu uma cadeira alta, de aparência perigosa, para Gainey. No meio da mesa havia um suporte especial para aquelas caixinhas de geléia com tampa de alumínio. Ela nos trouxe cardápios e copos de água, e disse que já voltaria.

O cardápio era enorme. Panquecas, bolos, omeletes, toucinhos fritos, torradas com manteiga. Aqui se podia jantar no café da manhã: torta salgada, cozido Zuni, *chalupas*, *tamales*, *flautas*, *chilaquiles*, *sopaipillas* recheadas, hambúrgueres e, para a sobremesa, bolo de sorvete. Eu não estava com o menor apetite.

— Então pelo menos um café — Lamont disse.
— Isto é uma estupidez — respondi.
— Marjorie, a gente precisa comer.
— Não, a gente precisa não ser pego. Eles vão dar pra gente todo tipo de comida na cadeia.

Natalie ficou sentada lá, lendo o cardápio, como se não tivesse uma opinião.

— Você está adorando isto — eu disse.
— Eu falei alguma coisa? — ela perguntou.
— Esqueça.
— Acho que alguém está ficando um pouco paranóica.
— O que você quer dizer com alguém? Eu estou bem aqui, Natalie. Não sou alguém.
— Você quer que as pessoas olhem para a gente? — Lamont disse. — Porque é isso que elas vão fazer se você não se controlar.

— Olha só quem está falando de controle.

— Você quer ficar sentada lá no carro? Quer que eu te trate como uma criança? Não estou passando muito bem, como você já deve ter notado. Não preciso de mais aborrecimentos.

Eu disse a palavra que começa com F, dei as costas para eles e saí. Ele que desse de comer para Gainey. Eles podiam ser sua familiazinha.

No carro abri minha última lata de Pepsi diet. Estava quente. Não preciso deles, pensei. Eles eram o meu problema. E olhando os carros passando por mim na estrada, pensei que podia simplesmente sair, me livrar do carro em algum lugar e começar tudo de novo.

Mas eu não podia fazer isso. Eles precisavam de mim para dirigir.

100

A gente estava na 44, no meio do nada. Tínhamos descido das montanhas para um deserto elevado. Por toda parte havia morros vermelhos e ruínas de adobe. E sálvia. Eu estava torcendo para ver o pássaro que tinha emprestado seu nome para o nosso carro*, o que seria um bom presságio. Estávamos na reserva apache porque havíamos passado por uma barraquinha de pão frito e bijuterias da tribo, identificada

---

*Roadrunner é um animal extremamente veloz que habita as áreas desérticas do México e da Califórnia. O exemplar mais famoso da espécie é o Papa-Léguas do desenho animado. (N. do E.)

por uma placa enorme. Lamont quis parar e comprar alguns cigarros baratos mas eu disse, esquece. Eu não sabia para onde achava que estava indo, só que tinha de continuar.

Nunca tinha visto uma reserva de verdade, e fiquei surpresa com todos aqueles *trailers* e carcaças de carros. Pensava que os índios ganhavam dinheiro do governo. Lá no deserto não havia cercas, apenas uma fileira de postes telefônicos baixos ao lado de uma linha de trem. *Possibilidade de vento forte*, dizia uma placa. Abri todas as janelas do carro e continuei a mil por hora. Aquele grande Hemi estava valendo cada centavo. Os buracos faziam a gente quicar na estrada, e nossos estômagos pulavam. À nossa direita havia corvos empoleirados nos postes telefônicos, esperando.

— Não tem muita coisa por aqui — Lamont disse.

E nesse momento levantei os olhos e vi um carro de polícia no retrovisor, aproximando-se da gente. Não parecia a patrulha rodoviária porque os carros deles eram Crown Vics, e este era um velho Fury. Talvez o tivessem comprado de alguma outra força policial que tivesse renovado a frota. Era um tremendo azar, porque esse era o único outro motor que teria chance contra a gente. Iam ser dois grandes Mopars competindo cabeça a cabeça. Mas eu ia ganhar dele, com toda certeza, mesmo não conhecendo a estrada.

— Polícia — falei.

Lamont não se virou para olhar.

— Tem certeza?

— Não, é um velhinho a 170 por hora. Claro que tenho certeza!

— Está com as luzes acesas?

— Acabou de acender.
— Pare o carro — Lamont disse.
— O quê? — retruquei, e a gente começou a discutir. Pensando melhor agora, vejo que eu devia ter insistido mais. Mas agora é tarde demais.

Você quer ouvir uma bem estranha? Antigamente, na Suíça, eles metiam você numa caixa e te serravam ao meio. Não sei por quê.

101

Eu diria que ele tinha uns 57 anos e pesava, sei lá, setenta e poucos quilos. Tinha pulsos grossos como os de um baterista. Usava o cabelo partido penteado à esquerda, ou à direita; não consigo lembrar porque na maior parte do tempo olhei para ele pelo retrovisor. Seu uniforme era cáqui, como o dos fuzileiros. Devia ter sapatos ou botas pretas, mas não lembro direito. Estava armado, mas não havia puxado o revólver. Apenas desafivelou o coldre como os policiais são ensinados a fazer.

Lamont tirou o revólver do porta-luvas e o escondeu debaixo da perna direita.

Não sei como descrever o rosto de Lloyd Red Deer. Redondo, como uma abóbora. Ele tinha olhos castanhos e suas bochechas tinham covinhas na pele. Sem bigode. Dentes amarelados devido ao fumo. Ele parou na minha janela e olhou para dentro, e pude ver que ele não tinha a menor idéia, que ninguém tinha contado a ele sobre a gente. Isso foi meio engraçado, mas triste também. Ele disse "Boa tarde" para ser educado.

— A senhora sabe a que velocidade estava indo?

— Não, senhor — respondi.

Falei que ele usava luvas? Brancas, como aquelas que os policiais da fronteira usam. Era bonitinho.

— Preciso pedir à senhora sua carteira de motorista e os documentos do carro.

Eu me virei para Lamont e disse, "Querido?", como se ele fosse pegar essas coisas para mim.

102

Lamont atirou nele. Ele se inclinou para a frente e abriu o porta-luvas como se estivesse procurando pelos documentos. Então virou na direção de Lloyd Red Deer com a arma na outra mão. Eu me recostei no assento para não ser atingida. Por um segundo Lamont não atirou e achei que ele tivesse esquecido de destravar a arma. Então compreendi que o problema era a dor que sentia na mão direita.

Lloyd Red Deer sacou sua arma, não entendo por quê. Tudo que ele precisava fazer era se abaixar.

Lamont trocou de mão e atirou nele, e ao mesmo tempo Lloyd Red Deer atirou em Lamont. O impacto fez a cabeça de Lamont bater contra o vidro da janela e a arma caiu no chão.

Lamont estava de olhos fechados. Eu o agarrei pelos ombros. A bala tinha feito um buraco no bolso de sua camisa e ele arfava. Esguichava sangue. Natalie também o abraçou. Ela gritava tanto que eu não conseguia pensar direito, e então a empurrei para trás. Ela deve ter sentado em cima de Gainey porque ele começou a chorar.

Arranquei as bandagens das costelas de Lamont e as apertei contra seu peito. Natalie não parava de chorar.

— Cala essa merda de boca! — gritei. Agarrei-a pelos cabelos e apertei a mão dela sobre a bandagem. — Segura isto!

Rasguei a camisa de Lamont e o inclinei para a frente. A bala ainda estava lá. Levantei as pálpebras dele; só se via o branco dos seus olhos. Ele fazia sons gorgolejantes quando respirava. Eu não queria acreditar que ele ia morrer, e fingi que ele apenas tinha perdido os sentidos ao bater a cabeça na janela. Gulp, ele estava fazendo, gulp. Gainey chorava e minha mente não conseguia se concentrar em nada.

— Muito bem — eu repetia sem parar, como se estivesse pensando em alguma coisa. Levaríamos Lamont para algum lugar, ele descansaria e logo ficaria melhor. — Muito bem — eu disse. — Muito bem. Continue segurando firme.

Olhei para Lloyd Red Deer. Estava caído de lado na estrada, e pude ver o contorno de uma carteira em seu bolso de trás. Olhei para o deserto; como ninguém se aproximava, saltei do carro.

— O que você está fazendo? — Natalie perguntou.

— Continue segurando isso contra ele — eu disse.

Voltei para dentro e liguei o carro.

— Para onde estamos indo? — Natalie perguntou, chorando.

— Eu não sei! Pára de me fazer perguntas!

103

Ele estava definitivamente morto quando nós o deixamos. Lamont acertou-o bem no rosto com sua 45. Ele usava um chapéu, um daqueles de guarda florestal com a correia atrás, e ele foi parar do outro lado da estrada, num arbusto de chaparral. Não sei nada sobre os tiros no corpo dele. A polícia diz que foram dados com a própria arma dele. Mesmo se isso *fosse* verdade, esses tiros não o mataram. Não havia sobrado muita coisa da sua cabeça.

Essa é outra forma que eu detesto: ter a cabeça cortada. Ninguém mais faz isso, pelo menos não neste país. Lembro daqueles filmes antigos com a guilhotina, ou o grandalhão com o peito nu, o capuz preto e o machado. Eles sempre dão ao prisioneiro uma chance de dizer suas últimas palavras, e enquanto ele está falando, o perdão do rei chega, ou os amigos dele disparam uma flecha precisamente no coração do grandalhão e começa um duelo de espadas incrível.

Acho que isso não vai acontecer comigo. A maioria das pessoas diante do portão esta noite está segurando cartazes com dizeres como *Graças a Deus é sexta-feira* e *Queime em paz*. Eles não sabem o que está acontecendo, eles não me conhecem, eles só querem gritar vivas quando as luzes diminuírem à meia-noite e um. *Afivelem Marjorie*. É uma tradição, a vigília da morte. Um monte de universitários vem para beber cerveja gelada e fazer uma tremenda bagunça. E estão todos aqui para me ver. A execução, na verdade. Eu li que na última execução pública nos Estados Unidos apareceram vinte mil pessoas.

Até aqui dentro há muita comoção. Quando executaram aquela tal Connie, trancaram a gente lá embaixo e nos mostraram filmes até as três da manhã. Etta Mae disse que está torcendo para passarem algum com Brad Pitt. Lucinda disse que estava mais a fim de um com Wesley Snipes. Sei que elas estão apenas tentando amenizar o clima para mim.

— Tom Cruise — eu disse. — Vai ser o meu presente de despedida.

A grande piada são os nomes que o pessoal aqui dá para as execuções, para aliviar a atmosfera. A câmara de gás é chamada de O Grande Sono ou A Máquina do Tempo. Sentar na cadeira é Cavalgar a Tempestade. A forca é A Queda. Não tem nenhum nome especial para a injeção letal. Ela é chamada da mesma forma que qualquer execução: Depois da Meia-Noite, como naquela canção antiga do Eric Clapton. "*After midnight, we gonna let it all hang out*" (*Depois da meia-noite vamos esquecer tudo isso*). Passei a semana inteira ouvindo as pessoas assobiando essa canção. A música ecoa pelas paredes de concreto e percorre os longos corredores. É difícil gostar de uma melodia quando ela chega até você dessa forma, mas eu gosto.

104

Parei no motel mais próximo, o que só aconteceu em Farmington. O Dan-Dee Colonial Motel. O letreiro era um painel solar tamanho família. Estava quase escuro quando chegamos. Ao lado do escritório uma lâmpada azul de atrair moscas zumbia. Natalie entrou com parte do dinheiro de

Lloyd Red Deer e voltou com uma chave para o quarto número oito, o mais distante do escritório. Não sei se ela usou nome falso. Ela foi andando enquanto eu a seguia no carro. O quarto tinha um arpão na parede e pinturas de baleeiros e homens vestidos com capotes de chuva. As lâmpadas em cima das camas saíam de miniaturas de timões de navios. Entrei primeiro com Gainey, e depois nós duas ajudamos a carregar Lamont. Não dava para saber se ele ainda respirava, e o sangue não parava de jorrar. Deitamos ele numa das camas e trancamos a porta.

Tirei as ataduras e observei o ferimento inchar e escorrer sangue. Apertei para baixo novamente.

— Pega um pouco de gelo — eu disse, sei lá por quê, e Natalie achou o balde e destrancou a porta de novo.

Verifiquei o pulso dele e não senti nada. Então chequei seu pescoço. Encostei minha orelha nos lábios dele e depois em seu peito. Não ouvi nada. Tentei novamente, segurando minha respiração para ouvir melhor. Não.

Eu me levantei, passei a corrente na porta, peguei Gainey e encostei a mãozinha dele na face de Lamont. Eu o coloquei de volta em sua cadeirinha e deitei ao lado de Lamont como se fôssemos dormir. Então rolei na cama e o abracei. O sangue ainda estava quente. Pensei que se eu o abraçasse por tempo suficiente ele iria abrir os olhos e dizer que tudo estava bem.

Natalie bateu na porta como se fosse uma senha.

— Eu te amo — disse, e beijei-o, abraçando-o com bastante força.

Natalie bateu de novo.

Beijei Lamont uma última vez e corri os dedos por seus dentes, por suas lindas presas.

Natalie bateu mais uma vez.

— Espera! — eu disse, me levantei e abri a porta.

Ela olhou as minhas roupas, todas cobertas de sangue, e para o macaquinho de Gainey, e entendeu. Colocou o balde na mesinha-de-cabeceira e ajoelhou ao lado dele.

— Por que você trancou a porta? — ela perguntou. — Por que você trancou a porta?

Ah, sim. Essa parte do livro dela é verdadeira.

Aquilo me lembrou o meu pai. Isso aconteceu em Kickingbird Circle. Uns amigos meus estavam lá em casa. Era verão e a gente estava no quintal, correndo entre os regadores do jardim. Mamãe estava lá, com suas luvas e tesouras. Meu pai usava um calção de banho listrado com uma cordinha que amarrava na frente. Estava correndo atrás da gente através dos borrifos de água, e quando olhei para trás lá estava ele, caído de cara no chão. A água batia nele e voltava na minha direção.

— Levanta — eu disse.

— Vamos, papai.

— Ei, pára de fingir.

105

Não, Lamont não teve últimas palavras.

A bem da verdade, a última coisa que ele disse foi "Faça apenas o que eu mandar". Ele disse isso para mim, não para ela.

No livro, você podia botar "Não tem muita coisa por aqui" como a última coisa que ele disse. Lamont ia gostar disso.

Espera um pouco.
Quem é?
Certo. Obrigada, Janille.
É o Sr. Jefferies. Deve ser a notícia que eu estou esperando, porque só faltam vinte minutos. Me deseje sorte.

Era o Sr. Jefferies. Eles negaram o apelo. Não há provas suficientes para outro julgamento.
O que se pode fazer, você sabe?
Então é isso.
Bem, eu acho que devo terminar isto. Por Gainey, e pelo Sr. Jefferies.
Eu queria telefonar para a minha mãe.
O Sr. Jefferies foi engraçado. Ele disse: "Tenho boas e más notícias".
E eu disse:
— Quais são as boas notícias?
E ele disse:
— Eu estava brincando, não há boas notícias.

Aqui está uma boa: quando o pelotão de fuzilamento te acerta, voa sangue da sua boca.

106

A mesma noite.
Eu ainda estava voando, mas Natalie tinha de cair. Deixamos Lamont onde ele estava. Eu disse que ia dormir no chão, e ela estava tão cansada que acreditou em mim. Assisti TV sem som durante algum tempo, o que é uma bobagem,

porque você fica adivinhando o que estão dizendo. Por volta da meia-noite fui ao banheiro e cheirei mais três carreirinhas na beira da pia. A luz da TV fazia o padrão do papel de parede ficar vivo como um teste de padrão de cores. Eu me olhei no espelho até não agüentar mais. Saí para o carro, peguei a 45 e uma caixa de balas. Estava frio lá fora, e o néon deixava minha pele bem azulada. Voltei para o banheiro, carreguei a arma, cheirei mais quatro carreirinhas e lavei o rosto. Respirei fundo diante do espelho.

— Muito bem — disse.

Peguei o travesseiro da cama de Lamont e caminhei até Natalie. As luzes estavam apagadas e a imagem da TV se projetava em todas as paredes. Fiquei parada ali, olhando para ela, durante algum tempo. Para os seus cabelos e seus braços, as suas unhas perfeitas. Pensei em nossas manhãs com os brinquedos dela e de como eu nunca tinha me sentido tão desejável, tão viva dentro da minha pele. Olhei para Lamont e pensei nos dois juntos; eu não queria isso.

Nesse momento o programa cortou para um comercial e a tela ficou preta, me deixando no escuro. Quando as luzes voltaram, Natalie estava olhando direto para mim.

Empurrei a arma contra o peito dela e disparei. Esqueci completamente do travesseiro; o som fez Gainey chorar. Natalie rolou para fora da cama, derrubando o balde da mesinha-de-cabeceira. A água derramou nas costas dela. Pude ver o buraco que a bala fez ao sair. Não achei que precisava verificar.

— Mentirosa — eu disse.

Joguei as cobertas sobre ela e comecei a juntar as minhas coisas.

Depois que tinha reunido tudo, saí e destranquei o carro. O nosso carro era o único no estacionamento. A estrada estava vazia. Entrei de novo, embrulhei Lamont no lençol de cama, segurei-o por baixo dos braços e o arrastei pelo tapete em direção à porta, e o empurrei até a metade do banco de trás. Precisei contornar até o outro lado e puxar o resto dele para dentro. Quando terminei, estava toda suada. Arrastei Natalie para fora da mesma forma e a meti dentro do porta-malas. Depois peguei as malas e afivelei a cadeirinha de Gainey no assento ao meu lado. Ele ainda estava chorando. Mantive os faróis apagados por uns quatrocentos metros enquanto seguia pela estrada. Quando os acendi de novo, a faixa branca surgiu à minha frente como se estivesse apontando um destino, mas eu sabia que na verdade não estava indo para lugar algum.

Lembra do filme *Fugindo do inferno*, quando Steve McQueen salta sobre a cerca de arame farpado na sua motocicleta? Qualquer um desses filmes em que eles cavam um túnel com colheres e ainda fazem um trilho com carrinho e tudo. Eles nunca sabem onde botar a terra. Você sempre torce para eles conseguirem fugir, mesmo quando estão num lugar como Alcatraz. Você nunca se preocupa com o que eles fizeram para acabar lá, porque sempre são inocentes. Mas quando eu estava dirigindo pelo deserto e passei por uma tabuleta que dizia *Caronas podem ser prisioneiros fugitivos*, a primeira coisa que fiz foi trancar a porta de Gainey.

107

Eu não fazia a menor idéia de onde estava, só sabia que tinha de me livrar dela. Estava escuro. Reduzi a velocidade até achar algumas marcas de pneu saindo da pista para o deserto. Liguei o farol de milha e saí da estrada. Os rastros seguiam por quilômetros, mas deduzi que eram jipes, e eu não queria ficar com a traseira presa em algum lugar. Olhei o odômetro. Quando estava a oito quilômetros da estrada, parei e desliguei os faróis.

O curioso sobre o deserto é que você pode ouvir a quilômetros de distância. Parei na escuridão e consegui escutar um trem passando ao longe. Abri o porta-malas e a lampadazinha na parte interna da tampa me cegou.

Natalie tinha se mexido. Seu rosto descansava sobre uma garrafa plástica de anticongelante, como se fosse um travesseiro. Havia sangue no tapete e no estepe. Eu a puxei para fora, mas ela ficou presa na tampa. Sua camisa tinha enganchado na fechadura. Tive de puxar com todas as minhas forças. A saia rasgou e Natalie bateu contra minhas pernas, quase me derrubando. Fechei a tampa para que ninguém visse a gente. Arrastei-a para um pouco mais longe da estrada, pensando em jogar um pouco de areia em cima dela, mas quando comecei a cavar com as mãos, a terra machucou meus dedos e desisti.

Portanto, toda aquela história de ter sido enterrada viva é balela. Deixada para morrer, pode ser, mesmo tendo sido só um tiro, mas chamar aquilo de milagre me deixa irritada. Milagre é eu não ter tentado matá-la antes pelas coisas que ela fez comigo.

E então a coisa toda fica ridícula porque eu tento manobrar o carro e fico atolada. E quando eu finalmente consigo sair, sigo os rastros errados e me perco. Gado passa através dos meus faróis. Isto podia ser engraçado, ou triste, ou simplesmente eu levando o que mereço. Você decide.

108

Quatro ou cinco horas, porque só achei uma estrada depois que o dia nasceu. Se olhar no mapa você vai ver que a estrada fica a sul de Farmington. É uma linha pontilhada cinza que se projeta para oeste a partir da 371. É de terra e esburacada. Leva a gente até a grande reserva navajo, a cerca de 64 quilômetros de Window Rock, e finalmente dá na Rota 666. Achei que você ia gostar disso.

Estava com pouca gasolina e Gainey precisava tomar seu café da manhã. Assim, me certifiquei de que Lamont estava bem coberto e parei numa Love's Country Store. Do teto pendiam pimentas vermelhas agrupadas em cachos compridos. O Roadrunner estava vermelho de terra; Lamont teria um ataque do coração se visse. Um *trailer* estacionado diante da loja tinha decorações de Natal nas janelas. As Pepsis diet que eu comprei tinham pingüins desenhados nas latas, e todas as caixas de cerveja traziam os dizeres *Boas Festas*. No balcão havia um *display* que você podia girar e que tinha cartões-postais diferentes de Shiprock. Li o verso de alguns enquanto esperava na fila.

Os navajos acreditavam que a rocha era um navio mágico que iria ajudá-los a escapar de seus inimigos quando eles estivessem em perigo. De acordo com a lenda, o tal navio tinha trazido a tribo inteira para cá de uma terra muito distante, era uma espécie de astronave galáctica. Outro postal dizia que a montanha era cemitério sagrado, como uma escadaria para o paraíso, e que os guerreiros sepultados na rocha eram elevados para o mundo espiritual. Eles também vendiam chaveiros e carteiras com o desenho da silhueta da rocha marcado no couro.

O balconista tinha cabelos longos e usava uma camisa do Joy Division. Ele me deu troco a mais e eu lhe disse isso.

— Obrigado — falou. — Belo carro.

Depois que me pegaram, fiquei me perguntando se ele me dedurou. Mas agora eu acho que não. Tenho certeza absoluta de que foi a garota no parque.

109

Não muito, é bem vazio. Montanhas nos dois lados. Penhascos, córregos, minas abandonadas. Alguns postos comerciais caindo de tão velhos, talvez um parque de *trailers*. Os navajos tinham suas próprias estradas saindo da 666, mas a maioria delas era de cascalho e, a julgar pelo mapa, não davam em lugar nenhum.

Parei num marco histórico para dar pêssegos a Gainey e para cheirar duas carreirinhas. Ainda restava uma boa parte do lote. Enquanto fazia a segunda carreirinha, vi Shiprock no meio do deserto, o sol batendo na parte superior.

Por um minuto esqueci o que estava fazendo. A pedra parecia mesmo um navio, lá no alto, acima de tudo, da forma que a gente pensa na Arca de Noé depois que a água abaixou. Eu podia entender por que os índios achavam que ela ia flutuar para longe e levá-los de volta para o lugar de onde vieram. Era a única coisa interessante ali; aquele lugar era uma terra morta, apenas rochas e moitas, falcões e lagartos. Absolutamente nenhuma água.

110

Eu não tinha um plano, só a idéia de Shiprock na minha cabeça. Sabia que não podia dirigir por aí com Lamont no banco de trás para sempre, e quando vi a placa do parque estadual, reduzi a velocidade e desliguei o motor.
Não sei como você chamaria aquela estrada... Indian 33? No meu guia rodoviário o número está dentro da ponta de uma flecha, então eu não sei.
Meu plano naquele momento era levar Lamont até Shiprock e enterrá-lo em algum lugar. Para quem estava acordada há cinco dias seguidos, não era uma decisão tão ruim.
Depois disso, não tinha a menor idéia. Arizona? Califórnia? Se estivesse pensando melhor, teria corrido até o México. Mas não estava. Eu não sabia o que estava fazendo. Só estava dirigindo.

111

Foi no fim da 33, na entrada do parque. Você tinha de pagar dois dólares num guichê de madeira. A garota que trabalhava ali me deu um folheto com um mapa. Acho que foi ela quem chamou a polícia, porque parei no estacionamento para resolver que caminho tomar. O lugar estava deserto, exceto por um cara enfiando sacos nas latas de lixo. Ela devia ter ouvido sobre Lloyd Red Deer no rádio. O mapa dizia que havia dois caminhos que se podia seguir. Eu fiquei parada ali, como uma idiota, tentando decidir, enquanto ela anotava minha placa.

    Fui para a direita. A estrada subia pela lateral da montanha. O folheto recomendava que você dirigisse a 16 quilômetros por hora nas curvas. Segui até onde foi possível. A estrada terminava num mirante com um muro baixo de pedra e um mapa daquilo que você estava vendo. A queda era de cerca de trezentos metros e o fundo era todo de rochas vermelhas. A gente ainda estava a uns oitocentos metros de Shiprock em si, mas eu achei que já era perto o bastante.

    Levantei meu assento e segurei Lamont por baixo dos braços. Você deve achar que ele estava fedendo, mas não estava. Só o sangue cheirava mal. Arrastei-o pela calçada e o encostei contra o muro. Era uma manhã clara e eu podia ver minha respiração acelerada. Tirei os panos do rosto de Lamont. O ferimento na cabeça estava cicatrizando. Fechei meus olhos e encostei minha testa na dele, do jeito que fazíamos quando precisávamos conversar. Pássaros cantavam e esquilos corriam nas rochas. Disse a Lamont que sentiria saudades e que sempre seria dele. Tomaria conta de Gainey e do carro. Então empurrei-o por cima do muro, dei as costas para o mirante e me afastei.

    Quando entrei no carro, Gainey estava batendo palminhas.

    — O que você está fazendo? — perguntei, e cutuquei a barriguinha dele. — O que pensa que está fazendo, hein?

112

Estavam esperando por mim na entrada do parque. Eram quatro carros estacionados de lado pela estrada, em pares, para que eu não me arremetesse contra eles. Só depois vi o helicóptero. Reduzi a velocidade e parei. Um policial disse num alto-falante:
— Motorista, ponha suas mãos onde possamos vê-las.
— Motorista, abaixe os vidros da janela e estenda as mãos para fora.

Eu estava com o tanque cheio e eles dirigiam Crown Vics. Afundei o pé na embreagem e dei meia-volta. Pelo retrovisor vi os policiais entrando nos carros e batendo suas portas.

Não querendo passar novamente por aquelas curvas fechadas, peguei o outro caminho, torcendo que ele levasse a algum lugar. Abri o mapa. Era outro mirante. Através dos pinheiros pude ver os carros de polícia vindo atrás de mim.

A vista ali era a mesma: Shiprock pintada de dourado pelo sol da manhã. Parei num espaço diante do muro como se fosse um filme no *drive-in*. Desafivelei Gainey e botei-o no meu colo. Fiquei parada ali, sentada, cheirando o cabelo e a pele de Gainey, esperando por eles.

113

Não, mas podia ter atirado. Ainda estava com a 45 no porta-luvas. Mas não ia fazer isso com Gainey ali. De qualquer modo, eu não queria.

Eles pararam perto da gente e bloquearam a estrada novamente. O mesmo sujeito falou as mesmas coisas pelo alto-falante. Eu mal pude escutar por causa do barulho do helicóptero.

    Beijei Gainey no topo da cabeça e o afivelei na cadeirinha. Então desliguei o carro, abaixei o vidro da janela e coloquei as mãos para fora.

    — Agora abra a porta pelo lado de fora — ele mandou, e eu obedeci.

    — Agora saia. Me deixe ver suas mãos.

    Saí e olhei para eles. Eram sete ou oito, todos escondidos atrás de seus carros.

    — Vire-se — ele mandou. — Agora levante a camisa.

    Obedeci e o ar frio bateu na minha pele.

    — Agora levante as mãos.

    Espera um pouco. Desculpa.

    Cinco?

    Tudo bem, estou na penúltima.

    Era a Janille, ela achou que a gente podia comer um último saco de salgadinhos Funyuns. Ainda tenho de ligar para a minha mãe. Também gostaria de rezar, se você não se importa.

    Aposto que o pessoal lá fora está gritando de alegria. Tudo bem, eu os perdôo.

    Você quer a coisa toda? Não acho que seja tão interessante. Eles basicamente me mandaram deitar na estrada fria com as mãos sobre a cabeça. Depois eles se aproximaram e um sujeito alto se ajoelhou ao lado do meu pescoço. Eles acharam que podia ter mais alguém dentro do carro embora eu houvesse dito que só tinha um bebê. Eles correram agachados até o carro com seus revólveres em punho. Enquanto eu ainda estava deitada no chão, eles levaram Gainey até outro carro. Ele gritava, e o policial nem o estava segurando direito. Fiquei irritada e alguém agarrou meu cabelo. Outra pessoa me acertou no rim e eu pensei que fosse vomitar. Acharam engraçado o jeito como eu me debatia. Estavam rindo.

— Onde estão os seus amigos? Eles abandonaram você?

Quando me empurraram contra o capô, partiram o meu queixo. A mulher que me revistou dobrou meu braço para trás com tanta força que deslocou meu ombro.

A dor me deixou tonta e eu comecei a chorar.

— Isso dói? — ela perguntou.
— Dói!
— Que pena.

No carro, os dois policiais me disseram o que fariam comigo se a decisão coubesse a eles. Pensando melhor, teria sido mais rápido.

E pronto, é o fim. Sei que não é tão bom quanto Natalie vagando pela estrada com a blusa toda ensangüentada e a família de índios se aproximando naquela picape velha. Não sei o que você pode fazer para melhorar.

Nos filmes, a cena de morte é sempre um grande final. Você podia fazer isso. Não é tão dramático na vida real, mas não tem problema. As pessoas não querem mesmo a vida real; ela é chata.

Você viu o filme que a Sharon Stone fez no ano passado, no qual ela é executada? O filme era uma droga, mas ela trabalhou bem. Gosto muito dela, mas ela é perfeita demais para fazer o meu papel. Não sei quem você pode conseguir... alguém jovem. E se for possível, queria que o Keanu Reeves fizesse Lamont.

114

A pergunta final. Já era hora.
Se tenho últimas palavras?
Não acredito em nada que seja "último", porque acredito na eternidade. Acredito que serei salva e que viverei em Jesus Cristo para sempre. Amém.

Essa é uma última palavra muito boa: amém.
Antes de ir, quero agradecer novamente ao Sr. Jefferies por acreditar em mim, e a Janille e Irmã Perpétua por me ajudarem na minha jornada pessoal.
Gostaria de te pedir, Gainey, quando você ouvir isto, que tente não nos julgar. Aceite de coração os erros da sua mãe e aprenda com eles. Eu te amo e teu papai também. Estou beijando a sua foto neste momento. Ela vai ficar comigo para sempre.
Quanto a você, gostaria de agradecer novamente por todo o dinheiro e por ter se interessado pela minha história. Boa sorte com o livro. Espero que seja bom. Tenho certeza de que vai botar o de Natalie no chinelo. Estou contando com isso.
Espera um pouco.
Já ouvi.
Bem, tenho de ir andando. Janille está com as chaves na mão e a equipe de execução está pronta. As testemunhas estão me esperando. Está na hora.
Pena que o Sr. Jefferies não está aqui.
Queria saber como está lá fora. Se eles já começaram a tocar buzinas e piscar faróis. Pelo menos eles vão ficar felizes. Dê ao povo o que o povo quer, não é mesmo?

Estou indo.
Quando for fazer sua pesquisa, converse com Darcy e Etta Mae, mas não dê ouvidos a Lucinda. Garlyn e Joy podem te ajudar com o começo.

E não esqueça, tudo que contei é verdade. Sou completamente inocente.

Pega leve comigo, tá?

Apenas conte uma boa história.

Este livro foi composto na tipologia Minion,
em corpo 11,5/15, e impresso em papel
off-white 80g/m², no Sistema Cameron da
Divisão Gráfica da Distribuidora Record.